妖精《ようせい》チームGジェニ事件《じけん》ノート

# 5月《がつ》ドーナツは知《し》っている

藤本《ふじもと》ひとみ／原作《げんさく》
住滝《すみたき》 良《りょう》／文《ぶん》　清瀬赤目《きよせあかめ》／絵《え》



講談社 青い鳥文庫

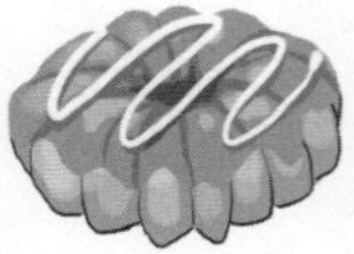

目《もく》次《じ》



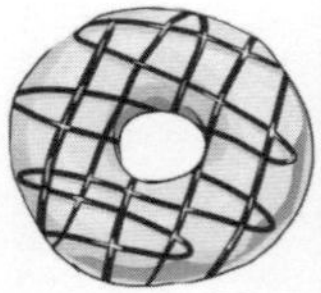

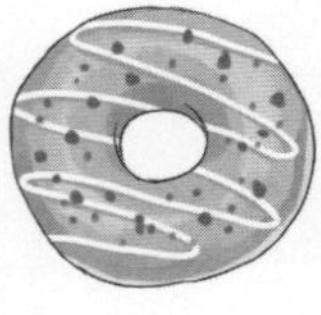

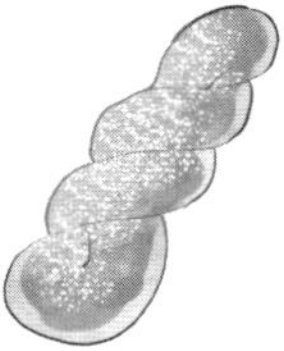



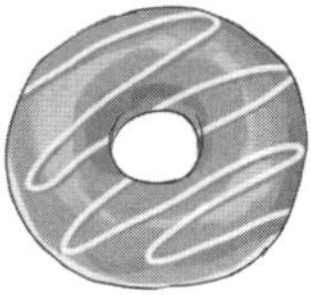

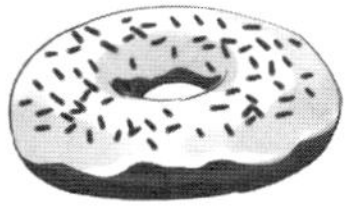



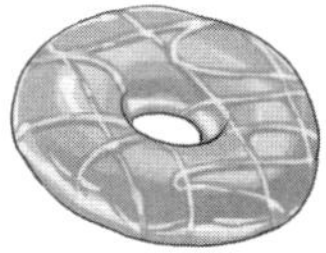

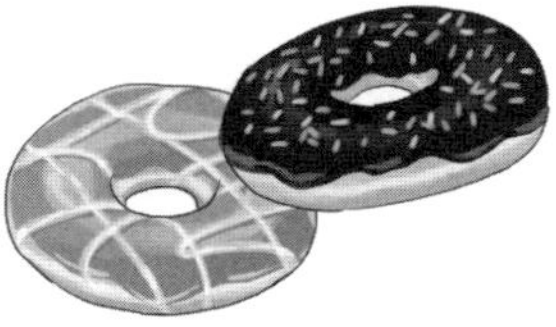

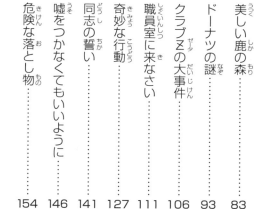

おもな
登場人物《とうじょうじんぶつ》
立花《たちばな》 奈子《なこ》
主人公《しゅじんこう》。大学生《だいがくせい》の兄《あに》と
高校生《こうこうせい》の姉《あね》がいる。
小学《しょうがく》５年生《ねんせい》。
超《ちょう》・天然系《てんねんけい》。
火影《ひかげ》 樹《たつき》
野球部《やきゅうぶ》で４番《ばん》を打《う》ち、
リーダーシップと運動神経《うんどうしんけい》、
頭脳《ずのう》をあわせ持《も》つ
小学《しょうがく》６年生《ねんせい》。
美織《みおり》 鳴《めい》
音楽大学付属中学《おんがくだいがくふぞくちゅうがく》に通《かよ》う
中学《ちゅうがく》１年生《ねんせい》。
ヴァイオリンの名手《めいしゅ》だが、
元《もと》ヤンキーの噂《うわさ》も。
若王子《わかおうじ》 凜《りん》
フランスのエリート大学《だいがく》で
学《まな》んでいた小学《しょうがく》５年生《ねんせい》。
繊細《せんさい》な美貌《びぼう》の持《も》ち主《ぬし》。

# 1　天然《てんねん》キャラ

私《わたし》は、立花奈子《たちばななこ》です。
小学校《しょうがっこう》の5年生《ねんせい》。
「奈子《なこ》ちゃんって、天然《てんねん》だよね。」
よくそう言《い》われるけれど、自分《じぶん》では、普通《ふつう》のつもりです。
どういうところが、天然《てんねん》なのかな。
だいたい天然《てんねん》って、どういうののことを言《い》うんだろう。
でも、それについて聞《き》くと、必《かなら》ずこういう答《こた》えが返《かえ》ってきます。
「そう聞《き》くとこが、天然《てんねん》なの。」
う〜ん、わかったような、わかんないような・・・。
私《わたし》は、5年生《ねんせい》になったのを機会《きかい》に、友《とも》だちを作《つく》らないことにしました。
いつも1人《ひとり》です。

それが快適《かいてき》なんだけれど、放《ほう》っておいてもらうのは、なかなか難《むずか》しかったりします。

で、いつの間《ま》にか友《とも》だちが、いく人《にん》かできてしまった・・・こんなはずじゃ、なかったんだけれど。


学校《がっこう》では授業《じゅぎょう》がおもしろくないので、まるで聞《き》いていなくて問題児《もんだいじ》です。

でも塾《じゅく》の授業《じゅぎょう》はおもしろく、G教室《ジエイきょうしつ》の一員《いちいん》として楽《たの》しい時間《じかん》を過《す》ごしています。

G教室《ジエイきょうしつ》の正式名称《せいしきめいしょう》は、génie《ジエニ》プロジェクト、直訳《ちょくやく》すれば、妖精《ようせい》プロジェクト。

これは進学塾秀明《しんがくじゅくしゅうめい》が、将来《しょうらい》、この国《くに》を背負《せお》って立《た》つリーダーを養成《ようせい》する目的《もくてき》で作《つく》っている研究《けんきゅう》計画《けいかく》の1つで、サッカーチームKZ《カッズ》や、クラブZ《ゼータ》と同類《どうるい》です。

G教室《ジエイきょうしつ》のメンバーは、私《わたし》も入《い》れて4人《にん》。

私《わたし》より1歳年上《さいとしうえ》の火影樹君《ひかげたつきくん》、私《わたし》と同《おな》い年《どし》の若王子凜君《わかおうじりんくん》、それに2歳年上《さいとしうえ》の美織鳴君《みおりめいくん》。

皆《みんな》、それぞれに特技《とくぎ》があって、すごい。

何《なに》も持《も》っていないのは、私《わたし》だけです。

それでもG教室《ジエイきょうしつ》の国王《キング》に選《えら》ばれているので、何《なに》かあると、代表《だいひょう》として発言《はつげん》しなければならないし、メンバーと一緒《いっしょ》に犯罪消滅特殊部隊《はんざいしょうめつとくしゅぶたい》を結成《けっせい》したばかりなので、いろいろと大変《たいへん》です。

またママからは、Ｇ教室《ジェイきょうしつ》の中《なか》で結婚相手《けっこんあいて》を見《み》つけなさいと言《い》われています。

なぜって私《わたし》は、大《おお》きな宿命《しゅくめい》を背負《せお》っていて、このメンバーの中《なか》で結婚《けっこん》できなかったら、今後《こんご》、誰《だれ》からも相手《あいて》にしてもらえそうもないから、だそうです。

ママにそう言《い》われると、私《わたし》も不安《ふあん》になって、何《なん》とかしなくっちゃって思《おも》ったりしています。

実《じつ》は私《わたし》、Ｇ《ジェイ》メンバーより、担任《たんにん》の早川浩史先生《はやかわこうじせんせい》がお気《き》に入《い》り。

でも浩史先生《こうじせんせい》は、結婚《けっこん》しない主義《しゅぎ》なんだって。

毎日《まいにち》いろんなことが起《お》こり、私《わたし》の気持《きも》ちは、千変万化《せんぺんばんか》です。

穏《おだ》やかさとは縁遠《えんどお》い生活《せいかつ》で、時折《ときおり》は疲《つか》れますが、まぁ頑張《がんば》るしかないと思《おも》っています。

どうぞ、応援《おうえん》してください。

## 2　ないっ!

その日曜日《にちようび》、パパは仕事《しごと》で出《で》かけ、お姉《ねえ》ちゃんは塾《じゅく》に行《い》き、私《わたし》は部屋《へや》でG教室《ジェイきょうしつ》のテキストに沿《そ》って勉強《べんきょう》をしていた。

G教室《ジェイきょうしつ》の学習《がくしゅう》は、学校《がっこう》の勉強《べんきょう》と違《ちが》って、自分《じぶん》のペースで進《すす》められるからすごく自由《じゆう》だし、脱線《だっせん》して好《す》きなところに突《つ》っこんでいっても、元《もと》に戻《もど》りなさいって言《い》われないから、おもしろいんだ。

学校《がっこう》の勉強《べんきょう》は、スピードが遅《おそ》すぎて退屈《たいくつ》。

まるで、答《こた》えのわかっているクイズの問題《もんだい》を、ずうっと説明《せつめい》されているみたいなんだもの。

飽《あ》きてしまって、集中《しゅうちゅう》できなくなるんだ。

「奈子《なこ》、ちょっと頼《たの》まれて。」

下《した》からママの声《こえ》がした。

「コンビニまでお願《ねが》い。炭酸水《たんさんすい》の大《おお》きなの、2本《ほん》買《か》ってきて。」

私《わたし》は返事《へんじ》をして、テキストを片付《かたづ》け、階段《かいだん》を降《お》りた。

下《した》でママが待《ま》っていて、お財布《さいふ》を開《ひら》き、中《なか》から500円玉《えんだま》を2枚《まい》出《だ》す。

「さっき裕樹《ゆうき》から電話《でんわ》があって、バイトで近《ちか》くにいるから終《お》わったら家《いえ》に寄《よ》る、ですって。まったく突然《とつぜん》なんだから。」

そう言《い》いながらも、ママはうれしそうだった。

裕樹《ゆうき》というのは、私《わたし》のお兄《にい》ちゃんで、我《わ》が立花家《たちばなけ》の長男《ちょうなん》。

3人《にん》いる子供《こども》の中《なか》では一番《いちばん》、優秀《ゆうしゅう》。

今《いま》は、東大《とうだい》に在学中《ざいがくちゅう》なんだ。

卒業後《そつぎょうご》は、お医者《いしゃ》さんかもしれないけれど、そのままハーバードの大学院《だいがくいん》に行《い》くって話《はなし》も出《で》ていたりするから、今《いま》のところは不明《ふめい》。

高校《こうこう》の時《とき》は、陸上《りくじょう》とラグビーをやっていた。

スタイルがいいし、カッコもいいから、すごくモテるんだ。

私《わたし》も、素敵《すてき》だなと思《おも》っている。

ママも、お兄《にい》ちゃんのことが大好《だいす》きだよ。

でもお兄《にい》ちゃんは、ママを無視《むし》している。

お姉《ねえ》ちゃんにも冷《つめ》たい。

私《わたし》には優《やさ》しいけれど、それは私《わたし》が女《おんな》じゃないからなんだって。

どうも・・・女嫌《おんなぎら》いらしい。

「あの子《こ》、ドイツの何《なん》とかっていう炭酸水《たんさんすい》しか飲《の》まないでしょ。最近《さいきん》、プレミアムが出《で》たんだって。」

ん、お兄《にい》ちゃんは、そういうとこにこだわるよね。

「でも私《わたし》が買《か》いに行《い》ってると、留守《るす》に来《き》て、そのまま帰《かえ》っちゃうかもしれないから。」

たぶん、帰《かえ》ると思《おも》う。

玄関《げんかん》で、なんだ、いないのかとか言《い》って、あっさり帰《かえ》るよ。

「なにしろ愛想《あいそ》のない子《こ》だから。でも突然《とつぜん》、家《いえ》に寄《よ》るなんて、どういう風《かぜ》の吹《ふ》き回《まわ》しかしら。いくら顔見《かおみ》せなさいって言《い》っても、寄《よ》り付《つ》かなかったのに。もしかして彼女《かのじょ》でも連《つ》れてきて、紹介《しょうかい》するとか？」

わぁ、お兄《にい》ちゃんが選《えら》んだ彼女《かのじょ》って見《み》てみたい、どんな人《ひと》だろ。

そう考《かんが》えながら、はっとした。

女嫌《おんなぎら》いだから、もしかしてパートナーは男《おとこ》かも。

う～ん、すごく新《あたら》しい！

「さ、行《い》ってきて。お金落《かねお》とさないようにポケットに入《い》れてね。あ、雨降《あめふ》ってきてるから傘持《かさも》って。」

ママに言《い》われて私《わたし》は、もらった500円玉《えんだま》2枚《まい》をポケットに入《い》れた。

「行《い》ってきますっ！」

もし、ここにお姉《ねえ》ちゃんがいたら、かなり嫌《いや》がっただろうな。

きっとこう言《い》うよ。

「奈子《なこ》、お金《かね》ってすごく汚《きたな》いんだよ。直接《ちょくせつ》、ポケットに入《い》れたりしたらダメ。裏地《うらじ》が汚《よご》れるもの。ちゃんとお財布《さいふ》に入《い》れて。」

お姉《ねえ》ちゃんは、潔癖性《けっぺきしょう》で神経質《しんけいしつ》。

あんなにいろんなことを気《き》にしていたら、生《い》きていくのが大変《たいへん》だろうなっていつも思《おも》ってしまう。

私《わたし》は結構《けっこう》、大雑把《おおざっぱ》で、どんなことでもわりと平気《へいき》。

きっとママに似《に》たんだね。

パパは、ママほど大胆《だいたん》じゃないし、慎重派《しんちょうは》だもの。

私《わたし》は、ポケットに入《い》れた500円玉《えんだま》を服《ふく》の上《うえ》から押《お》さえながら、もう一方《いっぽう》の手《て》で傘《かさ》を差《さ》し、家《いえ》の前《まえ》の私道《しどう》から通《とお》りに出《で》て、児童遊園《じどうゆうえん》の方《ほう》に歩《ある》いた。

そのそばに、ナチュラルローソンがあるんだ。

コンビニの中《なか》では、私《わたし》は、ローソンが好《す》き。

ローソンの社長《しゃちょう》って、お兄《にい》ちゃんと同《おな》じでラグビーやってた人《ひと》なんだ。

今《いま》はラグビーも皆《みな》が注目《ちゅうもく》してくれるようになったけれど、お兄《にい》ちゃんがやってた頃《ころ》は、何《なに》、それって感《かん》じの目《め》を向《む》けられてて、ママでさえ、ラグビーなんて人気《にんき》のないスポーツは早《はや》く辞《や》めればって言《い》っていたくらいだった。

皆《みな》の目《め》が冷《つめ》たい分《ぶん》、同好者《どうこうしゃ》の結束《けっそく》は固《かた》くて、お兄《にい》ちゃんなんか、ローソンの社長《しゃちょう》がラグビーやってたって聞《き》いた時《とき》から、もうローソンでしか買《か》わない。

「奈子《なこ》、おまえも、買《か》うならローソンにしとけよ。」

そう言《い》われて、私《わたし》も、ローソンを贔屓《ひいき》してるんだ。

「いらっしゃいませ。」

コンビニのドアを開《あ》けると、明《あか》るい店内《てんない》には数人《すうにん》のお客《きゃく》さんがいた。

レジにも、2〜3人《にん》が並《なら》んでいる。

私《わたし》は、ちょっと緊張《きんちょう》しながらレジのそばに積《つ》み上《あ》げられているカゴに手《て》を伸《の》ばした。

1人《ひとり》で買《か》い物《もの》をすることって、あまりない。

モタモタしないようにしなくちゃとか、人《ひと》の流《なが》れに乗《の》ってスムーズにお金《かね》を払《はら》わなくっちゃとか考《かんが》えたら、自然《しぜん》と体《からだ》が硬《かた》くなってしまった。

私《わたし》はギクシャクしながら、突《つ》き当《あ》たりの冷蔵《れいぞう》ケースまで真《ま》っ直《す》ぐに歩《ある》いた。

透明《とうめい》なそのドアは、私《わたし》の背《せ》の2倍《ばい》ほどもあって、すごく重《おも》い。

私《わたし》はしがみつくようにしてそれを開《あ》け、炭酸水《たんさんすい》の瓶《びん》を2本取《ほんと》り出《だ》した。

カゴに入《い》れて今度《こんど》はレジまで持《も》っていき、列《れつ》に並《なら》ぶ。

「次《つぎ》の方《かた》、どうぞ。」

私《わたし》が精算《せいさん》カウンターの上《うえ》にカゴを置《お》くと、店員《てんいん》さんは炭酸水《たんさんすい》にバーコードリーダーを当《あ》てた。

キャッシャーに金額《きんがく》が表示《ひょうじ》され、私《わたし》はお金《かね》を出《だ》そうとしてポケットに手《て》を入《い》れる。

ところが・・・なかったんだっ！

私《わたし》はあせってポケットの中《なか》を探《さぐ》った。

でも、どこにもないっ！

私《わたし》・・・お金《かね》をなくしちゃった！

どーしようっ!?

# 3　お金《かね》の生《う》まれるポケット

ついさっきまでポケットの上《うえ》から押《お》さえて500円玉《えんだま》の感触《かんしょく》を確認《かくにん》していたのに、その手《て》でカゴをつかんだものだから、その時《とき》からお金《かね》のことは忘《わす》れてしまったんだ。

「お金《かね》、ないの？」

店員《てんいん》さんに聞《き》かれて、私《わたし》はうなずくしかなかった。

「500円玉《えんだま》を2枚《まい》、持《も》ってきてたんですけど・・・」

「じゃ、出直《でなお》してきてね。」

そう言《い》って店員《てんいん》さんは、私《わたし》の目《め》の前《まえ》に置《お》かれていた炭酸水《たんさんすい》の入《はい》ったカゴを持《も》ち上《あ》げ、それをカウンターの向《む》こうに放《ほう》り出《だ》すように置《お》く。

「次《つぎ》の方《かた》、どうぞ。」

後《うし》ろにいた人《ひと》が前《まえ》に出《で》てきたので、私《わたし》は、あわてて脇《わき》に飛《と》びのいた。

そのまま呆然《ぼうぜん》として突《つ》っ立《た》っていたんだけれど、やがて我《われ》に返《かえ》り、自分《じぶん》はお金《かね》を落《お》としたのに違《ちが》いないと思《おも》った。

どこで?

ここに来《く》るまでは、確《たし》かに服《ふく》の上《うえ》から500円玉《えんだま》をつかんでいたんだから、落《お》としたとしたら、この店《みせ》の中《なか》だ。

お金《かね》の落《お》ちる音《おと》は聞《き》かなかったけれど、カゴを持《も》ってからお金《かね》のことは忘《わす》れていたから、聞《き》こえなかっただけかもしれない。

とにかく捜《さが》さなくっちゃ。

それでコンビニの出入《でい》り口《ぐち》から冷蔵《れいぞう》ケースの前《まえ》、そこからレジの前《まえ》までの通路《つうろ》を、じっくりと調《しら》べた。

お菓子《かし》や雑誌《ざっし》、生活用品《せいかつようひん》が並《なら》べられている棚《たな》は、たいてい床《ゆか》との間《あいだ》にわずかに隙間《すきま》があったから、しゃがみこんで、その奥《おく》までのぞいて、手《て》の入《はい》るところは入《い》れてみた。

でも500円玉《えんだま》は、どこにもなかった。

念《ねん》のために、もう一度《いちど》繰《く》り返《かえ》したけれど、やっぱり発見《はっけん》することができなかったんだ。

ガッカリしながら私《わたし》は、もしかして、もう誰《だれ》かが拾《ひろ》ってしまったのかもしれないと思《おも》った。

もしそうだったら、どうしたらいいんだろう。

途方《とほう》に暮《く》れてしゃがみこんだままでいると、目《め》の前《まえ》に、つっと拳《こぶし》が突《つ》き出《だ》された。

「これ、おまえの？」

ゆっくりと開《ひら》いたその拳《こぶし》の中《なか》に、500円玉《えんだま》が2枚《まい》あった。

「さっき、そこで拾《ひろ》ったんだけどさ。」

あ、きっと私《わたし》のだ！

ほっとして、私《わたし》は立《た》ち上《あ》がった。

「ありがと。捜《さが》してたんだ。」

目《め》を上《あ》げれば、そこに、私服《しふく》の男《おとこ》の子《こ》が立《た》っていた。

たぶん中学生《ちゅうがくせい》。

きれいな顔立《かおだ》ちだったけれど、2つの目《め》は切《き》れ長《なが》で鋭《するど》かった。

「見《み》つからなかったら、どうしようって思《おも》ってたの。」

そう言《い》うと、その子《こ》は、ちょっと笑《わら》った。

「俺《おれ》さぁ、」

薄《うす》い唇《くちびる》が曲《ま》がり、不敵《ふてき》な感《かん》じのする微笑《ほほえ》みになる。

「これ、ガメちまおうって思《おも》ってたんだけど、」

私《わたし》は、ちょっとびっくり。

だってガメるって、自分《じぶん》のものにするってことでしょ。

悪《わる》いことだよね。

それを、こんなに堂々《どうどう》と言《い》うなんて、なんか唖然《あぜん》としてしまう。

「だけど、おまえが捜《さが》してるとこが見《み》えたから、しかたなく返《かえ》すことにしたわけ。」

その時《とき》、私《わたし》は、その子《こ》の涼《すず》しげな目《め》の中《なか》に、とても暗《くら》く、哀《かな》しげな光《ひかり》がまたたいていることに気付《きづ》いた。

人《ひと》に言《い》えない秘密《ひみつ》でも抱《かか》えているかのような、暗《くら》く孤独《こどく》な目《め》だった。

「俺《おれ》に、感謝《かんしゃ》しなよ。」

そう言《い》われて私《わたし》は、大《おお》きく頭《あたま》を下《さ》げた。

「どうもありがとう。」

その頭《あたま》を上《あ》げた時《とき》には、その子《こ》はもうドアから外《そと》に出《で》ていくところだった。

後《うし》ろ姿《すがた》を、私《わたし》は見送《みおく》った。

不真面目《ふまじめ》なことを言《い》っていたわりにはさっぱりしていて、さっさと引《ひ》き上《あ》げていく。

なんだか、すっと吹《ふ》き過《す》ぎていく風《かぜ》みたいだった。

不思議《ふしぎ》な子《こ》・・・。

でも、よかった、拾《ひろ》ってもらえて。

そう思《おも》いながら私《わたし》は炭酸水《たんさんすい》を買《か》い、500円玉《えんだま》2枚《まい》を出《だ》した。

そしたら、こう言《い》われたんだ。

「今週《こんしゅう》いっぱい発売《はつばい》セールで、2本《ほん》で489円《えん》です。」

わあ、ラッキィ。

それでお釣《つ》りをもらって家《いえ》まで帰《かえ》った。

「ただいま、買《か》ってきたよ。」

そう言《い》いながら台所《だいどころ》に入《はい》っていくと、ママが疲《つか》れきった顔《かお》で椅子《いす》に座《すわ》っていた。

「遅《おそ》いじゃないの。裕樹《ゆうき》、もう帰《かえ》っちゃったわよ。」

あ、そうなんだ。

「お兄《にい》ちゃん、誰《だれ》かを連《つ》れてきたの？」

私《わたし》が聞《き》くと、ママは、がっくりとテーブルにうつぶせた。

「1人《ひとり》。必要《ひつよう》なものを取《と》りにきただけみたい。自分《じぶん》の部屋《へや》に直行《ちょっこう》して、しばらくして出《で》てきて、そのまま出《で》ていった・・・」

ああ、本当《ほんとう》に愛想《あいそ》がないね。

ちょっとくらい話《はな》して、ママの相手《あいて》をしてあげればいいのに。

ママ、かわいそう。

「奈子《なこ》、あなたがもう少《すこ》し早《はや》く帰《かえ》ってきてくれたら、引《ひ》き留《と》められたのに。」

ごめんね。

「いったい何《なに》してたのよ。」

私《わたし》はポケットに手《て》を入《い》れ、お釣《つ》りを出《だ》してママの前《まえ》に置《お》いた。

「あのね、」

説明《せつめい》しようとして、テーブルの上《うえ》に広《ひろ》がっている硬貨《こうか》に目《め》をやり、ものすごくびっくりした。

自分《じぶん》の見《み》ているものが信《しん》じられなくて、思《おも》わず目《め》をこすってしまったくらい。

だってそこにあったのは、さっきもらったお釣《つ》りと全然違《ぜんぜんちが》う額《がく》だったんだもの。

コンビニで私《わたし》は５００円《えん》２枚《まい》を出《だ》し、４８９円《えん》の炭酸水《たんさんすい》を買《か》って、５１１円《えん》のお釣《つ》りをもらった。

５００円玉《えんだま》が１枚《まい》と、10円玉《えんだま》が１枚《まい》、１円玉《えんだま》が１枚《まい》だった。

ところが今《いま》、私《わたし》の目《め》の前《まえ》にあるのは５００円玉《えんだま》が２枚《まい》と１円玉《えんだま》が１枚《まい》で、合計《ごうけい》１００１円《えん》だったんだ。

何《なに》っ、このメチャクチャな額《がく》。

いったい、どうしてこんなことに。

もしかして私《わたし》のポケットは、お金《かね》の増《ふ》えるポケットだったのっ!?

それって、すごい！

私《わたし》は、感嘆《かんたん》の溜《た》め息《いき》をついた。

「ママ、この服《ふく》、素晴《すば》らしいね。お金《かね》が増《ふ》えてる。すごく珍《めずら》しいポケットだと思《おも》うよ。」

ママは、バカバカしいといったような顔《かお》で手《て》を伸《の》ばし、私《わたし》の上着《うわぎ》を脱《ぬ》がせた。

そして埃《ほこり》を払《はら》うみたいに、それをバサバサッと揺《ゆ》すったんだ。

中《なか》からチャリチャリと、お金《かね》の音《おと》がした。

はて・・・。

私《わたし》は、何《なに》が何《なん》だかわからなくて首《くび》を傾《かし》げた。

でもママには、すべてがわかっていたみたいで、私《わたし》の上着《うわぎ》のポケットに手《て》を突《つ》っこみ、そこから500円玉《えんだま》1枚《まい》と、10円玉《えんだま》1つをつかみ出《だ》したんだ。

え・・・私《わたし》がさっきポケットに手《て》を入《い》れた時《とき》には、こんなのなかったのに・・・。

目《め》を丸《まる》くしていると、ママは、ポケットの中《なか》をぐいっと開《ひら》いて私《わたし》に見《み》せた。

「ポケットの底《そこ》の縫《ぬ》い目《め》が綻《ほころ》んでたのよ。」

見《み》れば、確《たし》かに端《はし》の方《ほう》の縫《ぬ》い糸《いと》の一部《いちぶ》が切《き》れている。

「それで硬貨《こうか》がポケットから落《お》ちて、裏地《うらじ》の中《なか》に入《はい》ってたわけ。ポケットの綻《ほころ》びには気付《きづ》いていたんだけど、そのうち縫《ぬ》おうと思《おも》ってたのよね。」

そう言《い》いながらママは、その510円《えん》をテーブルに置《お》いた。

「でも、おかしいな。これだと全部《ぜんぶ》で、1511円《えん》になるわよ。」

それらの隣《となり》には、私《わたし》が買《か》ってきた489円《えん》の炭酸水《たんさんすい》もある。

だから全部《ぜんぶ》を合《あ》わせると、ちょうど2000円分《えんぶん》になるのだった。

私《わたし》は1000円《えん》を持《も》って出発《しゅっぱつ》したのに、その倍《ばい》を持《も》って帰《かえ》ってきたことになる。

つまり、どこかで1000円増《えんふ》えたんだ。

「あなたに渡《わた》したのは、1000円《えん》だけだったのに。」

そう言《い》いながらママは、そこにあった500円玉《えんだま》3枚《まい》を代《か》わる代《が》わる摘《つま》み上《あ》げた。

「うん、こっちの2枚《まい》は、確《たし》かにママが渡《わた》した500円玉《えんだま》よ。今年《ことし》の製造《せいぞう》ですごくきれいだったから、使《つか》うのもったいないなぁと思《おも》いながら渡《わた》したんだもの、間違《まちが》いない。」

私《わたし》は、自分《じぶん》が家《いえ》を出《で》てからのことを改《あらた》めて思《おも》い返《かえ》し、はっとした。

私《わたし》のポケットは綻《ほころ》びていて、500円玉《えんだま》は、そこから裏地《うらじ》の中《なか》に落《お》ちていた。

どこかに落《お》としたんじゃなくて、ずっと服《ふく》の中《なか》にあったんだ。

落《お》ちた音《おと》を聞《き》かなかったのは、そのせいだ。

でも私《わたし》は気付《きづ》かずに、どこかに落《お》としたに違《ちが》いないと思《おも》って必死《ひっし》に捜《さが》していた。

そこにあの子《こ》が、500円《えん》を拾《ひろ》ったって2枚出《まいだ》したから、てっきり自分《じぶん》のだと思《おも》ったんだ。

今《いま》ここにあるお金《かね》と炭酸水《たんさんすい》の合計《ごうけい》が1000円多《えんおお》くなっていることから考《かんが》えれば、あの500円玉《えんだま》2枚《まい》は、きっとあの子《こ》のなんだ。

私《わたし》をかわいそうに思《おも》って、自分《じぶん》のをくれたんだ。

私《わたし》は、何《なん》とも言《い》えない気持《きも》ちになった。

あの子《こ》は、私《わたし》が遠慮《えんりょ》しないように、ああいう言《い》い方《かた》をしたんだ。

ちょっと悪《わる》ぶりながら、私《わたし》を助《たす》けてくれた。

なんて優《やさ》しいんだろう！

「あの、実《じつ》はね、」

私《わたし》は、ママに事情《じじょう》を話《はな》した。

するとママは、軽《かる》く答《こた》えたんだ。

「ま、とにかく、うちは損《そん》してないから、いいわよ。ママはお釣《つ》りだけ返《かえ》してもらえばいいから、その1000円分《えんぶん》はラッキーってことで、あなたにあげる。」

うちのママは、公徳心《こうとくしん》に問題《もんだい》がある。

家族《かぞく》の皆《みな》がそう思《おも》っているけれど、それを注意《ちゅうい》できるのはパパだけだった。

私《わたし》は、1人《ひとり》で決心《けっしん》した。

必《かなら》ずあの子《こ》を捜《さが》し出《だ》して、お礼《れい》を言《い》って、この500円玉《えんだま》2枚《まい》を返《かえ》そうって。

でも、どうやって捜《さが》せばいいのかなぁ。

名前《なまえ》も知《し》らないし、学校《がっこう》もわからないんだ。

手《て》がかりは、顔《かお》だけ。

何《なん》とかしなくっちゃ！

# 4 少数派《マイノリティ》

そのあくる日《ひ》、学校《がっこう》では、放課後《ほうかご》にちょっとした騒《さわ》ぎが起《お》こった。

それは、皆《みな》が思《おも》い思《おも》いに帰《かえ》ろうとしていた時《とき》のこと。

私《わたし》も、教室《きょうしつ》を出《で》るところだった。

背後《はいご》で、大《おお》きな声《こえ》がしたんだ。

「おい、無視《むし》してんじゃねーよっ！」

振《ふ》り返《かえ》ると、土屋友香《つちやゆか》さんが窓際《まどぎわ》の机《つくえ》の方《ほう》をにらんでいた。

「早馬《はゆま》って、いつもそうだよね。超《ちょう》ムカつく！」

土屋《つちや》さんはカンカンに怒《おこ》っていて、その怒《いか》りは、早馬君《はゆまくん》に向《む》けられていた。

早馬歩《はゆまあゆみ》っていう男《おとこ》の子《こ》。

すごくおとなしくて、ほとんどしゃべらない子《こ》で、ホームルームでも発言《はつげん》しているところを見《み》たことがない。

体育《たいいく》もニガテらしくて、時々《ときどき》、男子《だんし》にバカにされているし、人《ひと》から話《はな》しかけられるとビクッと体《からだ》を震《ふる》わせるらしい。

色《いろ》が白《しろ》くて、なよなよしているから、いつか誰《だれ》かが、

「早馬《はゆま》って、キモいよね。」

って言《い》い出《だ》して、それから女子《じょし》に敬遠《けいえん》されるようになったんだ。

「時々《ときどき》、クサいしさ。」

「授業中《じゅぎょうちゅう》も、ぼうっとしてて、ノートもほとんど取《と》ってないんだよ。」

私《わたし》はホームルームの席《せき》も遠《とお》いし、掃除《そうじ》グループでも一緒《いっしょ》になったことがない。

だから接触《せっしょく》する機会《きかい》がなくて、皆《みな》の言《い》っているのが本当《ほんとう》かどうか、わからないんだ。

だけど、ここは学校《がっこう》なんだから、いろんなタイプの子《こ》がいていいんじゃないかな。

しゃべらない子《こ》がいても、おしゃべりの子《こ》がいても、色《いろ》が白《しろ》くてなよっとしていても、色《いろ》が黒《くろ》くてドスンとしていても、それぞれにいいと思《おも》う。

「なんで、ちゃんと返事《へんじ》しないわけよ。」

土屋《つちや》さんは、なおも追及《ついきゅう》をやめない。

早馬君《はゆまくん》は、何《なに》も言《い》わないままだった。

私《わたし》は放《ほう》っておけなくなって、教室《きょうしつ》の中《なか》に引《ひ》き返《かえ》した。

「どうしたの？」

近寄《ちかよ》って声《こえ》をかけると、土屋《つちや》さんは私《わたし》に気付《きづ》き、きまりが悪《わる》そうな表情《ひょうじょう》になった。

言《い》い訳《わけ》でもするかのようにつぶやく。

「こいつ、人《ひと》のこと無視《むし》するんだ。いっつもそうだから、今日《きょう》はきちっとケジメつけさせようと思《おも》っただけだよ。」

ふむ、無理《むり》な主張《しゅちょう》じゃないけど、パンパン言《い》われたら、早馬君《はゆまくん》みたいにおとなしい子《こ》は、すくんでしまうよね。

「私《わたし》が聞《き》いてみてもいい？」

土屋《つちや》さんは、信《しん》じられないといったように目《め》を丸《まる》くした。

「こんな奴《やつ》に時間《じかん》かけても、無駄骨《むだぼね》だよ。あんた、塾《じゅく》があんでしょう。いいから行《い》きなよ。私《わたし》も、もう帰《かえ》る。ああバカバカしいことにムキになっちゃった。」

机《つくえ》から離《はな》れていく土屋《つちや》さんの後《うし》ろに、同《おな》じグループの女子《じょし》が続《つづ》く。

土屋《つちや》さんは、クラスの女子《じょし》ボスの1人《ひとり》だから、いつも仲間《なかま》と一緒《いっしょ》なんだ。

それを見送《みおく》って、私《わたし》は早馬君《はゆまくん》に向《む》き直《なお》った。

早馬君《はゆまくん》は、ビクッとして顔《かお》をそむける。

私《わたし》は、ゆっくりと言《い》った。

「学校《がっこう》には、いくつかルールがあって、話《はな》しかけられたら返事《へんじ》をしなくちゃいけないってのも、その1つだよ。今《いま》は答《こた》えられないって返事《へんじ》でもいいから、とにかく何《なに》か言《い》わないと誤解《ごかい》されるから。きちんと理解《りかい》してもらった方《ほう》がいいでしょ。」

そう言《い》いながら私《わたし》は、自分《じぶん》もかなり誤解《ごかい》されていることを考《かんが》えて、溜《た》め息《いき》をついた。

「まぁ学校《がっこう》って疲《つか》れるし、つまんないことの多《おお》いところだけどね。」

その先《さき》を言《い》おうとしたとたん、早馬君《はゆまくん》がこっちを見《み》た。

「立花《たちばな》さんも、そう思《おも》ってるの？」

私《わたし》はうなずく。

「だって私《わたし》って、問題児《もんだいじ》なんだよ。授業《じゅぎょう》聞《き》いてないし、成績悪《せいせきわる》いし。だから先生《せんせい》から、我《わ》がままで我慢《がまん》が足《た》りなくて集中力《しゅうちゅうりょく》がないって言《い》われてるもん。」

瞬間《しゅんかん》、早馬君《はゆまくん》は、とてもうれしそうに笑《わら》い出《だ》した。

「僕《ぼく》よりすごいね。」

その笑顔《えがお》は、まるで山羊《やぎ》が笑《わら》った時《とき》みたいに優《やさ》しくて、かわいらしかった。

「じゃ話《はな》すけど、」

そう言《い》って早馬君《はゆまくん》は、声《こえ》を潜《ひそ》める。

「僕《ぼく》、左《ひだり》の耳《みみ》で聞《き》いた言葉《ことば》が、ほとんどわからないんだ。」

えっ!?

「音《おと》は聞《き》こえるんだけど、意味《いみ》がわからない。ちょうど知《し》らない国《くに》の言葉《ことば》を聞《き》いてるみたいなんだ。だから左側《ひだりがわ》から話《はな》しかけられると、どうしていいのかわからなくなって、パニックして、体《からだ》がビクッとするんだよ。」

そうだったのか!

「それから文字《もじ》が書《か》けない。パソコンで打《う》つことはできるんだけど、手《て》では書《か》けないんだ。いくら練習《れんしゅう》しても全然《ぜんぜん》、覚《おぼ》えられなくって。脳《のう》の機能《きのう》に問題《もんだい》があるみたい。だからノートが取《と》れないんだ。」

やっぱり、かなり誤解《ごかい》されてるんだぁ。

「それ、皆《みんな》に知《し》ってもらった方《ほう》がよくない?」

すると早馬君《はゆまくん》は、下唇《したくちびる》を突《つ》き出《だ》して反対《はんたい》の気持《きも》ちを示《しめ》した。

「あれこれ言《い》うのは、言《い》い訳《わけ》してるみたいで嫌《いや》なんだ。」

へぇ、きっぱりしてるんだなぁ。

「別《べつ》にわかってもらわなくてもいいよ。友《とも》だちなんていらないし。」

その言葉《ことば》に、私《わたし》は反論《はんろん》できなかった。

小《しょう》4まで私《わたし》は、友《とも》だちを作《つく》ることに熱心《ねっしん》だった。

友《とも》だちに合《あ》わせるために、ファッションとか占《うらな》いを雑誌《ざっし》でチェックし、テレビも人気番組《にんきばんぐみ》をきちんと見《み》るようにしていたんだ。

自分《じぶん》では全然《ぜんぜん》、興味《きょうみ》がなかったんだけれど、友《とも》だちとの会話《かいわ》に必要《ひつよう》だったから。

それが段々《だんだん》、無駄《むだ》な時間《じかん》に思《おも》えてきて、そして考《かんが》えた。

こんな友《とも》だちなんて、いらないいんじゃないかって。

で、5年《ねん》になったのを機会《きかい》に、友《とも》だちを作《つく》らないことにしたんだ。

友《とも》だちって、意識《いしき》して作《つく》らなくても、本当《ほんとう》に心《こころ》が通《かよ》ったら自然《しぜん》にできるものだと思《おも》うから。

「そうだね。友《とも》だちなんて、無理《むり》して作《つく》らなくてもいいよね。」

私《わたし》がそう言《い》うと、早馬君《はゆまくん》はにっこりした。

「気《き》が合《あ》うね。でもこういう考《かんが》え方《かた》って、絶対《ぜったい》マイノリティだよね。」

私《わたし》は一瞬《いっしゅん》、ボケッとしてしまった。

マイノリティって言葉《ことば》の意味《いみ》がわからなかったの。

早馬君《はゆまくん》は、私《わたし》の顔《かお》を見《み》ていて、すぐそれに気付《きづ》いたみたいだった。

「マイノリティって、少数《しょうすう》とか少数派《しょうすうは》のことだよ。その反対《はんたい》は、マジョリティ。」

へぇ！

「どこで覚《おぼ》えたの？」

私《わたし》が聞《き》くと、早馬君《はゆまくん》は首《くび》を傾《かし》げた。

「どこでかな。本《ほん》を読《よ》むのが好《す》きでいろんなの読《よ》んでるから、その中《なか》かもしれない。今《いま》は経済学《けいざいがく》の本《ほん》に興味《きょうみ》があるんだ。それに関連《かんれん》してイギリス史《し》やスコットランド史《し》も読《よ》むようになったんだけど、これもおもしろいよ。」

すごいかもっ！

私《わたし》は驚《おどろ》きながら、聞《き》いてみた。

「経済学《けいざいがく》と、イギリス史《し》やスコットランド史《し》って、どう関連《かんれん》してるの？」

早馬君《はゆまくん》は、なんでもなさそうに答《こた》える。

「経済学《けいざいがく》の創始者《そうししゃ》って言《い》われてるのはアダム・スミスって人《ひと》で、『国富論《こくふろん》』の中《なか》で経済《けいざい》を科学的《かがくてき》に体系《たいけい》づけたんだ。このスミスはスコットランドの生《う》まれで、18世紀《せいき》のイギリスで活躍《かつやく》した。だから彼《かれ》の経済学《けいざいがく》の背景《はいけい》には、当時《とうじ》のスコットランドやイギリス社会《しゃかい》の問題《もんだい》が潜《ひそ》んでいるんだ。それを知《し》っといた方《ほう》が、より深《ふか》く理解《りかい》できると思《おも》ってさ。」

私《わたし》は、胸《むね》を打《う》たれた。

クラスの中《なか》で少《すこ》しも目立《めだ》たなくて、発言《はつげん》も主張《しゅちょう》もしない早馬君《はゆまくん》の心《こころ》の中《なか》に、誰《だれ》にも想像《そうぞう》もつかないほど深《ふか》くて豊《ゆた》かな世界《せかい》が広《ひろ》がっていることがわかって、感動《かんどう》したんだ。

「すごいね、早馬君《はゆまくん》。」

そう言《い》うと、早馬君《はゆまくん》は照《て》れたような笑《え》みを浮《う》かべ、目《め》を伏《ふ》せた。

「よかったら、一緒《いっしょ》に帰《かえ》ろうか？」

うんっ！

もっといろいろなことを聞《き》いたり、話《はな》したりしてみたかった。

「僕《ぼく》の右側《みぎがわ》に来《き》てよね。でないと、聞《き》き取《と》れないから。」

教室《きょうしつ》を出《で》ると、私《わたし》は急《いそ》いで早馬君《はゆまくん》の右側《みぎがわ》に並《なら》んだ。

男子《だんし》と一緒《いっしょ》に帰《かえ》るのは、初《はじ》めて。

でも早馬君《はゆまくん》は男《おとこ》の子《こ》っぽくなかったから、私《わたし》は、ちっとも困《こま》らなかった。

それに、どうしても言《い》っておきたいことがあったんだ。

私《わたし》は、話《はなし》が始《はじ》まる前《まえ》に、それを口《くち》にした。

「さっきの続《つづ》きだけど、友《とも》だちを作《つく》るかどうかは別問題《べつもんだい》として、誤解《ごかい》は解《と》いておいた方《ほう》が暮《く》らしやすいと思《おも》うよ。お家《うち》の人《ひと》から先生《せんせい》に話《はな》して、皆《みな》に伝《つた》えてもらったら？」

早馬君《はゆまくん》は眉《まゆ》をしかめる。

「家《うち》、父子家庭《ふしかてい》なんだ。ママが出《で》ていったからさ。パパはいろいろ忙《いそが》しい人《ひと》だから、頼《たの》みたくないんだよ、悪《わる》いから。」

そっかぁ。

私《わたし》は、ちょっと考《かんが》えてから提案《ていあん》した。

「じゃ、このことについては、私《わたし》に任《まか》せてくれない？」

早馬君《はゆまくん》は、不安《ふあん》そうな顔《かお》になる。

「どうすんの？」

私《わたし》は、頭《あたま》の中《なか》でいろいろな可能性《かのうせい》を探《さぐ》りながら答《こた》えた。

「一番《いちばん》いい方法《ほうほう》を取《と》るつもり。でも早馬君《はゆまくん》は知《し》らない方《ほう》がいいよ。そしたら結果《けっか》が悪《わる》く出《で》ても、僕《ぼく》は知《し》らなかったって言《い》えるじゃない。立花《たちばな》さんが勝手《かって》にやっただけだって。」

早馬君《はゆまくん》はクスッと笑《わら》った。

「わかった。任《まか》せるよ。でも悪《わる》い結果《けっか》になったとしても、僕《ぼく》は立花《たちばな》さんのせいにはしないから。

任《まか》せたのは僕《ぼく》だからって、ちゃんと言《い》うからね。それが責任《せきにん》ってものだろ。」

早馬君《はゆまくん》がすごくきちんとしていることに、私《わたし》は感心《かんしん》した。

そして、いい子《こ》だなぁって思《おも》ったんだ。

早馬君《はゆまくん》のこんな考《かんが》え方《かた》を知《し》ったら、誰《だれ》だって感心《かんしん》して、そして好《す》きになるんじゃないかな。

もちろん土屋《つちや》さんも、だよ。

早《はや》くそうなるように、私《わたし》、力《ちから》を尽《つ》くそう！

そう考《かんが》えながら私《わたし》は、ふっと昨日《きのう》のことを思《おも》い出《だ》し、早馬君《はゆまくん》に聞《き》いてみた。

「ね、こんな目《め》をした中学生《ちゅうがくせい》、知《し》らない？」

私《わたし》は両手《りょうて》で自分《じぶん》の目《め》の端《はし》を引《ひ》っ張《ぱ》って、切《き》れ長《なが》にしてみせた。

「顔立《かおだ》ちはきれいで、目《め》は鋭《するど》いけど涼《すず》しげで、でも暗《くら》くて哀《かな》しそうな感《かん》じがするの。背《せ》は普通《ふつう》。ちょっと悪《わる》ぶっているけれど、ほんとは優《やさ》しい子《こ》だと思《おも》う。」

早馬君《はゆまくん》は、首《くび》を傾《かし》げた。

「さぁ、わからないな。僕《ぼく》って、あんまり人《ひと》とつながりを持《も》たない方《ほう》だし、人間《にんげん》に興味《きょうみ》もないから。」

そっかぁ。

「でも心《こころ》がけて捜《さが》しておくよ。あ、僕《ぼく》んち、ここ。」

足《あし》を止《と》めて早馬君《はゆまくん》は、私《わたし》たちが歩《ある》いていた道路《どうろ》に面《めん》した門《もん》を指《さ》した。

そのあたり一帯《いったい》は、通学路《つうがくろ》の中《なか》でも一番静《いちばんしず》かなお屋敷町《やしきまち》だった。

道《みち》に面《めん》した左右《さゆう》に、広《ひろ》い敷地《しきち》の一戸建《いっこだ》てが立《た》ち並《なら》んでいて、それぞれの庭《にわ》も公園《こうえん》みたいに広《ひろ》い。

早馬君《はゆまくん》が指差《ゆびさ》した塀《へい》の向《む》こうには、よく手入《てい》れされた庭木《にわき》が茂《しげ》っていて、その間《あいだ》から素敵《すてき》な洋館《ようかん》が見《み》えた。

クリーム色《いろ》の外壁《がいへき》に、おしゃれな斜体《しゃたい》で書《か》かれた１８１６という金色《きんいろ》の数字《すうじ》が取《と》り付《つ》けられている。

「あれ、何《なん》の数字《すうじ》？」

私《わたし》が聞《き》くと、早馬君《はゆまくん》は目《め》を伏《ふ》せた。

「うちのパパってパイロットなんだ。ＣＡ《キャビンアテンダント》だったママと職場結婚《しょくばけっこん》したんだけど、あれは、知《し》り合《あ》った時２人《ときふたり》が乗《の》っていた飛行機《ひこうき》の便名《びんめい》。」

わぁ、ロマンティックだぁ。

「でも離婚《りこん》した今《いま》じゃ、見《み》るたびに辛《つら》くなるってパパが言《い》ってるよ。」

ああ、そうか・・・。

人生《じんせい》には、いろんなことが起《お》こるんだね。

「よかったら、寄《よ》ってく？」

私《わたし》は、もっと話《はな》していたかったけれど、G教室《ジェイきょうしつ》に行《い》かなきゃならなかったから断《ことわ》るしかなかった。

「また今度《こんど》ね。」

そう言《い》うと、早馬君《はゆまくん》は顔《かお》を陰《かげ》らせた。

「僕《ぼく》んちに来《く》るのが、嫌《いや》？」

恐《おそ》る恐《おそ》る私《わたし》の顔《かお》をのぞき見《み》る。

不安《ふあん》げなその表情《ひょうじょう》を見《み》ていると、早馬君《はゆまくん》がかなり繊細《せんさい》だということがよくわかった。

「そうじゃなくって、塾《じゅく》があるの。」

私《わたし》の答《こた》えに、早馬君《はゆまくん》はほっと息《いき》をついた。

「じゃ今度《こんど》、来《き》てね。」

ん、約束《やくそく》するよ。

# 5 オヤジ狩《が》り

早馬君《はゆまくん》と別《わか》れて、私《わたし》は急《いそ》いで家《いえ》に帰《かえ》り、お弁当《べんとう》を持《も》ってＺ《ゼータ》ビルに向《む》かった。

Ｚ《ゼータ》ビルは、エリート集団《しゅうだん》クラブＺ《ゼータ》の育成《いくせい》のために、秀明《しゅうめい》が建《た》てたビル。

ここに集結《しゅうけつ》しているクラブＺ《ゼータ》メンバーは、サッカーチームＫＺ《カッズ》の中《なか》から選《えら》び抜《ぬ》かれた人《ひと》たちなんだ。

ビルの中《なか》の寮《りょう》で生活《せいかつ》しながらそれぞれの学校《がっこう》に通《かよ》ったり、様々《さまざま》な分野《ぶんや》のスペシャリストから特《とく》別授業《べつじゅぎょう》を受《う》けたり、個別《こべつ》トレーニングをしたりして自分《じぶん》のスキルを磨《みが》いている。

Ｚ《ゼータ》ビルには教室《きょうしつ》はもちろん、レッスンルームや実験室《じっけんしつ》、調理室《ちょうりしつ》、それにプールや体育館《たいいくかん》やプラネタリウムまでそろってるんだ。

その6階《かい》に、私《わたし》の通《かよ》うG教室《ジェイきょうしつ》がある。

つまりG教室《ジェイきょうしつ》は、Ｚ《ゼータ》ビルの一部《いちぶ》を借《か》りているわけ。

だからクラブＺ《ゼータ》との関係《かんけい》は、とても微妙《びみょう》。

立場《たちば》としては対等《たいとう》なんだけれど、クラブＺ《ゼータ》は組織化《そしきか》された集団《しゅうだん》で、人数《にんずう》も多《おお》く、おまけに私《わたし》たちより年上《としうえ》で、ひと言《こと》でいうと、強大《きょうだい》！　なんだ。

ビル自体《じたい》が、クラブＺ《ゼータ》のためのものでもあるしね。

うっかりしていると、Ｇ教室《ジエイきょうしつ》はクラブＺ《ゼータ》の子分《こぶん》か、部下《ぶか》みたいに扱《あつか》われて、いろいろな命令《めいれい》に従《したが》わされる危険性《きけんせい》がある。

事実《じじつ》、「クリスマスケーキは知《し》っている」や「星形《ほしがた》クッキーは知《し》っている」の中《なか》では、とても大《おお》きな課題《かだい》を出《だ》されて、必死《ひっし》だった。

まぁ達成感《たっせいかん》や充実感《じゅうじつかん》は、味《あじ》わったけれど。

Ｇ教室《ジエイきょうしつ》の責任者《せきにんしゃ》の浩史先生《こうじせんせい》からは、クラブＺ《ゼータ》とうまくやるように言《い》われている。

それをこなすことで力《ちから》が養《やしな》われ、私《わたし》たちはタフになれるらしい。

でもクラブＺ《ゼータ》みたいな強大《きょうだい》な相手《あいて》に対《たい》して、たった４人《にん》しかいない私《わたし》たちＧ教室《ジエイきょうしつ》が対等《たいとう》な立場《たちば》を主張《しゅちょう》し、それを維持《いじ》し、友好的《ゆうこうてき》に付《つ》き合《あ》っていくのって、すっごく難《むずか》しい気《き》がする。

浩史先生《こうじせんせい》が言《い》っていることだから、私《わたし》、どこまでも頑張《がんば》るけどね。

「やぁ、ミニ立花《たちばな》。」

Ｚ《ゼータ》ビルの生徒専用通用口前《せいとせんようつうようぐちまえ》で、私《わたし》がバッグからＩＤ《アイディー》カードを出《だ》していると、後《うし》ろから声《こえ》がした。

「久《ひさ》しぶりだな、元気《げんき》か？」

振《ふ》り返《かえ》ると、若武先輩《わかたけせんぱい》と上杉先輩《うえすぎせんぱい》がこちらにやってくるところだった。

漆黒《しっこく》のスタジアム・ジャンパーを着《き》て、黒《くろ》い革《かわ》の編《あ》み上《あ》げブーツを履《は》いている。

その胸元《むなもと》と足首《あしくび》には、金色《きんいろ》の刺繍糸《ししゅういと》で、クラブＺ《ゼータ》という文字《もじ》が縫《ぬ》い取《と》られていた。

金《きん》の刺繍《ししゅう》は、クラブＺ《ゼータ》の正規《せいき》メンバーの印《しるし》。

補欠《ほけつ》メンバーは、銀色《ぎんいろ》なんだ。

２人《ふたり》ともお姉《ねえ》ちゃんの友《とも》だちで、中学《ちゅうがく》の時《とき》はサッカーチームＫＺ《カッズ》に入《はい》っていた。

ＫＺ《カッズ》のユニフォームは、緋色《ひいろ》の地《じ》に金色《きんいろ》の刺繍《ししゅう》で、２人《ふたり》ともそれがよく似合《にあ》っていたけれど、高校生《こうこうせい》になって身長《しんちょう》も伸《の》び、たくましくなった今《いま》では、クラブＺ《ゼータ》の漆黒《しっこく》のユニフォームがしっくりしていて、どこから見《み》ても大人《おとな》って感《かん》じだった。

ちょっと憧《あこが》れる、かも。

「俺《おれ》たち、近々《ちかぢか》、またＧ教室《ジェイきょうしつ》に行《い》くから。」

そう言《い》いながら若武先輩《わかたけせんぱい》は、上杉先輩《うえすぎせんぱい》に視線《しせん》を走《はし》らせる。

「そのうちＺ事務局《ゼータじむきょく》から連絡《れんらく》があると思《おも》うけどさ、もうじき５月祭《メイディ》だから、今度《こんど》はドーナツを作《つく》ることになるぜ。」

へえ！

私《わたし》は、ミスドで売《う》っているカラフルなドーナツを思《おも》い浮《う》かべた。

私《わたし》が好《す》きなのは生《なま》チョコをかけたドーナツだけれど、シンプルなオールドファッションとかも嫌《きら》いじゃない。

Ƶ事務局《ゼータじむきょく》は、どんなドーナツを作《つく》れって言《い》ってくるのだろう。

きっと普通《ふつう》のじゃないよね。

私《わたし》は、これまで作《つく》ってきた2メートルもあるクリスマスケーキや、600枚《まい》もの星形《ほしがた》クッキーのことを思《おも》い出《だ》して、楽《たの》しみなような、不安《ふあん》なような複雑《ふくざつ》な気持《きも》ちになった。

「クラブƵ《ゼータ》のメンバーは全員《ぜんいん》、このビルで寮生活《りょうせいかつ》してるだろ。単調《たんちょう》で無機的《むきてき》な暮《く》らしに陥《おちい》りやすいから、Ƶ事務局《ゼータじむきょく》では季節《きせつ》の行事《ぎょうじ》を重要視《じゅうようし》してるんだ。5月《がつ》のメイン行事《ぎょうじ》は5月祭《メイディ》。5月柱《メイポール》を作《つく》る。」

5月柱《メイポール》？

「今《いま》、中庭《なかにわ》の藤棚《ふじだな》のそばに、大《おお》きな柱《はしら》みたいなのが突《つ》っ立《た》ってるだろ。」

ああ、そう言《い》われてみれば、ある。

いったい、何《なに》するものなんだろうって、ずっと思《おも》ってたんだ。

だって、ただの柱《はしら》なんだもの。

「毎年《まいとし》、5月祭《メイディ》の日《ひ》になると、あれをリボンやリースで飾《かざ》るんだ。飾《かざ》られた柱《はしら》は、祭《まつ》りのシンボルとして5月柱《メイポール》と呼《よ》ばれる。その周《まわ》りでゲームしたり、踊《おど》ったり、飲《の》んだり食《く》ったりすんだよ。」

わぁ、楽《たの》しそう。

「その時《とき》に出《で》る菓子《かし》が、ドーナツ。今《いま》までの流《なが》れからして、その作業《さぎょう》はG教室《ジェイきょうしつ》に割《わ》り当《あ》てられるはず。で、たぶん俺《おれ》たちが、その指導員《しどういん》。」

上杉先輩《うえすぎせんぱい》が、まいったといったような大《おお》きな息《いき》をつく。

「魔《ま》のスイーツ連鎖《チェーン》だよなぁ。いったいいつになったら、俺《おれ》、この役目《やくめ》から解放《かいほう》されるんだろ。」

その肩《かた》を、若武先輩《わかたけせんぱい》が抱《だ》き寄《よ》せた。

「上杉《うえすぎ》、カッコつけるな。おまえ、ほんとはスイーツ男子《だんし》だって噂《うわさ》じゃん。そうなんだろ。」

わぁ、そうだったんだ。

「素直《すなお》に喜《よろこ》んどけよ。俺《おれ》、誰《だれ》にも言《い》わないからさ。」

瞬間《しゅんかん》、上杉先輩《うえすぎせんぱい》は、自分《じぶん》の肩《かた》に載《の》っていた若武先輩《わかたけせんぱい》の腕《うで》をつかみ上《あ》げ、放《ほう》り出《だ》すように払《はら》いのけた。

「ざけんなっ！　誰《だれ》がスイーツ男子《だんし》だ。根《ね》も葉《は》もない噂《うわさ》、勝手《かって》に作《つく》るんじゃねーっ!!」

憤然《ふんぜん》と身《み》をひるがえし、通用口《つうようぐち》を入《はい》っていく。

若武先輩《わかたけせんぱい》は、失敗《しっぱい》したといわんばかりに、チロッと舌《した》を出《だ》した。

「冗談《じょうだん》の通《つう》じない奴《やつ》だ。」

そう言《い》ってから私《わたし》に向《む》かって片手《かたて》を上《あ》げる。

「じゃ、な。」

その姿《すがた》を見送《みおく》って、私《わたし》も自分《じぶん》のＩＤ《アイディー》カードで中《なか》に入《はい》った。

エレベーターホールまで行《い》き、６階《かい》に上《のぼ》る。

若武先輩《わかたけせんぱい》と上杉先輩《うえすぎせんぱい》は、始終《しじゅう》モメている。

それなのに、どうしていつも一緒《いっしょ》にいるんだろ、謎《なぞ》だなぁ。

お姉《ねえ》ちゃんの前《まえ》では、どうなんだろう。

今度《こんど》、それとなく聞《き》いてみよっと。

そう考《かんが》えながらＧ教室《ジェイきょうしつ》のドアを開《あ》けると、若王子君《わかおうじくん》の机《つくえ》の周《まわ》りに火影君《ひかげくん》と美織君《みおりくん》が集《あつ》まって、深刻《しんこく》な顔《かお》で話《はな》しているのが見《み》えた。

「あれ、皆《みんな》、今日《きょう》は早《はや》いんだね。」

３人《にん》は一瞬《いっしゅん》、黙《だま》りこみ、顔《かお》を見合《みあ》わせる。

えっ、なんだろ、この反応《はんのう》。

私《わたし》が首《くび》を傾《かし》げていると、火影君《ひかげくん》が言《い》った。

「美織《みおり》、話《はな》せよ。」

美織君《みおりくん》は、腰《こし》かけていた机《つくえ》から飛《と》び降《お》りて口《くち》を開《ひら》く。

「あのさぁ、」

その時《とき》、座《すわ》っていた若王子君《わかおうじくん》が素早《すばや》く言《い》った。

「浩史先生《こうじせんせい》、辞《や》めるらしい。」

私《わたし》は、一気《いっき》に血《ち》の気《け》が引《ひ》く思《おも》いだった。

なんでっ!?

まるで自分《じぶん》が、見《み》も知《し》らない場所《ばしょ》に放《ほう》り出《だ》されたような気《き》がした。

そんなこと、どーしてっ!?

「若《わか》っ、てめー、俺《おれ》のセリフ盗《と》るんじゃねっ！」

美織君《みおりくん》は、固《かた》めた拳《こぶし》で若王子君《わかおうじくん》の頭《あたま》を、ゴンっ！

と打《ぶ》とうとして、スルリとかわされ、思《おも》いっきり机《つくえ》を殴《なぐ》ってしまって、うめき声《ごえ》をあげた。

私《わたし》は、顔《かお》をしかめる。

ああヴァイオリンを弾《ひ》く黄金《おうごん》の右手《みぎて》なのに、ムゴい。

「言《い》っとくけど、」

若王子君《わかおうじくん》は、ふふんと笑《わら》った。

「俺《おれ》、フランスで軍事教練《ぐんじきょうれん》、積《つ》んでるから。」

若王子君《わかおうじくん》が入《はい》っていたフランスの大学《だいがく》は、国防省《こくぼうしょう》の管轄《かんかつ》にあるとかで、入学《にゅうがく》すると軍事教練《ぐんじきょうれん》をやらされるらしい。

で、空手初段《からてしょだん》、剣道《けんどう》6段《だん》なんだ。

小柄《こがら》で、誰《だれ》が見《み》ても女《おんな》の子《こ》としか思《おも》えない美貌《びぼう》だから、つい忘《わす》れてしまうんだよね、フランス陸軍《りくぐん》の佐官《さかん》だったってこと。

「不良《ヤンキー》ごときにやられてたまるか。」

そう言《い》いながらアカンべした若王子君《わかおうじくん》に、美織君《みおりくん》は、すっかり頭《あたま》に血《ち》を上《のぼ》らせ、飛《と》びついて襟《えり》元《もと》をつかみ上《あ》げた。

「日本《にほん》の不良《ふりょう》の底力《そこぢから》を見《み》せてやろうか？」

火影君《ひかげくん》が溜《た》め息《いき》をつきながら、2人《ふたり》を左右《さゆう》に分《わ》ける。

「話《はなし》が進《すす》まないだろ。2人《ふたり》とも、おとなしく座《すわ》れよ。」

私《わたし》たちの中《なか》では、火影君《ひかげくん》が一番《いちばん》、大人《おとな》っぽい。

学校《がっこう》では野球部《やきゅうぶ》のキャプテンで、4番《ばん》バッターで、捕手《キャッチャー》をしているんだって。

浩史先生《こうじせんせい》が言《い》うには、小学校《しょうがっこう》の野球部《やきゅうぶ》で4番《ばん》を打《う》てる奴《やつ》は万能《ばんのう》で、走《はし》らせても速《はや》く、メンタルも強《つよ》く、仲間《なかま》をまとめる力《ちから》もあるらしい。

確《たし》かに今《いま》まで困難《こんなん》にぶつかった時《とき》、うまく意見《いけん》をまとめて方向《ほうこう》を決《き》めてくれるのはいつも火影《ひかげ》君《くん》だった。

「美織《みおり》、国王《こくおう》にあのこと話《はな》してやってよ。」

火影君《ひかげくん》に言《い》われて、美織君《みおりくん》は横目《よこめ》で若王子君《わかおうじくん》をにらみながら口《くち》を開《ひら》く。

「この間《あいだ》、俺《おれ》、たまたま目撃《もくげき》したんだ。浩史先生《こうじせんせい》が公園《こうえん》で、不良《ふりょう》たちに囲《かこ》まれてるとこ。」

それを聞《き》いただけで、私《わたし》は、もう真《ま》っ青《さお》。

だって複数《ふくすう》の人間《にんげん》に取《と》り囲《かこ》まれるって、すごく恐《こわ》いもの。

人間《にんげん》でなくても、動物《どうぶつ》でも、鳥《とり》でも恐《こわ》い。

蟻《あり》とか、飛蝗《ばった》とか、ほんの小《ちい》さな虫《むし》だって、群《む》れになって取《と》り囲《かこ》まれたら、それだけで恐怖《きょうふ》だと思《おも》う。

「オヤジ狩《が》りっていうんだけどさ、1人《ひとり》でいる大人《おとな》を襲《おそ》って金《かね》を巻《ま》き上《あ》げるのが、かなり前《まえ》から流行《はや》ってるんだ。」

それで私《わたし》は、思《おも》わず大声《おおごえ》を出《だ》してしまった。

「浩史先生《こうじせんせい》は、オヤジじゃない！　すごくカッコいいもん。オヤジっていわれるような人種《じんしゅ》じゃないからっ！」

息《いき》が乱《みだ》れるほど夢中《むちゅう》で叫《さけ》んでから、皆《みな》を見《み》ると、シラッとしていた。

「反応《はんのう》、そこかよ。」

あ、ごめん、つい・・・。

私《わたし》は、うなだれて肩《かた》をすぼめる。

火影君《ひかげくん》が苦笑《くしょう》しながら美織君《みおりくん》にウインクした。

「恋心《こいごころ》の暴走《ぼうそう》だ。許《ゆる》してやってよ。」

美織君《みおりくん》はしかたなさそうに口角《こうかく》を下《さ》げる。

「まぁ確《たし》かに浩史先生《こうじせんせい》は、オヤジじゃねーし。」

でしょっ！

私《わたし》がニッコリすると、美織君《みおりくん》は、調子《ちょうし》に乗《の》るなよと言《い》いたげな眼差《まなざし》でこちらをにらみながら先《さき》を続《つづ》けた。

「今《いま》の不良《ふりょう》って、中学生《ちゅうがくせい》がメインだから限度《げんど》ってものを知《し》らなくって凶暴《きょうぼう》だし、集団《しゅうだん》で勢《いきお》いがついてるからさ、マジ危《あぶ》ねーんだ。」

ゾッ！

「それに大人《おとな》にとっては、不良《ふりょう》に囲《かこ》まれるってすげぇ嫌《や》なことだと思《おも》う。だって不良《ふりょう》って、大人《おとな》より年下《としした》じゃん。その年下《としした》に脅《おど》されて、言《い》うなりになったらカッコつかないし、かといって言《い》うなりにならないと、バトルになる。だけどバトルして負《ま》けたら、大人《おとな》としてなおさらカッコつかない。かといって勝《か》っても、自慢《じまん》できないどころか子供相手《こどもあいて》に何《なに》やってんだって批難《ひなん》される。どう考《かんが》えたって、リスク高《たか》すぎるだろ。」

はぁ・・・。

「ケンカ歴《れき》10年《ねん》の俺《おれ》に言《い》わせれば、こういう時《とき》は関《かか》わらないに限《かぎ》る。隙《すき》を見《み》つけて、さっさと逃《に》げるのがベストなんだ。」

ん、そう言《い》われると、そんな気《き》もする。

「俺《おれ》、浩史先生《こうじせんせい》も当然《とうぜん》、逃《に》げるに違《ちが》いないと思《おも》ってた。ところが逃《に》げなかった。ガチ勝負《しょうぶ》に出《で》たんだ。」

私《わたし》は、まるで自分《じぶん》がその場《ば》に立《た》っているかのように緊張《きんちょう》した。

「浩史先生《こうじせんせい》に、逃《に》げるのがベストだってことがわからなかったとは思《おも》えない。」

ん、浩史先生《こうじせんせい》は、あらゆることを知《し》っている人《ひと》だよね。

「だから逃《に》げなかったのは、不良《ふりょう》たちがどう見《み》ても中学生《ちゅうがくせい》だったから、教職《きょうしょく》にある人間《にんげん》として見《み》過《す》ごしにできなかったんだと思《おも》う。ここで逃《に》げれば、自分《じぶん》はいいけれど、この子《こ》たちを放置《ほうち》することになるって思《おも》ったんじゃないのかな。それは無責任《むせきにん》だって。」

しみじみとそう言《い》った美織君《みおりくん》は、浩史先生《こうじせんせい》の決意《けつい》に感動《かんどう》している様子《ようす》だった。

私《わたし》も、胸《むね》を打《う》たれていた。

だって自分《じぶん》のことより、自分《じぶん》を襲《おそ》っている相手《あいて》のことを考《かんが》えられるって、すごいもの。

「で、浩史先生《こうじせんせい》はこう言《い》ったんだ。おまえたち、やる気《き》なら代表《だいひょう》を出《だ》せよ。こっちは大人《おとな》だから、タイマンとは言《い》わない。そうだな、1対《たい》5くらいで、どうだい？って。それ聞《き》いて、俺《おれ》、マジ心配《しんぱい》した。だって不良《ふりょう》の方《ほう》は、かなり体格《たいかく》がよくて、身長《しんちょう》も浩史先生《こうじせんせい》とそれほど変《か》わらない奴《やつ》が多《おお》かったんだぜ。それで1対《たい》5じゃ、超不利《ちょうふり》だ。」

私《わたし》は、ハラハラ、ドキドキした。

この先《さき》、いったいどうなるんだろうと考《かんが》えると恐《おそ》ろしくもあり、同時《どうじ》に、浩史先生《こうじせんせい》ならきっと大丈夫《だいじょうぶ》だって思《おも》う気持《きも》ちもあって、心《こころ》がグラグラ揺《ゆ》れていたんだ。

「不良《ふりょう》たちは大《おお》はしゃぎで、浩史先生《こうじせんせい》の提案《ていあん》を受《う》け入《い》れた。絶対勝《ぜったいか》てると思《おも》ったんだろうな。まぁ俺《おれ》だって、そう思《おも》ったよ。だって1対《たい》5だぜ。普通《ふつう》なら圧勝《あっしょう》だ。すると浩史先生《こうじせんせい》は、どうせならご褒美《ほうび》をつけようかって言《い》い出《だ》したんだ。負《ま》けた方《ほう》は、勝《か》った方《ほう》の言《い》うことを聞《き》くってことにしないか？　って。俺《おれ》、頭《あたま》を抱《かか》えこみたい気分《きぶん》だった。自分《じぶん》が負《ま》けそうだっていうのに、まったく何考《なにかんが》えてんだかって思《おも》ってさ。そこまでいったら、俺《おれ》としてはもう手《て》を貸《か》すよりないじゃん。しばらくケンカしてないから腕《うで》はニブってるだろうけど、いないよりましだからさ。それで割《わ》りこむタイミングを計《はか》ってたんだ。」

そう言《い》いながら美織君《みおりくん》は、ふうっと大《おお》きな息《いき》をついた。

「浩史先生《こうじせんせい》と不良《ふりょう》は、1対《たい》5の殴《なぐ》り合《あ》いに突入《とつにゅう》。でも俺《おれ》、目《め》を見張《みは》ったよ。浩史先生《こうじせんせい》のやり方《かた》のあざやかだったこと！　動《うご》きがすごく速《はや》くて、しかも的確《てきかく》、相手《あいて》にケガをさせないように気《き》を配《くば》る余裕《よゆう》まであった。あんなに手際《てぎわ》よくバトルできる人間《にんげん》って、俺《おれ》、今《いま》まで見《み》たことない。1対《たい》5だったのに、ものの4、5分《ふん》であっさり片付《かたづ》けたんだ。俺《おれ》の出番《でばん》なんか全然《ぜんぜん》なかった。」

すごいっ！

「5人《にん》は全員《ぜんいん》、地面《じめん》に転《ころ》がったまんまハアハア息《いき》をついてて、それを見《み》ていた連中《れんちゅう》もタジタジでさ、浩史先生《こうじせんせい》の完全勝利《かんぜんしょうり》。」

パチパチパチ。

「浩史先生《こうじせんせい》は不良《ふりょう》たちを見《み》まわして、約束《やくそく》は守《まも》るんだろうなって言《い》った。こんなとこで屯《たむろ》ってる時間《じかん》があるんなら、勉強《べんきょう》して自分《じぶん》の未来《みらい》を切《き》り開《ひら》いた方《ほう》がいい、全員《ぜんいん》、特別《とくべつ》ゼミナールに来《こ》いよって。」

私《わたし》は、あっ、と思《おも》った。

特別《とくべつ》ゼミナールというのは、家庭《かてい》の事情《じじょう》で塾《じゅく》に行《い》けない中学生《ちゅうがくせい》のために、この市《し》と全国塾協会《ぜんこくじゅくきょうかい》が共同《きょうどう》で開設《かいせつ》した無料《むりょう》の学習教室《がくしゅうきょうしつ》なんだ。

土日《どにち》に空《あ》いている市立中学校《しりつちゅうがっこう》の教室《きょうしつ》を使《つか》って、1年《ねん》から3年《ねん》までの授業《じゅぎょう》をしている。

秀明《しゅうめい》からも、いく人《にん》もの講師《こうし》が参加《さんか》していて、この間《あいだ》、掲示板《けいじばん》にその名前《なまえ》が張《は》り出《だ》してあったけれど、浩史先生《こうじせんせい》の名前《なまえ》も入《はい》っていた。

G教室《ジェイきょうしつ》や院内学級《いんないがっきゅう》でも授業《じゅぎょう》を持《も》っているのに、また仕事《しごと》が増《ふ》えて大変《たいへん》だなぁって思《おも》ってたんだ。

「浩史先生《こうじせんせい》は、不良《ふりょう》たちを掬《すく》い上《あ》げたかったんだろうな。」

火影君《ひかげくん》が、溜《た》め息《いき》をつく。

「きっと最初《さいしょ》からそれが目的《もくてき》で、このケンカをしたんだ。」

私《わたし》も、そう思《おも》った。

そういうのって、すごく浩史先生《こうじせんせい》らしかったから。

「ところがさ、」

美織君《みおりくん》がくやしそうに続《つづ》ける。

「それが裏目《うらめ》に出《で》たんだ。」

え？

「その連中《れんちゅう》を特別《とくべつ》ゼミナールに受《う》け入《い》れることについて、市の教育委員会《きょういくいいんかい》が反対《はんたい》したらしい。そいつらの中《なか》に、補導歴《ほどうれき》のある奴《やつ》が2、3人《にん》、入《はい》ってたからだ。一般生徒《いっぱんせいと》の迷惑《めいわく》になる可能性《かのうせい》があるっていうのが教育委員会《きょういくいいんかい》の意見《いけん》で、それを浩史先生《こうじせんせい》が、自分《じぶん》が責任《せきにん》を持《も》つからって言《い》って強引《ごういん》にねじ伏《ふ》せたんだって。ところが教室《きょうしつ》にやってきた不良《ふりょう》たちの中《なか》の1人《ひとり》が、授業中《じゅぎょうちゅう》に立《た》ち上《あ》がって騒《さわ》いだり、歩《ある》き回《まわ》って講師《こうし》をからかったりして授業《じゅぎょう》を妨害《ぼうがい》したんだ。」

ひどっ！

「で、浩史先生《こうじせんせい》がその責任《せきにん》を問《と》われ、辞《や》めさせられることになった。」

若王子君《わかおうじくん》が、ドンと机《つくえ》を叩《たた》く。

「許《ゆる》せん。そんな奴《やつ》は、地獄《じごく》に落《お》ちるがいい。俺《おれ》が叩《たた》き落《お》としてやる。」

火影君《ひかげくん》が眉根《まゆね》を寄《よ》せた。

「浩史先生自身《こうじせんせいじしん》は、そのことについて、何《なん》て言《い》ってるの？」

それ、私《わたし》も聞《き》きたい。

「浩史先生《こうじせんせい》はさぁ、」

美織君《みおりくん》は、どうしようもないといったような顔《かお》つきになった。

「ほら、教育《きょういく》に燃《も》えてるだろ。」

ん、カッコいいよね。

「自分《じぶん》が至《いた》らなかった部分《ぶぶん》は反省《はんせい》し、改《あらた》めるが、補導歴《ほどうれき》があるからといって教育《きょういく》の場《ば》から締《し》め出《だ》すのは本末転倒《ほんまつてんとう》だ、そういう生徒《せいと》にこそ学習《がくしゅう》をさせるべきだって言《い》い張《は》ったんだって。」

その主張《しゅちょう》、間違《まちが》ってないと思《おも》う。

浩史先生《こうじせんせい》は、教育《きょういく》に対《たい》して信念《しんねん》を持《も》ってる人《ひと》なんだ。

「学習《がくしゅう》を嫌《きら》う生徒《せいと》に学習《がくしゅう》をさせることこそが教育《きょういく》というものであり、それを放棄《ほうき》するのは教育《きょういく》の敗北《はいぼく》だって主張《しゅちょう》したらしい。それで不良《ふりょう》を排除《はいじょ》しようとしていた教育長《きょういくちょう》がカチンときたんだ。たかが塾《じゅく》の講師《こうし》ごときにそんなことを言《い》われる覚《おぼ》えはないって叫《さけ》んで、両者《りょうしゃ》がにらみ合《あ》い、その場《ば》が大騒《おおさわ》ぎになったとか。」

ああ・・・。

「で、秀明《しゅうめい》の理事長《りじちょう》が、浩史先生《こうじせんせい》を辞《や》めさせることで解決《かいけつ》を図《はか》ろうとした。浩史先生《こうじせんせい》は、解雇《かいこ》を言《い》い渡《わた》されたわけ。」

それ、ひどいよっ！

「浩史先生《こうじせんせい》が辞《や》めたら、G教室《ジェイきょうしつ》はどうなるんだ。」

そう言《い》った若王子君《わかおうじくん》を、私《わたし》はにらんだ。

「G教室《ジェイきょうしつ》は、このままだよ。浩史先生《こうじせんせい》も、ね。」

あんな素晴《すば》らしい先生《せんせい》を、私《わたし》は他《ほか》に知《し》らない。

浩史先生《こうじせんせい》が辞《や》めさせられるなんてこと、あっていいはずない！

「嘆願書《たんがんしょ》を出《だ》そうか。」

火影君《ひかげくん》が言《い》った。

「浩史先生《こうじせんせい》を辞《や》めさせないでくださいって、理事長《りじちょう》に直訴《じきそ》するんだ。」

私《わたし》は、1度《ど》だけ見《み》た理事長《りじちょう》の顔《かお》を思《おも》い浮《う》かべた。

とても紳士《しんし》だった気《き》がする。

私《わたし》たちが一生懸命《いっしょうけんめい》に頼《たの》めば、聞《き》いてくれるかもしれない。

「無駄《むだ》だと思《おも》うぜ。」

美織君《みおりくん》の眼差《まなざし》は、冷《ひ》ややかだった。

「特別《とくべつ》ゼミナールは、市《し》と全国塾協会《ぜんこくじゅくきょうかい》の共同事業《きょうどうじぎょう》だ。そのトップは、市《し》の教育長《きょういくちょう》と全国塾協会《ぜんこくじゅくきょうかい》の会長《かいちょう》の2人《ふたり》のはず。秀明《しゅうめい》の理事長《りじちょう》は、その2人《ふたり》に迷惑《めいわく》をかけまいとして浩史先生《こうじせんせい》を辞《や》めさせるわけさ。つまり政治的解決《せいじてきかいけつ》ってやつ。そうなったら正《ただ》しいとか正《ただ》しくないとかのレベルじゃないし、子供《こども》の嘆願《たんがん》なんか、耳《みみ》を貸《か》してもらえるはずねーよ。」

若王子君《わかおうじくん》が叫《さけ》ぶ。

「正義《せいぎ》が通《とお》らないなら、戦《たたか》うしかない。浩史先生《こうじせんせい》の解雇《かいこ》に反対《はんたい》する運動《うんどう》を立《た》ち上《あ》げて、この教室《きょうしつ》に立《た》てこもるんだ。」

はぁ・・・。

「で、こちらの要求《ようきゅう》が入《い》れられるまで籠城戦《ろうじょうせん》をする。幸《さいわ》いなことに、このZ《ゼータ》ビルには貯蔵庫《ちょぞうこ》がある。俺《おれ》は、フランス時代《じだい》に籠城戦《ろうじょうせん》のknow-how《ノウハウ》を習《なら》ってるから、完璧《かんぺき》に指揮《しき》を執《と》れる。浩史先《こうじせん》生《せい》のために戦《たたか》おう！」

私《わたし》は、啞然《あぜん》としたままだった。

若王子君《わかおうじくん》の主張《しゅちょう》の根拠《こんきょ》がわからなかったんだ。

「えっと正義《せいぎ》が通《とお》らないと、なんで戦《たたか》いなの？」

若王子君《わかおうじくん》は、いらだたしげに片目《かため》を細《ほそ》める。

「おまえさぁ、正義《せいぎ》が踏《ふ》みにじられた時《とき》、それに対抗《たいこう》する手段《しゅだん》は力《ちから》しかないってこと、知《し》らないわけ？　無知蒙昧《むちもうまい》。歴史《れきし》を見《み》てみろよ。」

私《わたし》が目《め》を真《ま》ん丸《まる》にしていると、火影君《ひかげくん》が苦笑《くしょう》した。

「若《わか》、それ、先鋭的《せんえいてき》すぎるよ。」

美織君《みおりくん》がどうしようもないといったように首《くび》を横《よこ》に振《ふ》る。

「しかも短絡的《たんらくてき》。」

若王子君《わかおうじくん》はムッとし、反論《はんろん》しようとした。

その時《とき》、教室《きょうしつ》のドアが開《ひら》き、浩史先生《こうじせんせい》が姿《すがた》を見《み》せたんだ。

「お、そろってるな。」

いつもと同《おな》じ清々《すがすが》しい感《かん》じで、ちょっと甘《あま》い笑《え》みを浮《う》かべて教室《きょうしつ》に入《はい》ってくる。

それを見《み》て、私《わたし》は胸《むね》が痛《いた》くなった。

自分《じぶん》の信念《しんねん》をわかってもらえないばかりか、追《お》い払《はら》われるみたいに辞《や》めさせられるなんて、どんなにくやしいだろう。

「王様《おうさま》、」

火影君《ひかげくん》が自分《じぶん》の席《せき》に戻《もど》りながら、私《わたし》を振《ふ》り返《かえ》る。

「G《ジェイ》教室《きょうしつ》を代表《だいひょう》して、浩史先生《こうじせんせい》に真相《しんそう》を聞《き》けよ。」

私《わたし》は急《いそ》いで席《せき》に着《つ》き、そこで姿勢《しせい》を正《ただ》した。

皆《みな》がきちんと座《すわ》るまで待《ま》ち、それから立《た》ち上《あ》がって浩史先生《こうじせんせい》を見《み》る。

「浩史先生《こうじせんせい》が秀明《しゅうめい》を辞《や》めるって噂《うわさ》が流《なが》れています。私《わたし》たちに本当《ほんとう》のことを教《おし》えてください。」

浩史先生《こうじせんせい》は戸惑《とまど》ったようだったけれど、両手《りょうて》を教卓《きょうたく》につき、身《み》を乗《の》り出《だ》して私《わたし》たちを見《み》まわした。

「結論《けつろん》から言《い》えば、まだ未定《みてい》だ。諸君《しょくん》には申《もう》し訳《わけ》ないが、状況《じょうきょう》が動《うご》いていて、はっきりしたことが話《はな》せない。今《いま》言《い》えることは、ただ1つだけだ。僕《ぼく》は自分《じぶん》が間違《まちが》っていないと確信《かくしん》している。それが組織《そしき》に受《う》け入《い》れられないなら、身《み》を引《ひ》くしかない。だが、だからといって君《きみ》たちが、僕《ぼく》に教《おそ》わったことを恥《は》ずかしく思《おも》わなければならないようなことは絶対《ぜったい》にない。堂々《どうどう》と顔《かお》を上《あ》げていろ。いいか。」

浩史先生《こうじせんせい》の瞳《ひとみ》に浮《う》かんだ強《つよ》い光《ひかり》が私《わたし》の胸《むね》の中《なか》まで射《さ》しこんできて、そのまま固《かた》まり、1本《ぽん》の柱《はしら》のように、あるいは一振《ひとふ》りの剣《けん》のように、私《わたし》の心《こころ》を内側《うちがわ》から支《ささ》えた。

それを見《み》ながら私《わたし》は思《おも》ったんだ、浩史先生《こうじせんせい》は、もし秀明《しゅうめい》を辞《や》めることになったとしても、私《わたし》たちから離《はな》れないんだって。

浩史先生《こうじせんせい》の言葉《ことば》は、私《わたし》たちの胸《むね》にあって、そこから心《こころ》を照《て》らしたり、守《まも》ったりしてくれる。

それを忘《わす》れない限《かぎ》り、私《わたし》たちは浩史先生《こうじせんせい》に見守《みまも》られているんだ。

# 6 ワンコイン児童《じどう》

そう考《かんが》えると、とても心《こころ》が落《お》ち着《つ》いた。

「わかりました。では結論《けつろん》が出《で》たら、教《おし》えてください。」

浩史先生《こうじせんせい》はうなずいた。

「約束《やくそく》するよ。さぁ授業《じゅぎょう》を開始《かいし》する、と言《い》いたいところだが、今日《きょう》はその前《まえ》にサプライズがある。実《じつ》は、新入生《しんにゅうせい》を連《つ》れてきたんだ。」

私《わたし》たちは皆《みな》、色《いろ》めきたった。

新《あたら》しい仲間《なかま》の登場《とうじょう》は、すごく刺激的《しげきてき》だったから。

「今《いま》、廊下《ろうか》に待《ま》たせてある。」

浩史先生《こうじせんせい》は、そのきれいな目《め》を出入《でい》り口《ぐち》のドアの方《ほう》に向《む》ける。

「学年《がくねん》は、美織《みおり》と同《おな》じ中《ちゅう》1だ。」

私《わたし》は興味津々《きょうみしんしん》で、そのドアの向《む》こうに立《た》っている中学生《ちゅうがくせい》を想像《そうぞう》した。

「名前《なまえ》は、早乙女《さおとめ》望《のぞみ》。」

へぇ、女《おんな》の子《こ》なんだ。

皆《みな》がそう思《おも》ったらしくて、教室内《きょうしつない》の空気《くうき》がふわっと柔《やわ》らかくなった。

G《ジェイ》教室《きょうしつ》の男女比《だんじょひ》は、今《いま》のところ3対《たい》1だから、女子《じょし》が増《ふ》えるのは誰《だれ》にとってもうれしいことだったんだ。

「素晴《すば》らしく写実的《しゃじつてき》な、いい絵《え》を描《か》く。」

わぁ、絵《え》の才能《さいのう》があるのかぁ。

そんな力《ちから》を持《も》った子《こ》が、私《わたし》たちのチームに入《はい》ってくれたら、すごく心強《こころづよ》いな。

そう思《おも》いながら私《わたし》は、教室内《きょうしつない》を見《み》まわした。

このG《ジェイ》教室《きょうしつ》は、妖精《ようせい》プロジェクトのメイン教室《きょうしつ》だけれど、同時《どうじ》に、犯罪消滅特殊部隊《はんざいしょうめつとくしゅぶたい》G《ジェニ》の基地《きち》でもある。

犯罪消滅特殊部隊《はんざいしょうめつとくしゅぶたい》というのは、私《わたし》たち4人《にん》で結成《けっせい》しているチームで、その目的《もくてき》は、事件《じけん》が起《お》こる前《まえ》に察知《さっち》し、それを消滅《しょうめつ》させて犯罪《はんざい》を未然《みぜん》に防《ふせ》ぐことなんだ。

「そいつのIQ《アイキュー》は？」

若王子君《わかおうじくん》が聞《き》くと、美織君《みおりくん》がニヤニヤした。

「へぇ気《き》になんのかよ、執事《バトラー》。」

G教室《ジェイきょうしつ》の中《なか》で一番《いちばん》IQ《アイキュー》が低《ひく》いのは若王子君《わかおうじくん》で、執事《しつじ》という立場《たちば》にある。

これは若王子君本人《わかおうじくんほんにん》が、IQ順《アイキューじゅん》のヒエラルキーを作《つく》ろうって言《い》い出《だ》して、高《たか》い順《じゅん》に国王《キング》、貴族《ピアリジ》、騎士《ナイト》、執事《バトラー》を決《き》めたんだ。

で、自分《じぶん》が、一番下《いちばんした》の執事《バトラー》。

つまり墓穴《ぼけつ》を掘《ほ》ったんだよね。

「執事《しつじ》から格上《かくあ》げになるかもしんないもんな。へぇ結構《けっこう》、身分《みぶん》を気《き》にしてんだ。」

瞬間《しゅんかん》、若王子君《わかおうじくん》は自分《じぶん》の机《つくえ》の上《うえ》に置《お》いてあったポッキーの大箱《おおばこ》をつかみ、美織君《みおりくん》めがけて投《な》げつけた。

大箱《おおばこ》は、美織君《みおりくん》の頭《あたま》に当《あ》たり、跳《は》ね返《かえ》って火影君《ひかげくん》の机《つくえ》に落《お》ちる。

「若《わか》っ、きさまっ!」

立《た》ち上《あ》がりかけた美織君《みおりくん》を、火影君《ひかげくん》が片手《かたて》で押《お》しとどめ、もう一方《いっぽう》の手《て》でポッキーの箱《はこ》を若王《わかおう》子君《じくん》に投《な》げ返《かえ》した。

「浩史先生《こうじせんせい》の答《こた》えを聞《き》こうぜ。」

そう言《い》って浩史先生《こうじせんせい》に話《はなし》を戻《もど》す。

浩史先生《こうじせんせい》は、火影君《ひかげくん》に向《む》かって気取《きど》った一礼《いちれい》をしてから口《くち》を開《ひら》いた。

「早乙女《さおとめ》のＩＱ《アイキュー》は、まだ出《で》ていない。」

私《わたし》たちは、顔《かお》を見合《みあ》わせる。

だってｇéｎｉｅ《ジェニ》プロジェクトの参加者《さんかしゃ》は、知能指数《IQ》を基準《きじゅん》に選《えら》んでいるって理事長《りじちょう》が前《まえ》に言《い》ってたんだもの。

「じゃ普通《ふつう》のＩＱ《アイキュー》かもしんないじゃん。」

若王子君《わかおうじくん》は、不満《ふまん》げだった。

「そんな奴《やつ》、仲間《なかま》じゃねーよ。連《つ》れてくんな。」

浩史先生《こうじせんせい》は、その目《め》をいたずらっぽく輝《かがや》かせる。

「秀明《しゅうめい》ゼミナールは、君《きみ》たちの才能《さいのう》をさらに伸《の》ばすためにこのＧ教室《ジェイきょうしつ》を作《つく》り、今年《ことし》のプロジェクトの指導《しどう》を僕《ぼく》に任《まか》せた。でも僕《ぼく》が引《ひ》き受《う》けたのは、君《きみ》たちが天才《てんさい》だったからじゃない。それぞれに問題《もんだい》を抱《かか》えていたからだ。」

それは「クリスマスケーキは知《し》っている」の中《なか》で、私《わたし》たちが浩史先生《こうじせんせい》から指摘《してき》されたことだった。

「僕《ぼく》は、その問題《もんだい》が君《きみ》たちの才能《さいのう》や個性《こせい》を潰《つぶ》し、人生《じんせい》を曲《ま》げてしまいかねないという危機感《ききかん》を抱《いだ》いた。それで放《ほう》っておけなかったんだ。それを防《ふせ》ぎたくて引《ひ》き受《う》けた。同《おな》じように早乙女《さおとめ》も、問《もん》

題《だい》を抱《かか》えている。君《きみ》たちを放《ほう》っておけなかったように、早乙女《さおとめ》も放《ほう》っておけない。いい絵《え》を描《か》く
あの力《ちから》を伸《の》ばしたいんだ。」

火影君《ひかげくん》が片手《かたて》を上《あ》げ、発言《はつげん》の許可《きょか》を求《もと》める。

「早乙女《さおとめ》さんの問題《もんだい》って、どういうんですか。」

浩史先生《こうじせんせい》は、ちょっと息《いき》をついた。

「早乙女《さおとめ》は、自分《じぶん》で自分《じぶん》を見放《みはな》している。まだ13歳《さい》なのに、もう人生《じんせい》を投《な》げてるんだ。」

それはそれですごいかもって、私《わたし》は思《おも》ってしまった。

だって、なんか・・・悟《さと》った感《かん》じで、大人《おとな》っぽいもの。

「これは言《い》い換《か》えれば、自己評価《じこひょうか》が低《ひく》く、自分《じぶん》に自信《じしん》を持《も》てないってことだ。自分《じぶん》を価値《かち》のない人間《にんげん》だと思《おも》っているからこそ、簡単《かんたん》に投《な》げ出《だ》すことができるんだ。」

そう言《い》われて私《わたし》は初《はじ》めて、自分《じぶん》を見放《みはな》すということがどういう気持《きも》ちから生《う》まれてくるものかを知《し》った。

それは、ちっともすごいことなんかじゃなくて、ただ自分《じぶん》を評価《ひょうか》してないだけ、自信《じしん》がないだけなんだね。

「さて、ここで諸君《しょくん》に質問《しつもん》だ。こういう早乙女《さおとめ》に自分《じぶん》を正《ただ》しく評価《ひょうか》させ、自信《じしん》を持《も》たせるために

は、どうしたらいいのか。」

それは、すごく難《むずか》しい質問《しつもん》だった。

私《わたし》たちは誰《だれ》も答《こた》えられず、その場《ば》がシーンとなる。

ただ美織君《みおりくん》が、ちらっと若王子君《わかおうじくん》を見《み》て、こう言《い》った。

「自己評価《じこひょうか》が高《たか》すぎるのも、問題《もんだい》っていえば問題《もんだい》じゃね？」

その時《とき》、若王子君《わかおうじくん》はちょうどポッキーの大箱《おおばこ》の封《ふう》を切《き》っているところだったけれど、それを聞《き》いたとたんに、その大箱《おおばこ》をまたも美織君《みおりくん》めがけて投《な》げつけた。

私《わたし》が身《み》をすくめるのと、空中《くうちゅう》を飛《と》んでいくポッキーの大箱《おおばこ》に、火影君《ひかげくん》が飛《と》びついてつかみ取《と》るのが同時《どうじ》だった。

「2人《ふたり》とも、静《しず》かにしろって。」

火影君《ひかげくん》は、握《にぎ》り潰《つぶ》した大箱《おおばこ》を若王子君《わかおうじくん》に投《な》げ返《かえ》す。

「新入生《しんにゅうせい》に示《しめ》しが付《つ》かないだろ。僕《ぼく》らは、先輩《せんぱい》になるんだぜ。」

それで美織君《みおりくん》も若王子君《わかおうじくん》も、はっとしたようだった。

姿勢《しせい》を正《ただ》し、いかにも先輩《せんぱい》らしく余裕《よゆう》ある表情《ひょうじょう》を取《と》りつくろう。

浩史先生《こうじせんせい》は、クスクス笑《わら》いながら口《くち》を開《ひら》いた。

「人間《にんげん》に自分《じぶん》を評価《ひょうか》させるためには、何《なに》か1つでいいから夢中《むちゅう》になれるものを見《み》つけさせることだ。」

へえ、そうなのかぁ。

「何《なに》かに没頭《ぼっとう》すれば、自分自身《じぶんじしん》で決《き》めていかなければならないことがたくさん出《で》てくる。自分《じぶん》で物事《ものごと》を決《き》めるという経験《けいけん》を積《つ》み重《かさ》ねていくと、人間《にんげん》は自信《じしん》が持《も》てるようになるんだ。それが自己《じこ》評価《ひょうか》を上《あ》げることにつながる。」

私《わたし》は、浩史先生《こうじせんせい》がマジシャンのように両腕《りょううで》を広《ひろ》げ、空中《くうちゅう》で人間《にんげん》の心《こころ》をパカンと開《ひら》いて、その中《なか》を見《み》せてくれているような気《き》がした。

もっとも浩史先生《こうじせんせい》の言葉《ことば》にはトリックやカラクリはないから、マジシャンのようにというより、神様《かみさま》のように、といった方《ほう》が近《ちか》いかもしれない。

そんな浩史先生《こうじせんせい》と出会《であ》えた私《わたし》たちや早乙女《さおとめ》さんは、なんて幸運《こううん》なんだろうと思《おも》わずにいられなかった。

きっと早乙女《さおとめ》さんは、浩史先生《こうじせんせい》の指導《しどう》でこれから絵《え》を描《か》いていくんだろうな。

描《か》くことに夢中《むちゅう》になって、その道《みち》を究《きわ》めることで自己評価《じこひょうか》を高《たか》めていくのに違《ちが》いない。

「僕《ぼく》は、この教室《きょうしつ》で早乙女《さおとめ》にその経験《けいけん》をさせたい。それが教育《きょういく》というものだと思《おも》っている。諸君《しょくん》にも協力《きょうりょく》を頼《たの》みたい。つまり、」

そう言《い》いながら私《わたし》たちを見《み》まわした。

「ドケンド・ディスキムス、だ。」

はっ!?

「ラテン語《ご》で、教《おし》えることによって学《まな》ぶという意味《いみ》。早乙女《さおとめ》に力《ちから》を貸《か》すことで、君《きみ》たちも大《おお》いに学《まな》べるはずだ。では、早乙女《さおとめ》を紹介《しょうかい》する。」

浩史先生《こうじせんせい》は、出入《でい》り口《ぐち》の方《ほう》に向《む》き直《なお》り、声《こえ》を大《おお》きくした。

「早乙女望《さおとめのぞみ》、入《はい》りなさい。」

私《わたし》たちは息《いき》をつめて、ドアを見《み》つめる。

ところが、ドアはピクリとも動《うご》かなかった。

浩史先生《こうじせんせい》は、出入《でい》り口《ぐち》に近寄《ちかよ》ってドアを開《あ》ける。

「どうした。さ、入《はい》って。」

そう言《い》った瞬間《しゅんかん》、廊下《ろうか》を走《はし》る靴音《くつおと》がした。

「おい、待《ま》て！」

浩史先生《こうじせんせい》の声《こえ》に、若王子君《わかおうじくん》がふっと笑《わら》う。

「逃《に》げたらしいな。」

美織君《みおりくん》が眉根《まゆね》を寄《よ》せ、火影君《ひかげくん》を見《み》た。

「まずくね？　逃《に》げてる時《とき》にクラブΖ《ゼータ》のメンバーに出《で》くわしたら、吊《つ》るし上《あ》げ食《く》らうぜ。」

私《わたし》は、ゾッとした。

Ζ《ゼータ》ビル内《ない》には、すごく厳《きび》しい規律《きりつ》があって、たとえば廊下《ろうか》で先輩《せんぱい》と出会《であ》ったら、すぐ脇《わき》に避《よ》けて、姿勢《しせい》を正《ただ》して先輩《せんぱい》が通《とお》り過《す》ぎるのを見送《みおく》らなけりゃならない。

声《こえ》をかけられても、答《こた》える言葉《ことば》は決《き》められているし、こちらから声《こえ》をかけることはできない。

その規律《きりつ》に、私《わたし》たちG教室《ジェイきょうしつ》も従《したが》っていた。

早乙女《さおとめ》さんは、浩史先生《こうじせんせい》が連《つ》れてきた時点《じてん》でG教室《ジェイきょうしつ》のメンバーになっているはずだけど、そんな規則《きそく》は知《し》らないに決《き》まっていた。

「もしクラブΖ《ゼータ》との間《あいだ》でトラブルが起《お》こったら、その責任《せきにん》は、俺《おれ》たちG教室《ジェイきょうしつ》が取《と》らされることになるんだ。どうするよ。」

火影君《ひかげくん》が立《た》ち上《あ》がった。

「問題《もんだい》が起《お》こる前《まえ》に、捕《つか》まえるしかないな。」

若王子君《わかおうじくん》が舌打《したう》ちする。

「紹介前《しょうかいまえ》から、これかよ。面倒《めんどう》な奴《やつ》だ。」

そう言《い》いながら潰《つぶ》れたポッキーの箱《はこ》を私《わたし》に投《な》げた。

「これ、直《なお》しといて。」

廊下《ろうか》に出《で》ていた浩史先生《こうじせんせい》が、あきらめたように教室《きょうしつ》に入《はい》ってくる。

その脇《わき》をすり抜《ぬ》けて、3人《にん》が飛《と》び出《だ》していった。

驚《おどろ》いている浩史先生《こうじせんせい》に、私《わたし》は、ポッキーの箱《はこ》のへこみを直《なお》しながら説明《せつめい》した。

「早乙女《さおとめ》さんが、クラブZ《ゼータ》のメンバーと遭遇《そうぐう》するとまずいので、皆《みな》で捜《さが》しに行《い》ったんです。」

浩史先生《こうじせんせい》は軽《かる》くうなずきながら、私《わたし》の机《つくえ》のそばまでやってくる。

「早乙女《さおとめ》は、ワンコイン児童《じどう》なんだ。」

え、それ、何《なに》？

「親《おや》からワンコイン、つまり500円玉《えんだま》を1枚《まい》もらい、それで1日《にち》を暮《く》らす。朝食《ちょうしょく》から夕食《ゆうしょく》まで、その500円《えん》で買《か》って食《た》べるんだ。親《おや》は、早乙女《さおとめ》が寝《ね》てから帰《かえ》ってきて、朝《あさ》、早乙女《さおとめ》が学校《がっこう》に行《い》く時《とき》にはまだ寝《ね》ている。玄関《げんかん》にワンコインが置《お》いてあるから、それを持《も》って家《いえ》を出《で》て、学校《がっこう》に行《い》く途中《とちゅう》で朝飯《あさめし》を買《か》い食《ぐ》いする。時《とき》には、朝《あさ》、親《おや》が帰《かえ》ってきていなくて、ワンコインさえもないこともある。」

私《わたし》は、胸《むね》が詰《つ》まりそうになった。

だって1人《ひとり》で食事《しょくじ》をしなけりゃならないなんて、朝《あさ》も夜《よる》も1人《ひとり》で食《た》べてるなんて、かわいそうだ。

「君《きみ》たちが普通《ふつう》に乗《の》っている自転車《じてんしゃ》も、ない。部費《ぶひ》が納《おさ》められないから部活《ぶかつ》もできない。もちろん塾《じゅく》にも行《い》けない。自分《じぶん》を磨《みが》くのに必要《ひつよう》な、あらゆる機会《きかい》から遠《とお》ざけられているんだ。辛《つら》いその運命《うんめい》を受《う》け入《い》れなけりゃならなかったから、早乙女《さおとめ》はこう考《かんが》えるしかなかった、こんな生活《せいかつ》をしなけりゃならないのは、自分《じぶん》が価値《かち》のない人間《にんげん》だからだって。早乙女《さおとめ》の自己評価《じこひょうか》の低《ひく》さは、現状《げんじょう》に耐《た》え、適応《てきおう》するためのものなんだ。」

私《わたし》は、涙《なみだ》ぐんでしまった。

だって、ひどすぎる運命《うんめい》だもの。

早乙女《さおとめ》さんを気《き》の毒《どく》に思《おも》うと同時《どうじ》に、恵《めぐ》まれている自分《じぶん》は、早乙女《さおとめ》さんのためにできるだけのことをするべきだって強《つよ》く思《おも》った。

「僕《ぼく》が早乙女《さおとめ》の絵《え》を見《み》たのは、公園《こうえん》だ。掲示板《けいじばん》に描《か》いてあったのを見《み》かけて、心《こころ》を打《う》たれて、描《か》き手《て》を探《さが》したんだ。で、早乙女《さおとめ》を見《み》つけた。それが、君《きみ》たちの言《い》っていた事件《じけん》の発端《ほったん》だよ。」

私《わたし》は、目《め》が真《ま》ん丸《まる》になる思《おも》いだった。

「じゃ早乙女《さおとめ》さんって・・・」

浩史先生《こうじせんせい》は、哀《かな》しげな笑《え》みを浮《う》かべる。

「不良《ふりょう》グループに入《はい》っている。家《いえ》で毎日《まいにち》、1人《ひとり》きりで夜《よる》を過《す》ごすのは、13歳《さい》にはきつすぎるからね。自然《しぜん》と外《そと》をふらつくようになって、不良《ふりょう》グループと接触《せっしょく》したんだろう。今《いま》では、そのリーダーの1人《ひとり》だ。連中《れんちゅう》の集合場所《しゅうごうばしょ》に行《い》って、早乙女《さおとめ》を呼《よ》び出《だ》して話《はな》していたら、取《と》り囲《かこ》まれてさ。」

そこまで聞《き》いて私《わたし》には、ようやく真相《しんそう》がわかった。

美織君《みおりくん》が見《み》たのは、ただのオヤジ狩《が》りじゃなかったんだ。

私《わたし》は、息《いき》を呑《の》んで尋《たず》ねた。

「特別《とくべつ》ゼミナールで、不良《ふりょう》の中《なか》の1人《ひとり》が立《た》ち上《あ》がって騒《さわ》いだり、歩《ある》き回《まわ》って講師《こうし》をからかったりして授業《じゅぎょう》を妨害《ぼうがい》したたって聞《き》いたんですけど、その1人《ひとり》って、もしかして・・・」

浩史先生《こうじせんせい》は、残念《ざんねん》そうな息《いき》をつく。

「ああ、早乙女《さおとめ》だ。」

それって・・・手《て》を差《さ》し伸《の》べた浩史先生《こうじせんせい》の気持《きも》ちを、踏《ふ》みにじったってことだよね。

「他《ほか》の連中《れんちゅう》は、特別《とくべつ》ゼミでおとなしく授業《じゅぎょう》を受《う》けてるんだが、早乙女《さおとめ》だけが抵抗《ていこう》している。自分《じぶん》は他《ほか》の奴《やつ》らとは違《ちが》う、簡単《かんたん》には靡《なび》かないぞって宣言《せんげん》してるってとこかな。教師《きょうし》なんかクソ食《く》らえ、教育《きょういく》なんてされてたまるかって顔《かお》だよ。」

浩史先生《こうじせんせい》はちょっと笑《わら》い、親指《おやゆび》を立《た》てる。

「それで僕《ぼく》も、いっそうやる気《き》になったんだけどね。」

私《わたし》は、目《め》を見張《みは》った。

浩史先生《こうじせんせい》は、自分《じぶん》の気持《きも》ちが通《つう》じなくても、善意《ぜんい》や好意《こうい》を示《しめ》したのに悪意《あくい》を返《かえ》されても、全然《ぜん》、傷《きず》つかないんだ。

すごいなぁ！

「だからこの教室《きょうしつ》に連《つ》れてきた。ここなら少人数《しょうにんずう》だから目《め》が行《ゆ》き届《とど》くし、早乙女《さおとめ》は、どうしても教育《きょういく》しなけりゃならないからね。その様子《ようす》を見《み》ることによって君《きみ》たちも、学《まな》ぶところがあるだろう。」

私《わたし》は、胸《むね》が熱《あつ》くなった。

浩史先生《こうじせんせい》は、早乙女《さおとめ》さんのせいで辞《や》めさせられるかもしれないのに、それでもなお自分《じぶん》の人生《じんせい》を擲《なげう》つようにして、早乙女《さおとめ》さんの更生《こうせい》を考《かんが》えている。

偉大《いだい》な、尊敬《そんけい》すべき教育者《きょういくしゃ》だ！

「でも、浩史先生自身《こうじせんせいじしん》のことは、どうなるんですか？」

私《わたし》が聞《き》くと、浩史先生《こうじせんせい》は軽《かる》く首《くび》を横《よこ》に振《ふ》った。

「自分《じぶん》のことは、あまり考《かんが》えてないな。曲《ま》がりかけている1人《ひとり》の人間《にんげん》を正《ただ》そうと思《おも》ったら、ひと筋縄《すじなわ》じゃいかない。僕《ぼく》は、自分《じぶん》の全部《ぜんぶ》を注《そそ》ぎこむつもりでいるよ。」

私《わたし》は、「星形《ほしがた》クッキーは知《し》っている」の中《なか》で、浩史先生《こうじせんせい》が言《い》っていた言葉《ことば》を思《おも》い出《だ》した。

「僕《ぼく》が生《い》き残《のこ》ったのは、意義《いぎ》のあることをするため、恵《めぐ》まれない人々《ひとびと》の役《やく》に立《た》つためだ。その気《き》持《も》ちが今《いま》の僕《ぼく》のベースだよ。」

美《うつく》しい言葉《ことば》だった。

私《わたし》はその時《とき》、とても感動《かんどう》したんだ、ちょうど今《いま》みたいに。

「浩史先生《こうじせんせい》っ！」

開《ひら》きっぱなしだったドアから火影君《ひかげくん》が飛《と》びこんでくる。

立《た》ち止《ど》まり、野球《やきゅう》で鍛《きた》えた大《おお》きな肩《かた》を荒々《あらあら》しく上下《じょうげ》させながら息《いき》を整《ととの》え、話《はな》そうとしていると、後《うし》ろから美織君《みおりくん》と若王子君《わかおうじくん》が姿《すがた》を現《あらわ》した。

「浩史先生《こうじせんせい》、ひでぇよ。」

美織君《みおりくん》がハアハア、ゼイゼイしながら浩史先生《こうじせんせい》に突《つ》っかかる。

「早乙女望《さおとめのぞみ》って、モロ男《おとこ》じゃん。」

私《わたし》は、自分《じぶん》の見《み》ている世界《せかい》が逆転《ぎゃくてん》したかのようなショックを受《う》けた。

あまりにも女《おんな》の子《こ》っぽい名前《なまえ》だったから、何《なん》の疑《うたが》いもなく女子《じょし》だと思《おも》ってたんだ。

でも浩史先生《こうじせんせい》は、そんなことなんて気《き》にもしていない様子《ようす》だった。

「そうだが、それがどうかしたのか。」

美織君《みおりくん》は、まいったといったような溜《た》め息《いき》をつく。

「かわいい女《おんな》の子《こ》かと思《おも》って期待《きたい》してたのにさ、損《そん》した。」

若王子君《わかおうじくん》もボヤいた。

「これで男女比《だんじょひ》、4対《たい》1だぜ。」

嘆《なげ》く2人《ふたり》の隣《となり》で、ようやく息《いき》を整《ととの》えた火影君《ひかげくん》が報告《ほうこく》する。

「早乙女《さおとめ》は、クラブZ《ゼータ》事務局《じむきょく》に連《つ》れていかれました。」

わ！

「俺《おれ》たちが見《み》つけて教室《きょうしつ》に連《つ》れ戻《もど》そうとしたら、逃《に》げたんで、追《お》いかけていったら、廊下《ろうか》の向《む》こうからクラブZ《ゼータ》事務局《じむきょく》のメンバーが集団《しゅうだん》でやってきたんです。」

う！

「俺《おれ》たちとクラブZ《ゼータ》の間《あいだ》に挟《はさ》まれた早乙女《さおとめ》は、クラブZ《ゼータ》の脇《わき》を突《つ》っ切《き》って逃《に》げようとして、先頭《せんとう》にいた隼風《はやて》さんにぶつかり、」

うう、最《さい》っ悪《あく》！

「隼風《はやて》さんの足払《あしばら》いを食《く》らってすっ転《ころ》んだところを、クラブΖ《ゼータ》の連中《れんちゅう》に取《と》り押《お》さえられました。」

私《わたし》は、隼風《はやて》さんの威圧感《いあつかん》のある目《め》を思《おも》い出《だ》し、頭《あたま》を抱《かか》えこみたい気分《きぶん》だった。

あの隼風《はやて》さんにぶつかるなんて、早乙女君《さおとめくん》、運悪《うんわる》すぎるよ。

「隼風《はやて》さんは、G教室《ジェイきょうしつ》の代表《だいひょう》にクラブΖ《ゼータ》まで来《こ》いと伝《つた》えろって言《い》い残《のこ》して、早乙女《さおとめ》を連《つ》れ去《さ》ったんです。」

ううう、私《わたし》が行《い》くんだぁ・・・。

「じゃ僕《ぼく》が引《ひ》き取《と》りに行《い》ってくるよ。」

出《で》ていこうとする浩史先生《こうじせんせい》を、私《わたし》はあわてて止《と》めた。

「私《わたし》が行《い》きます。」

だってこれはG教室《ジェイきょうしつ》のメンバーが、クラブΖ《ゼータ》の決《き》めた規律《きりつ》を破《やぶ》ったっていう問題《もんだい》だもの。

「生徒間《せいとかん》のトラブルだから、先生《せんせい》が出《で》ていくのはおかしいです。」

そう言《い》うと、皆《みな》もうなずいた。

「僕《ぼく》たちも同行《どうこう》しますから、大丈夫《だいじょうぶ》です。」

「教師《きょうし》の出《で》る幕《まく》じゃないだろ。」

「その通《とお》〜り。」

浩史先生《こうじせんせい》は、私《わたし》の大好《だいす》きな甘《あま》い感《かん》じのする笑《え》みを浮《う》かべ、私《わたし》たちを見《み》まわした。

「諸君《しょくん》、ずいぶん頼《たの》もしくなったな。よし、行《い》ってこい。応援《おうえん》が必要《ひつよう》なら駆《か》けつけるから、いつでも言《い》ってくれ。」

はいっ！

「ただしこの問題《もんだい》が片付《かたづ》いたら、しばらくの間《あいだ》、早乙女《さおとめ》とは距離《きょり》を取《と》るように。」

はっ？

「あいつは、どうも牙《きば》を隠《かく》しているらしい。なかなか危険《きけん》そうだからね。当面《とうめん》プライベートな接《せっ》触《しょく》は避《さ》け、教室内《きょうしつない》だけで力《ちから》を貸《か》してやってくれ。いいね。」

# 7 エレベーターでラブシーン

私《わたし》は、手《て》に持《も》っていたポッキーの箱《はこ》を若王子君《わかおうじくん》に返《かえ》し、4人《にん》でG教室《ジエイきょうしつ》を出《で》て、クラブΖ《ゼータ》事務局《じむきょく》のある7階《かい》に向《む》かった。

7階《かい》は、ほかの階《かい》とは違《ちが》った特別《とくべつ》なフロア。

廊下《ろうか》に敷《し》いてある絨毯《じゅうたん》も厚《あつ》いし、天井《てんじょう》から下《さ》がっている照明《しょうめい》もシャンデリア、そして理事長室《りじちょうしつ》もあるセレブなフロアなんだ。

「牙《きば》を隠《かく》してるって、どういうこと?」

首《くび》を傾《かし》げる私《わたし》に、火影君《ひかげくん》が答《こた》えた。

「一見《いっけん》じゃわからないけど、実《じつ》は結構《けっこう》、危《あぶ》ない奴《やつ》だってことだろ。」

美織君《みおりくん》がうなずく。

「確《たし》かに、あいつ、それっぽいかもなぁ。」

若王子君《わかおうじくん》が口《くち》に入《い》れたポッキーを唇《くちびる》の端《はし》に移《うつ》し、上下《じょうげ》に揺《ゆ》すりながら皮肉《ひにく》な笑《え》みを浮《う》かべた。

「やっぱ不良《ヤンキー》のことは、不良《ヤンキー》に聞《き》くのが一番《いちばん》だよな。」

とっさに美織君《みおりくん》が手《て》を伸《の》ばし、若王子君《わかおうじくん》の胸元《むなもと》をつかみ上《あ》げる。

「てめぇ、も1回《かい》、言《い》ってみやがれ。」

火影君《ひかげくん》が2人《ふたり》を分《わ》けた。

「よせよ、モメるほどのことじゃないだろ。」

2人《ふたり》は不貞腐《ふてくさ》れ、そっぽを向《む》く。

火影君《ひかげくん》が、どうしようもないといったような目《め》で私《わたし》を見《み》たので、私《わたし》はその場《ば》の雰囲気《ふんいき》を変《か》えるために、浩史先生《こうじせんせい》と話《はな》したことの一部始終《いちぶしじゅう》を報告《ほうこく》した。

まず反応《はんのう》したのは、若王子君《わかおうじくん》だった。

「じゃ俺《おれ》がさっき、地獄《じごく》に落《お》ちろって言《い》った相手《あいて》は、早乙女《さおとめ》だったのか。」

そうなるね。

「断固《だんこ》、許《ゆる》せん。そんな奴《やつ》を救《すく》うことはない。放置《ほうち》だ。皆《みな》でG教室《ジエイきょうしつ》に帰《かえ》ろう。」

くるっと背中《せなか》を向《む》けて引《ひ》き返《かえ》していく。

「おい、若《わか》・・・」

声《こえ》をかける火影君《ひかげくん》を、美織君《みおりくん》が止《と》めた。

「放《ほう》っとけ。あいつがいない方《ほう》が、話《はなし》がスムーズに運《はこ》ぶ。」

確《たし》かに、それはそうかもしれないけど・・・。

「さっきクラブＺ《ゼータ》と接触《せっしょく》した時《とき》、隼風《はやて》さん、いつになくイラついてたよな。」

美織君《みおりくん》の言葉《ことば》に、火影君《ひかげくん》がうなずく。

「ん。だから、ぶつかってきた早乙女《さおとめ》のこと、足払《あしばら》いだったんだろ、うぜーって感《かん》じだったよ。」

私《わたし》は、ゾクッとした。

ただでさえ恐《こわ》いのに、それが不機嫌《ふきげん》だったら、もうメチャクチャ恐《こわ》いよ。

「事務局《じむきょく》って、クラブＺ《ゼータ》の中《なか》でもトップクラスが集《あつ》まっているから、皆《みな》、超《ちょう》ハードスケジュールじゃん。集団《しゅうだん》でいるってこと自体《じたい》めったにないのに、今日《きょう》はどうしたんだろ。何《なに》かあったのかな。」

火影君《ひかげくん》が、眉《まゆ》を上《あ》げる。

「ようやく発足《ほっそく》した秀明《しゅうめい》ＢＢ《ビービー》のことで、秀明側《しゅうめいがわ》とモメてるのかもしれない。」

秀明《しゅうめい》ＢＢ《ビービー》というのは、野球《やきゅう》チームの名前《なまえ》。

今《いま》まで秀明《しゅうめい》には、サッカーチームＫＺ《カッズ》しかなかったんだけれど、今年《ことし》になって野球《やきゅう》チーム秀明《しゅうめい》ＢＢ《ビービー》が発足《ほっそく》した。

正式名称《せいしきめいしょう》は、秀明少年野球《しゅうめいしょうねんやきゅう》チームで、略《りゃく》して秀明《しゅうめい》ＢＢ《ビービー》。

火影君《ひかげくん》も誘《さそ》われて、そのチームに入《はい》っている。

「クラブZ《ゼータ》は、サッカーKZ《カッズ》から選《えら》ばれたエリートメンバーで組織《そしき》されてるだろ。それと同《おな》じように、秀明《しゅうめい》BB《ビービー》にも選抜《せんばつ》メンバーによるクラブを作《つく》ろうって企画《きかく》があって、それをクラブZ内《ゼータない》に置《お》くのか、別組織《べつそしき》にするのかで、秀明側《しゅうめいがわ》とクラブZ側《ゼータがわ》の意見《いけん》が合《あ》わないらしい。」

そうなんだ。

「おい、」

廊下《ろうか》の向《む》こうで、若王子君《わかおうじくん》の声《こえ》が上《あ》がる。

「誰《だれ》も、俺《おれ》を止《と》めないのか。止《と》めろよ。」

私《わたし》は、思《おも》わず笑《わら》ってしまった。

G教室《ジェイきょうしつ》の中《なか》では、若王子君《わかおうじくん》が一番幼《いちばんおさな》いんだ。

運動能力《うんどうのうりょく》や戦闘能力《せんとうのうりょく》、それに数学《すうがく》の力《ちから》は飛《と》び抜《ぬ》けているのに、自分《じぶん》を抑《おさ》える力《ちから》がほとんどない。

だから時々《ときどき》、子供《こども》みたいになってしまう。

「くっそ、面倒《めんどう》な奴《やつ》だ。」

美織君《みおりくん》が舌打《したう》ちしながらエレベーターに入《はい》り、開《かい》のボタンを押《お》さえる。

「早《はや》く来《こ》い。閉《し》めるぞ。」

若王子君《わかおうじくん》はピュッと走《はし》ってきて、エレベーターに飛《と》びこむなり美織君《みおりくん》を見《み》た。

「ご苦労《くろう》、美織《みおり》、スタートしていいぞ。」

それで美織君《みおりくん》は、ものすごい目《め》で若王子君《わかおうじくん》をにらんだ。

「クソガキ、いっぺん死《し》ね。」

私《わたし》は笑《わら》ったけれど、心《こころ》では、これから自分《じぶん》がしなければならないことを考《かんが》えていたから、すごく憂鬱《ゆううつ》だった。

だって不機嫌《ふきげん》な隼風《はやて》さんなんて、恐《おそ》ろしすぎる。

「王様《おうさま》、」

火影君《ひかげくん》が、ふっと笑《わら》いを消《け》す。

「クラブZ《ゼータ》には、俺《おれ》が話《はな》そうか？」

え、なんでバレたんだろ。

アタフタしていると、火影君《ひかげくん》はクスッと笑《わら》って自分《じぶん》の額《ひたい》を私《わたし》の額《ひたい》に押《お》し付《つ》けた。

そこから真《ま》っ直《す》ぐに、私《わたし》の目《め》の中《なか》をのぞきこむ。

「目《め》の奥《おく》、暗《くら》いぜ。」

火影君《ひかげくん》のくせのない前髪《まえがみ》が頬《ほお》に触《ふ》れ、きれいな目《め》がすぐそばにあって、私《わたし》はなんだかドキドキ

した。

「あーっ、ラブシーンだっ！」

若王子君《わかおうじくん》の叫《さけ》びが上《あ》がり、私《わたし》はあわてて後退《あとずさ》る。

でもエレベーターの中《なか》だったから、ほんの1センチくらいしか動《うご》けなかったんだ。

美織君《みおりくん》が、マイクでも握《にぎ》っているかのように片手《かたて》を丸《まる》め、私《わたし》の前《まえ》に突《つ》き出《だ》す。

「エレベーター内《ない》のラブシーンの感想《かんそう》を、ひと言《こと》。」

私《わたし》が困《こま》っていると、脇《わき》から火影君《ひかげくん》が美織君《みおりくん》のその手首《てくび》をつかみ、エアマイクを自分《じぶん》の方《ほう》に向《む》けた。

「最高《さいこう》だ。おまえたちがいなければ、もっとよかった。」

かみつくように言《い》って美織君《みおりくん》の手《て》を放《ほう》り出《だ》し、ニヤッと笑《わら》う。

美織君《みおりくん》は、やられたといったような顔《かお》になった。

「火影《ひかげ》、おまえ、そーとー慣《な》れてる対応《たいおう》だな。ひょっとして経験豊富《けいけんほうふ》か？」

「ノーコメント。」

その時《とき》、エレベーターが7階《かい》に着《つ》き、ドアが開《ひら》く。

私《わたし》は急《いそ》いで飛《と》び出《だ》した。

何《なん》だか、すごく恥《は》ずかしかったから。

逃《に》げ出《だ》すように走《はし》って、クラブZ《ゼータ》事務局《じむきょく》まで行《い》き、ドアをドンドンドンっ！

「何《なん》だ？」

中《なか》から顔《かお》を出《だ》したZ《ゼータ》メンバーに、夢中《むちゅう》で言《い》った。

「G教室《ジェイきょうしつ》の代表《だいひょう》の立花《たちばな》です。うちのクラスの新入生《しんにゅうせい》を引《ひ》き取《と》りにきました。」

奥《おく》の方《ほう》で、隼風《はやて》さんの声《こえ》が響《ひび》く。

「入《い》れてやれ。」

開《ひら》いたドアから私《わたし》が踏《ふ》みこむと、後《あと》からやってきていた火影君《ひかげくん》たちも続《つづ》いて入《はい》ろうとした。

ところがメンバーは、その前《まえ》に立《た》ちふさがり、押《お》し出《だ》すようにドアを閉《し》めたんだ。

「残《のこ》りは、廊下《ろうか》で待《ま》て。」

私《わたし》は1人《ひとり》になり、ようやく我《われ》に返《かえ》ってコクンと息《いき》を呑《の》んだ。

大丈夫《だいじょうぶ》だろうか、私《わたし》・・・。

# 8　美《うつく》しい鹿《しか》の森《もり》

短《みじか》い廊下《ろうか》を歩《ある》いて部屋《へや》のドアを開《あ》ける。

その向《む》こうには、いつも通《どお》り大《おお》きな楕円形《だえんけい》のテーブルがあり、壁《かべ》のそばに2つの机《つくえ》、あちらこちらに明《あか》るい色《いろ》のソファが置《お》かれていた。

床《ゆか》には、細《こま》やかな模様《もよう》を織《お》り出《だ》した濃紺《のうこん》の絨毯《じゅうたん》が敷《し》かれ、壁《かべ》は世界地図《せかいちず》や日本地図《にほんちず》で飾《かざ》られていて、ダーツの的《まと》もかかっている。

十数人《じゅうすうにん》のメンバーが、椅子《いす》やソファに腰《こし》かけてお茶《ちゃ》を飲《の》んだり、チェスをしたりしていたけれど、その皆《みな》がクラブZ《ゼータ》の黒《くろ》いジャケットやT《ティー》シャツを着《き》ていて、足《あし》には黒革《くろかわ》のブーツを履《は》いていた。

胸《むね》や足首《あしくび》の刺繍《ししゅう》の色《いろ》は、金色《きんいろ》。

この事務局《じむきょく》には、クラブZ《ゼータ》のトップクラスが集《あつ》まっているんだ。

男子《だんし》ばかりの部屋《へや》だけれど、私《わたし》はいつも、きれいな森《もり》と、そこに棲《す》む美《うつく》しい鹿《しか》の群《む》れを連想《れんそう》する。

そんな優雅《ゆうが》な雰囲気《ふんいき》が漂《ただよ》っているから。

隼風《はやて》さんは、今日《きょう》は、パソコンを置《お》いた机《つくえ》のそばに立《た》っていた。

すらっとした体《からだ》を脇《わき》の壁《かべ》にもたせかけて腕《うで》を組《く》み、作業《さぎょう》をしているメンバーを見下《みお》ろしていたけれど、私《わたし》が入《はい》っていくと、大《おお》きな肩越《かたご》しにこちらを見《み》た。

いつにもまして厳《きび》しい顔《かお》で、人《ひと》の心《こころ》の底《そこ》まで見通《みとお》すようなその目《め》には、冴《さ》えた光《ひかり》がまたたいている。

私《わたし》が緊張《きんちょう》していると、隼風《はやて》さんはこちらに向《む》き直《なお》った。

「おまえの教室《きょうしつ》にいるのは、幼稚園児《ようちえんじ》か。」

え？

「廊下《ろうか》は走《はし》る、人《ひと》にはぶつかる、先輩《せんぱい》には敬意《けいい》を払《はら》わない。」

部屋《へや》にいたメンバーたちは、おかしくてたまらないといったように、声《こえ》を殺《ころ》して笑《わら》っている。

私《わたし》は頭《あたま》を下《さ》げ、すみませんと言《い》うしかなかった。

「G教室《ジェイきょうしつ》の全員《ぜんいん》に、Zビル《ゼータ》の規律《きりつ》を叩《たた》きこめ。廊下《ろうか》は走《はし》るな、人《ひと》にはぶつかるな、先輩《せんぱい》には敬意《けいい》を払《はら》え、だ。わかったか。」

私《わたし》は、大急《おおいそ》ぎでうなずく。

「よし、帰《かえ》っていい。」

そう言《い》ってから隼風《はやて》さんは、メンバーの1人《ひとり》に視線《しせん》を流《なが》した。

「あの園児《えんじ》を連《つ》れてこい。」

メンバーは即《そく》、立《た》ち上《あ》がり、部屋《へや》の奥《おく》のドアに近寄《ちかよ》ってノックする。

そのドアから別《べつ》のメンバーが顔《かお》を出《だ》し、何《なに》やら話《はな》してから部屋《へや》の中《なか》を振《ふ》り返《かえ》った。

「早乙女望《さおとめのぞみ》、お迎《むか》えだぞ。」

部屋《へや》の中《なか》で声《こえ》が上《あ》がる。

「俺《おれ》は、やだ。絶対《ぜってえ》、行《い》かねー。」

へ？

私《わたし》はあっけにとられながら、さっき早乙女君《さおとめくん》が逃《に》げ出《だ》したことを思《おも》い出《だ》した。

浩史先生《こうじせんせい》が、こう言《い》っていたことも。

『教師《きょうし》なんかクソ食《く》らえ、教育《きょういく》なんてされてたまるかって顔《かお》だよ。』

きっと早乙女君《さおとめくん》は、G教室《ジェイきょうしつ》や浩史先生《こうじせんせい》を信頼《しんらい》してないんだね。

「おい、」

隼風《はやて》さんが身《み》をひるがえし、ツカツカとドアの方《ほう》に歩《ある》いていく。

「ガキに、ホザかせるな。何《なに》、真面《まとも》に相手《あいて》してんだ。」

そう言《い》いながらドアの中《なか》に入《はい》っていき、やがて出《で》てきた時《とき》には、暴《あば》れる早乙女君《さおとめくん》を軽々《かるがる》と肩《かた》の上《うえ》に担《かつ》いでいた。

「放《はな》せ、ばかやろーっ！」

ジタバタする早乙女君《さおとめくん》を床《ゆか》に放《ほう》り出《だ》し、刺《さ》すような目《め》で私《わたし》を見《み》る。

「連《つ》れてけ。規律《きりつ》を守《まも》らせろよ。」

私《わたし》はうなずき、放《ほう》り出《だ》されて転《ころ》がっている早乙女君《さおとめくん》に歩《あゆ》み寄《よ》った。

「大丈夫《だいじょうぶ》？」

早乙女君《さおとめくん》は、反射的《はんしゃてき》に顔《かお》を上《あ》げ、こちらに目《め》を向《む》ける。

それを見《み》て、私《わたし》はびっくり！

体中《からだじゅう》が固《かた》まってしまった。

なぜって、それは、私《わたし》の捜《さが》していたあの子《こ》だったから。

コンビニで500円玉《えんだま》2枚《まい》をくれた、あの男《おとこ》の子《こ》だったんだ。

こんなふうに再会《さいかい》するとは思《おも》わなかった。

あれは、早乙女君《さおとめくん》だったのかぁ・・・。

「おまえ・・・」

私《わたし》は心《こころ》が揺《ゆ》さぶられて、とっさに返事《へんじ》もできないほどだった。

ここで突然《とつぜん》、出会《であ》えたから、というだけじゃない。

私《わたし》にくれたあの500円玉《えんだま》2枚《まい》が、早乙女君《さおとめくん》にとっては2日分《ふつかぶん》の生活費《せいかつひ》だったということがわかったから。

自分《じぶん》が生《い》きるのに必要《ひつよう》なはずのそのお金《かね》を、あんなふうに簡単《かんたん》に、見《み》ず知《し》らずの私《わたし》に差《さ》し出《だ》したんだってことを知《し》ったからだった。

早乙女君《さおとめくん》は、困《こま》っている人間《にんげん》に、自分《じぶん》の全部《ぜんぶ》を与《あた》えることができる子《こ》なんだ。

「私《わたし》、あなたのこと、捜《さが》してたんだよ。」

どんな時《とき》でも、人《ひと》は人《ひと》に与《あた》えられるんだね。

余裕《よゆう》がないなんて、言《い》い訳《わけ》になんかならない。

人《ひと》に与《あた》えられるかどうかは、その人間《にんげん》の優《やさ》しさの問題《もんだい》なんだ。

「私《わたし》ね、」

浩史先生《こうじせんせい》は、早乙女君《さおとめくん》が自分《じぶん》を価値《かち》のない人間《にんげん》だと思《おも》っているって言《い》っていた。

でも早乙女君《さおとめくん》は、すっごく価値《かち》ある人間《にんげん》だよ。

その価値《かち》を私《わたし》は知《し》っている、絶対《ぜったい》、忘《わす》れない！

「あなたにお金《かね》を返《かえ》して、そしてありがとうって言《い》いたかったの。」

早乙女君《さおとめくん》は、涼《すず》しげな目《め》をふっと細《ほそ》める。

「何《なに》、言《い》ってんだか。」

え？

「俺《おれ》、おまえなんか知《し》らねーよ。」

そんなっ！

びっくりして私《わたし》は、マジマジと早乙女君《さおとめくん》を見《み》つめた。

まさか、記憶《きおく》がないとか？

「会《あ》ったことねーし。」

払《はら》いのけるように言《い》って、早乙女君《さおとめくん》は反動《はんどう》をつけて立《た》ち上《あ》がり、さっさと出入《でい》り口《ぐち》に向《む》かう。

あわてて後《あと》を追《お》おうとすると、背後《はいご》で隼風《はやて》さんの声《こえ》が響《ひび》いた。

「そいつに、二度《にど》と無作法《ぶさほう》な真似《まね》をさせるな。次《つぎ》はただじゃおかんぞ。」

私《わたし》が返事《へんじ》をするより早《はや》く、前《まえ》にいた早乙女君《さおとめくん》が振《ふ》り返《かえ》る。

涼《すず》しげなその目《め》に大胆《だいたん》な光《ひかり》をきらめかせ、からかうように言《い》った。

「じゃ俺《おれ》のこと、Ｚ《ゼータ》ビル出入《でい》り禁止《きんし》にすれば？　こっちもその方《ほう》が助《たす》かるし。」

部屋《へや》の中《なか》にいたメンバーが数人《すうにん》、一気《いっき》に立《た》ち上《あ》がる。

「おい、隼風《はやて》さんにタメ口《ぐち》か。いい度胸《どきょう》だな。」

「きさま、クラブＺ《ゼータ》をナメてんのか。」

「礼儀《れいぎ》ってものを教《おし》えてやろう。」

早乙女君《さおとめくん》は素早《すばや》くドアノブに飛《と》びつき、ドアを開《あ》けて姿《すがた》を消《け》す。

直後《ちょくご》、廊下《ろうか》で大声《おおごえ》が上《あ》がった。

「あ、また逃《に》げるぞっ！」

「若《わか》、そっちに回《まわ》れっ！　鳴《めい》は向《む》こうっ！」

ああ、なんか頭痛《あたまいた》くなりそう・・・。

「とんでもないガキだな。」

隼風《はやて》さんの低《ひく》い笑《わら》い声《ごえ》が聞《き》こえた。

「ま、ああいう奴《やつ》がいてもいい。」

意外《いがい》な言葉《ことば》だった。

隼風《はやて》さんは早乙女君《さおとめくん》に腹《はら》を立《た》て、嫌《きら》っているとばかり思《おも》っていたんだけれど、そうでもないらしい。

高校生《こうこうせい》だから、余裕《よゆう》があるのかな。

振《ふ》り向《む》くと、隼風《はやて》さんは、何《なに》かを懐《なつ》かしむような顔《かお》つきで窓《まど》の外《そと》を見《み》ていた。

「ロビンも、初《はじ》めはそうだった。」

ロビンというのは、クラブZ《ゼータ》の補欠《ほけつ》メンバーで、下級生《かきゅうせい》への伝達係《でんたつがかり》の2年生《ねんせい》。

すごく体《からだ》が大《おお》きくて、迫力《はくりょく》があって、私《わたし》が最初《さいしょ》に親《した》しくなった人《ひと》なんだ。

へぇ、あのロビンさんが、最初《さいしょ》は早乙女君《さおとめくん》みたいだったなんて、意外《いがい》だ。

そう思《おも》って見《み》つめていると、隼風《はやて》さんはそれに気付《きづ》き、まるで仮面《かめん》でもかぶるかのように、すっといつもの表情《ひょうじょう》を取《と》り戻《もど》した。

「きちんと躾《しつ》けろ。いいな。」

私《わたし》はうなずき、それから聞《き》いてみた。

「別件《べっけん》ですが、私《わたし》たちG教室《ジェイきょうしつ》は、5月祭《メイディ》のドーナツを作《つく》るようになるんですか？」

隼風《はやて》さんの顔《かお》に、たちまち影《かげ》が広《ひろ》がる。

私《わたし》が驚《おどろ》いていると、目《め》をそらせ、抑《おさ》えた声《こえ》で答《こた》えた。

「5月祭《メイディ》は、今年《ことし》は未定《みてい》だ。」

え・・・だって毎年《まいとし》5月《がつ》には5月祭《メイディ》をするって、若武先輩《わかたけせんぱい》たちが言《い》ってたのに。

「決《き》まり次第《しだい》、連絡《れんらく》する。それを待《ま》て。」

私《わたし》は返事《へんじ》をしたけれど、5月《がつ》のメイン行事《ぎょうじ》を今年《ことし》はしないかもしれないなんて、おかしいと思《おも》った。

やっぱり美織君《みおりくん》や火影君《ひかげくん》が言《い》っていた通《とお》り、何《なに》かがあったのかもしれない。

それって秀明《しゅうめい》BB《ビービー》のこと？

# 9　ドーナツの謎《なぞ》

廊下《ろうか》に出《で》ると、そこには、火影君《ひかげくん》と美織君《みおりくん》に両脇《りょうわき》を挟《はさ》まれ、ガッチリと腕《うで》を固《かた》められた早乙女《さおとめ》君《くん》が立《た》っていた。

後《うし》ろから若王子君《わかおうじくん》が、ポッキーの箱《はこ》で早乙女君《さおとめくん》の頭《あたま》をコンコン叩《たた》いている。

「やめろ、ガキンチョ。」

早乙女君《さおとめくん》はうるさそうに首《くび》を振《ふ》り、自分《じぶん》の両脇《りょうわき》で腕《うで》を抱《かか》えこんでいる2人《ふたり》を代《か》わる代《が》わるにらんだ。

「きさまら、後悔《こうかい》するなよ。」

それを無視《むし》して火影君《ひかげくん》は、私《わたし》に目《め》を向《む》ける。

「王様《おうさま》、大丈夫《だいじょうぶ》だった？」

私《わたし》はうなずき、ちらっと早乙女君《さおとめくん》を見《み》た。

早乙女君《さおとめくん》は、すっと視線《しせん》をそむける。

その横顔《よこがお》が、どことなく後《うし》ろめたそうだった。

それで私《わたし》は思《おも》ったんだ、知《し》らないとか、会《あ》ったこともないなんて、きっと嘘《うそ》なんだって。

ちょっとほっとした。

記憶《きおく》が飛《と》んだんじゃなくて、よかったと思《おも》って。

でも、どうして早乙女君《さおとめくん》は、私《わたし》のこと知《し》らないなんて言《い》ったんだろ。

「さ、教室《きょうしつ》に行《い》こう。浩史先生《こうじせんせい》が待《ま》ってる。」

火影君《ひかげくん》がそう言《い》い、私《わたし》たちは全員《ぜんいん》で教室《きょうしつ》に向《む》かった。

その間《あいだ》に私《わたし》は、5月祭《メイディ》について若武《わかたけ》・上杉両先輩《うえすぎりょうせんぱい》から聞《き》いた話《はなし》と、隼風《はやて》さんの様子《ようす》を話《はな》しておくことにしたんだ。

「それってさぁ、やっぱ変《へん》じゃね?」

聞《き》き終《お》わった美織君《みおりくん》は、不審《ふしん》げだった。

「もう5月《がつ》に入《はい》ってるのに、いまだに未定《みてい》ってさ。」

確《たし》かに。

「俺《おれ》たち、ドーナツ作《つく》る用意《ようい》しといた方《ほう》がいいかもな。」

若王子君《わかおうじくん》が忌《い》ま忌《い》ましげにつぶやく。

「これまでの2度《ど》のパターンから考《かんが》えて、Z事務局《ゼータじむきょく》はある日突然《ひとつぜん》、おまえたちに栄《は》えある5月祭《メイディ》のドーナツを作《つく》る名誉《めいよ》を与《あた》える、と言《い》ってくる可能性《かのうせい》がある。」

ありそう。

「それで、もしできなかったら、G教室《ジエイきょうしつ》の落《お》ち度《ど》だと決《き》めつけて、責任《せきにん》を取《と》れってことになるんだ。」

ん、たぶん、なるね。

「用意《ようい》しとこうぜ。ドーナツなら材料《ざいりょう》は簡単《かんたん》に手《て》に入《はい》るし、バリエーションもそう多《おお》くない。」

そう言《い》いながら若王子君《わかおうじくん》は、ちょっと頬《ほお》をゆがめた。

「それに毎回《まいかい》、上杉《うえすぎ》が指導《しどう》にやってくるのもウザすぎる。今回《こんかい》は俺《おれ》たちだけで完璧《かんぺき》にやって、ぎゃふんと言《い》わせてやろう。」

若王子君《わかおうじくん》は、上杉先輩《うえすぎせんぱい》をライバル視《し》している。

最初《さいしょ》の出会《であ》いは数学《すうがく》オリンピックで、上杉先輩《うえすぎせんぱい》が銀《ぎん》、若王子君《わかおうじくん》が銅《どう》という屈辱《くつじょく》を味《あじ》わったことだったみたいだけど、今《いま》では感情《かんじょう》がねじれて複雑《ふくざつ》な状態《じょうたい》にあるんだ。

もっとも上杉先輩《うえすぎせんぱい》の方《ほう》は余裕《よゆう》で、若王子《わかおうじ》は俺《おれ》の玩具《おもちゃ》、なんて言《い》ってるけどね。

「まぁ、たまには俺《おれ》たちだけでやり遂《と》げるのも、いいね。」

火影君《ひかげくん》が賛成《さんせい》し、美織君《みおりくん》もうなずいたので、若王子君《わかおうじくん》は私《わたし》を見《み》た。

「どう？」

私《わたし》は、2人《ふたり》の先輩《せんぱい》と接触《せっしょく》するのが楽《たの》しかったから返事《へんじ》に困《こま》ったけれど、火影君《ひかげくん》が言《い》うように自《じ》分《ぶん》たちだけでやるのも大事《だいじ》なことかなって思《おも》った。

いつまでも頼《たよ》ってちゃいけない、私《わたし》たちはクラブZ《ゼータ》じゃなくてG教室《ジェイきょうしつ》なんだもの。

「ん、私《わたし》も賛成《さんせい》する。」

若王子君《わかおうじくん》は、意気揚々《いきようよう》とした笑《え》みを浮《う》かべ、ポッキーの大箱《おおばこ》を小脇《こわき》に抱《かか》えこむと、ジャケットのポケットからスマートフォンを出《だ》し、サラッと画面《がめん》をなでた。

「ドーナツの基本《きほん》は、リング、ツイスト、ベルリーナの3つだ。」

んっと、リングは普通《ふつう》のでしょ、ツイストはねじったのだよね、でもベルリーナって？

「見《み》ろよ。」

差《さ》し出《だ》された画面《がめん》には、輪《わ》になったドーナツと、巻《ま》き貝《がい》みたいにねじれたドーナツ、そしてアンパンのように丸《まる》くて穴《あな》のないドーナツが映《うつ》っていた。

「この最後《さいご》のが、ベルリーナ。揚《あ》げた後《あと》で、中《なか》にジャムやクリームを入《い》れるんだ。」

あ、そういうのなら、ミスドにもあるよ。

カスタードクリームとかが入《はい》ってるんだ。

あれがベルリーナだなんて、知《し》らなかったなぁ。

「ベルリーナは、元々《もともと》ドイツの謝肉祭《しゃにくさい》で作《つく》られた菓子《かし》で、ドーナツの原形《げんけい》といわれている。それがアメリカに渡《わた》って、リング状《じょう》になったんだ。」

お菓子《かし》オタクの若王子君《わかおうじくん》は、とっても詳《くわ》しい。

「ちなみにベルリーナは、脇腹《わきばら》に白《しろ》い筋《すじ》がくっきり表《あらわ》れているのがベスト。白《しろ》い筋《すじ》は、生地《きじ》がよく膨《ふく》らんでいて味《あじ》がいい証拠《しょうこ》なんだ。」

そうなのかぁ。

「問題《もんだい》は、クラブZ《ゼータ》の5月祭《メイディ》のドーナツが何《なに》かってことだな。クラブZ《ゼータ》のホームページにアクセスして、去年《きょねん》の映像《えいぞう》を見《み》てみればわかるかも。」

若王子君《わかおうじくん》が調《しら》べ始《はじ》めたその時《とき》、突然《とつぜん》、早乙女君《さおとめくん》が大声《おおごえ》を上《あ》げた。

「あ、何《なん》だ、あれっ！」

私《わたし》たちは皆《みな》、びっくりして早乙女君《さおとめくん》の視線《しせん》の方向《ほうこう》を追《お》った。

その瞬間《しゅんかん》、早乙女君《さおとめくん》が目《め》にも留《と》まらぬ早業《はやわざ》で、火影君《ひかげくん》と美織君《みおりくん》の腕《うで》を振《ふ》り解《ほど》いたんだ。

「馬《ば》～鹿《か》！」

嘲《あざけ》るように叫《さけ》んで、身《み》をひるがえす。

あ、逃《に》げるっ！

あせる私《わたし》の隣《となり》で、若王子君《わかおうじくん》が早乙女君《さおとめくん》の足元《あしもと》めがけてポッキーの箱《はこ》を投《な》げた。

躓《つまず》かせて、転《ころ》ばせようとしたんだ。

ところが早乙女君《さおとめくん》は、とっさに身《み》をかがめ、それをキャッチ、すぐさま投《な》げ返《かえ》した。

ポッキーの箱《はこ》は、ものすごい勢《いきお》いで戻《もど》ってきて、美織君《みおりくん》の頭《あたま》をコーンと直撃《ちょくげき》する。

あまりにもあざやかなリターンだったので、私《わたし》は感心《かんしん》してしまった。

う〜ん、すごい！

私《わたし》の隣《となり》で、火影君《ひかげくん》が叫《さけ》ぶ。

「早乙女《さおとめ》、おまえ、野球《やきゅう》やらないか!?」

えっ!?

「秀明《しゅうめい》BB《ビービー》に入《はい》れよ！」

早乙女君《さおとめくん》は振《ふ》り向《む》きもせず、そのまま走《はし》り去《さ》った。

私《わたし》たちは、顔《かお》を見合《みあ》わせる。

美織君《みおりくん》が、額《ひたい》を撫《な》でながら言《い》った。

「なんで俺《おれ》が、ポッキーぶつけられなきゃなんないんだ。」

若王子君《わかおうじくん》が、床《ゆか》に落《お》ちていた箱《はこ》に手《て》を伸《の》ばす。

「ま、不幸《ふこう》だったってことで。」

美織君《みおりくん》は、一瞬《いっしゅん》ニッコリ笑《わら》い、直後《ちょくご》に若王子君《わかおうじくん》の胸元《むなもと》をつかみ上《あ》げた。

「きさまが投《な》げたせいだろうーがっ！」

火影君《ひかげくん》は、まだ残念《ざんねん》そうな顔《かお》で早乙女君《さおとめくん》の消《き》えた廊下《ろうか》を見《み》ている。

「どうして野球《やきゅう》なの？」

私《わたし》は、聞《き》いてみた。

「浩史先生《こうじせんせい》が評価《ひょうか》していたのは、絵《え》だったでしょ。」

火影君《ひかげくん》は、ようやくこちらを向《む》く。

「あいつ、すげぇ目《め》がいいんだ。」

目《め》？

「写実的《しゃじつてき》な絵《え》を描《か》けるのも、目《め》がいいからだよ。景色《けしき》や人《ひと》の顔《かお》なんかを、正確《せいかく》に緻密《ちみつ》に捉《とら》えることができる目《め》を持《も》ってるんだ。今《いま》、とっさにポッキーの箱《はこ》をキャッチできたのも、目《め》の力《ちから》だ。それを投《な》げ返《かえ》して鳴《めい》の額《ひたい》に赤痣《あかあざ》を作《つく》ったのは、肩《かた》がよくて手首《てくび》に力《ちから》があるから。全部《ぜんぶ》含《ふく》めて、野球《やきゅう》ナインにぴったり。」

一瞬《いっしゅん》のことだったのに、よく見《み》てるんだなぁ。

「浩史先生《こうじせんせい》が言《い》ってただろ、何《なに》か1つでいいから夢中《むちゅう》になれるものを見《み》つけさせることだって。」

うん。

「絵《え》もいいけど、あいつ、アクティブだから、野球《やきゅう》に夢中《むちゅう》になってほしいなって思《おも》ったんだ。俺《おれ》、あいつとバッテリー組《く》んでみたいよ。すごく燃《も》えられそう。」

ああ火影君《ひかげくん》は、捕手《キャッチャー》だったよね。

「でも、あっさり逃《に》げられたな。」

苦笑《くしょう》しながら火影君《ひかげくん》は、いがみ合《あ》っている若王子君《わかおうじくん》と美織君《みおりくん》の真《ま》ん中《なか》に割《わ》って入《はい》り、両方《りょうほう》の手《て》で2人《ふたり》の二《に》ノ腕《うで》をつかんだ。

「教室《きょうしつ》に行《い》こうぜ。浩史先生《こうじせんせい》に報告《ほうこく》しないと。」

歩《ある》き出《だ》す火影君《ひかげくん》に引《ひ》きずられながら若王子君《わかおうじくん》は、私《わたし》にポッキーの箱《はこ》を渡《わた》す。

「これ、直《なお》して。」

私《わたし》が受《う》け取《と》ると、自分《じぶん》はポケットからスマートフォンを出《だ》した。

「さっきの続《つづ》きだけど・・・」

そう言《い》いながらクラブZ《ゼータ》のホームページにアクセス。

「おお、あった。去年《きょねん》の5月祭《メイデイ》の映像《えいぞう》。」

差《さ》し出《だ》されたそれに視線《しせん》を落《お》とすと、中庭《なかにわ》の藤棚《ふじだな》と、その隣《となり》にある5月柱《メイポール》が映《うつ》っていた。

今《いま》はただ突《つ》っ立《た》っているだけのあの無愛想《ぶあいそう》な柱《はしら》が、純白《じゅんぱく》と緑《みどり》の艶《つや》のあるテープでグルグル巻《ま》かれ、たくさんの赤《あか》いリボンや緑《みどり》のリースで飾《かざ》られている。

天辺《てっぺん》には薔薇《ばら》の花《はな》で作《つく》られた冠《かんむり》が載《の》っていて、素晴《すば》らしくきれいだった。

その5月柱《メイポール》の近《ちか》くに白《しろ》いクロスをかけたテーブルが並《なら》べられていて、ドーナツが山《やま》ほど積《つ》んである。

でも映像《えいぞう》が小《ちい》さすぎるのと、ドーナツが重《かさ》なり合《あ》っているせいで、形《かたち》がわかるようで、わからなかった。

う～ん、丸《まる》いことは丸《まる》いけど・・・リングなのかベルリーナなのか、穴《あな》があるのかないのか、微妙《びみょう》だぁ。

「拡大《かくだい》しろ、拡大《かくだい》。」

いつの間《ま》にか脇《わき》からのぞきこんでいた美織君《みおりくん》が熱《ねつ》をこめる。

「別《べつ》の角度《かくど》から写《うつ》したの、ねぇーのかな。」

火影君《ひかげくん》も、自分《じぶん》のスマートフォンを出《だ》した。

「俺《おれ》、一昨年《おととし》の映像《えいぞう》を探《さが》してみる。美織《みおり》は、その前《まえ》の年《とし》を探《さが》せよ。」

それで皆《みんな》で、必死《ひっし》になってドーナツの形《かたち》を見極《みきわ》めようとした。

私《わたし》はスマートフォンを持《も》っていなかったので、しかたなくポッキーの箱《はこ》を整形《せいけい》しながら応援《おうえん》してたんだ。

「鮮明画像《せんめいがぞう》、見《み》っけっ！」

先《さき》に声《こえ》を上《あ》げたのは、美織君《みおりくん》だった。

「けど、なんだ、これ。」

信《しん》じられないといったように、私《わたし》たちを見回《みまわ》す。

「リングでも、ベルリーナでもないぜ。クラブZ《ゼータ》名物《めいぶつ》5月《がつ》ドーナツって書《か》いたプレートが立《た》ってる。」

え、そんな名前《なまえ》のドーナツって、アリ？

私《わたし》は、美織君《みおりくん》の持《も》っているスマートフォンの画像《がぞう》に目《め》をやった。

すると、そこには確《たし》かに、今《いま》まで見《み》たこともないような形《かたち》のドーナツが映《うつ》っていたんだ。

なんと、花《はな》の形《かたち》をしている。

花《はな》びらが5枚《まい》あって、中心《ちゅうしん》には花蕊《かずい》もあった。

これ、ほんとにドーナツなのっ⁉

若王子君《わかおうじくん》が、バカにしたように笑《わら》う。

「俺《おれ》がさっき言《い》ったことを聞《き》いてなかったのか。ドーナツの基本《きほん》はリング、ツイスト、ベルリーナの3種《しゅ》だけだ。バカの鳴《めい》が、別《べつ》の物《もの》でも見《み》つけたんじゃないのか。」

美織君《みおりくん》はムッとし、自分《じぶん》のスマートフォンを若王子君《わかおうじくん》に突《つ》き出《だ》した。

「おまえ、見《み》てみろよ。」

それを受《う》け取《と》って、若王子君《わかおうじくん》は画面《がめん》をのぞきこむ。

「ああ、これ、ツイストドーナツじゃん。」

私《わたし》たちは、顔《かお》を見合《みあ》わせた。

だってツイストドーナツって、巻《ま》いてて細長《ほそなが》いのだよね。

これって、丸《まる》いから違《ちが》うでしょ。

「正確《せいかく》には、丸形《まるがた》ツイスト。」

え、そんなのあるんだ。

「別名《べつめい》、花《フラワー》ドーナツ。途中《とちゅう》まではツイストドーナツと同《おな》じに作《つく》って、最後《さいご》にひねり方《かた》を変《か》える。編《あ》みこみにするんだ。」

へぇえ！

初《はじ》めて聞《き》く話《はなし》だったけれど、花《フラワー》ドーナツというのは名前《なまえ》からして、いかにも5月祭《メイディ》を祝《いわ》うのにふさわしそう。

華《はな》やかで、お祭《まつ》りらしいもの。

「クラブZ《ゼータ》では、それを5月《がつ》ドーナツって呼《よ》んでるんだろ。だけど、これの難度《なんど》、相当高《そうとうたか》いぜ。」

若王子君《わかおうじくん》は、眉根《まゆね》を寄《よ》せる。

「生地《きじ》を編《あ》みこむのにテクニックが必要《ひつよう》なんだ。かなり練習《れんしゅう》しないと、絶対《ぜったい》できん。」

わ、大変《たいへん》だ。

「じゃ練習《れんしゅう》しておこう、いつZ《ゼータ》事務局《じむきょく》から指令《しれい》が来《き》てもいいように。」

火影君《ひかげくん》がそう言《い》った時《とき》だった。

「あの・・・」

後《うし》ろの方《ほう》から声《こえ》が聞《き》こえ、私《わたし》たちはギョッとして振《ふ》り返《かえ》った。

すると、そこになんとっ！　早乙女君《さおとめくん》が戻《もど》ってきていたんだ。

「さっき野球《やきゅう》って言《い》ってたよな。俺《おれ》、興味《きょうみ》あるけど・・・秀明《しゅうめい》BB《ビービー》って、俺《おれ》でも入《い》れてくれそう？」

火影君《ひかげくん》の顔《かお》が、ぱっと明《あか》るくなる。

「浩史先生《こうじせんせい》が、きっと何《なん》とかしてくれるよ。推薦者《すいせんしゃ》には、俺《おれ》がなる。頼《たの》んでみようぜ。」

輝《かがや》くような笑顔《えがお》で、本当《ほんとう》にうれしそうだった。

「さ、行《い》こ。」

早乙女君《さおとめくん》はうなずき、火影君《ひかげくん》のそばに歩《あゆ》み寄《よ》る。

その時《とき》、私《わたし》の脇《わき》を通《とお》り抜《ぬ》けたんだけれど、一瞬《いっしゅん》、足《あし》を止《と》め、私《わたし》にだけ聞《き》こえるような低《ひく》い声《こえ》で素早《すばや》くささやいた。

「おまえ、俺《おれ》に関《かか》わるな!」

驚《おどろ》いて目《め》を向《む》けると、一瞬《いっしゅん》、こちらを見《み》ていた早乙女君《さおとめくん》の視線《しせん》とぶつかった。

暗《くら》いきらめきを浮《う》かべた鋭《するど》い目《め》だった。

私《わたし》は唖然《あぜん》とし、自分《じぶん》の脇《わき》を通《とお》っていく早乙女君《さおとめくん》を見送《みおく》った。

「本当《ほんとう》に俺《おれ》でも、大丈夫《だいじょうぶ》かな。」

そう言《い》いながら火影君《ひかげくん》を見《み》る早乙女君《さおとめくん》の表情《ひょうじょう》は、もうすっかり穏《おだ》やかで普通《ふつう》だった。

あの目《め》は、私《わたし》だけに向《む》けられたものだったんだ。

もしかして、私《わたし》・・・嫌《きら》われてる?

# 10 クラブΖ《ゼータ》の大事件《だいじけん》

ショックだった。

だって私《わたし》は、早乙女君《さおとめくん》に感激《かんげき》していたから、仲良《なかよ》くなりたかったんだ。

それなのに、これって、方向《ほうこう》がまるっきり逆《ぎゃく》だった。

私《わたし》は足《あし》を止《と》め、教室《きょうしつ》に入《はい》っていく早乙女君《さおとめくん》と皆《みな》を見《み》ていた。

一番最後《いちばんさいご》にいた美織君《みおりくん》が、ドアに手《て》を当《あ》てて押《お》さえながらこちらを振《ふ》り返《かえ》る。

「王様《おうさま》、早《はや》く来《き》なよ。」

それで急《いそ》いで行《い》こうとしたら、後《うし》ろから声《こえ》をかけられた。

「お、王様《おうさま》、久《ひさ》しぶりだな。」

振《ふ》り返《かえ》ると、下《した》から階段《かいだん》を駆《か》け上《あ》がってきたロビンさんが廊下《ろうか》に姿《すがた》を見《み》せるところだった。

後《うし》ろに数人《すうにん》のメンバーを連《つ》れている。

「じゃ、またな。」

片手《かたて》を上《あ》げるなり、すぐさま上階《じょうかい》に上《のぼ》る階段《かいだん》の方《ほう》に向《む》きを変《か》えた。

ずいぶん忙《いそが》しそうだと思《おも》いながら私《わたし》は、5月祭《メイディ》のことを思《おも》い出《だ》し、急《いそ》いで呼《よ》び止《と》めて近寄《ちかよ》った。

「さっき隼風《はやて》さんから、5月祭《メイディ》は未定《みてい》だと聞《き》いたんですが、秀明《しゅうめい》BB《ビービー》のことでモメてるからですか？」

ロビンさんは、自分《じぶん》が連《つ》れているメンバーたちにチラッと視線《しせん》を流《なが》し、

「行《い》ってろ。」

そう言《い》ってから、私《わたし》の方《ほう》に歩《あゆ》み寄《よ》った。

「ここだけの話《はなし》、な、」

うん！

「秀明《しゅうめい》BB《ビービー》のことでは、確《たし》かに秀明側《しゅうめいがわ》とモメている。だが5月祭《メイディ》が未定《みてい》なのは、もっとヤバい事《じ》件《けん》のせいなんだ。」

ヤバい事件《じけん》？

「王様《おうさま》は、トトカルチョって知《し》ってるか？」

はぁ・・・。

「トトカルチョってのは、元々《もともと》はイタリアのサッカー籤《くじ》のことだ。それが日本《にほん》では、賭博《とばく》を指《さ》す言葉《ことば》として使《つか》われている。賭博《とばく》っていうのは、金《かね》や物《もの》を賭《か》けてする勝負《しょうぶ》のこと。法律《ほうりつ》で禁《きん》じられ

てんだ。」

へぇ。

「ところが、」

ロビンさんは前《まえ》かがみになり、私《わたし》に顔《かお》を近《ちか》づけて声《こえ》を潜《ひそ》めた。

「KZ《カッズ》や少年《しょうねん》サッカーチームの試合《しあい》を対象《たいしょう》にして、そのトトカルチョが行《おこな》われてるって情報《じょうほう》が入《はい》ってさ、どうもクラブZ《ゼータ》のメンバーが関《かか》わっているらしくて、今《いま》、極秘《ごくひ》で調《しら》べを進《すす》めてるとこなんだ。もし事実《じじつ》だとすれば、クラブZ《ゼータ》の名誉《めいよ》に関《かか》わる大問題《だいもんだい》だ。賭博《とばく》するってことは、自分《じぶん》の利益《りえき》のために犯罪《はんざい》に手《て》を出《だ》すってことだからな。それで隼風《はやて》さんを始《はじ》めとして幹部連中《かんぶれんちゅう》が全員《ぜんいん》、ピリピリしててさ、解決《かいけつ》がつくまで5月祭《メイディ》どころじゃないって雰囲気《ふんいき》なんだ。」

そうだったのかぁ。

「誰《だれ》にも言《い》うなよ。」

私《わたし》は、うなずいた。

「私《わたし》たちの友情《ゆうじょう》にかけて黙《だま》っています。」

そう言《い》うと、ロビンさんはニッコリした。

「おぉ、グッとくる言葉《ことば》だな。また話《はな》そうぜ。じゃな。」

身《み》をひるがえして階段《かいだん》を駆《か》け上《のぼ》っていく。

大《おお》きな体《からだ》がたちまち小《ちい》さくなっていくのを見送《みおく》って、私《わたし》はG教室《ジェイきょうしつ》に向《む》かった。

クラブZ《ゼータ》は、サッカーKZ《カッズ》から選《えら》ばれたエリートメンバーで組織《そしき》されている。

誰《だれ》もがプライドが高《たか》く、それにふさわしい実力《じつりょく》の持《も》ち主《ぬし》なんだ。

そんな中《なか》に、儲《もう》けるために犯罪《はんざい》を犯《おか》しているメンバーがいたら、全員《ぜんいん》の誇《ほこ》りが傷《きず》つくし、隼風《はやて》さんとしても絶対《ぜったい》に許《ゆる》せないに違《ちが》いない。

確《たし》かに5月祭《メイデイ》どころじゃないかもなぁ。

秀明BB《しゅうめいビービー》のことでもモメてるって言《い》ってたし、隼風《はやて》さん、大変《たいへん》だな。

何《なに》か、手伝《てつだ》えることってないだろうか。

そう思《おも》いながらG教室《ジェイきょうしつ》のドアを開《あ》けかけると、中《なか》で爆笑《ばくしょう》が起《お》こり、まるで強《つよ》い風《かぜ》みたいに、私《わたし》の顔《かお》に吹《ふ》き付《つ》けた。

しっかりドアを開《ひら》いて見《み》れば、浩史先生《こうじせんせい》の前《まえ》に立《た》った早乙女君《さおとめくん》を囲《かこ》んで、皆《みな》が楽《たの》しそうに話《はな》している。

あ、なじんでる！

ドアの音《おと》で皆《みな》が笑顔《えがお》のままこちらを振《ふ》り向《む》き、その中《なか》で早乙女君《さおとめくん》の顔《かお》だけが、すっと硬《かた》くなった。
一瞬《いっしゅん》、私《わたし》をにらんで、すぐ目《め》をそむける。
私《わたし》は、ちょっと息《いき》をついた。
やっぱ、嫌《きら》われてるみたい・・・。

# 11 職員室《しょくいんしつ》に来《き》なさい

その夜《よる》、私《わたし》は机《つくえ》の上《うえ》に、早乙女君《さおとめくん》に返《かえ》す500円玉《えんだま》2枚《まい》を出《だ》した。

切手《きって》やシールを保存《ほぞん》するチャック付《つ》きの小《ちい》さなビニール袋《ぶくろ》に入《い》れて、大事《だいじ》にしまってあったんだ。

その袋《ふくろ》の端《はし》をつかんで持《も》ち上《あ》げ、表裏《おもてうら》を見《み》ながら溜《た》め息《いき》をつく。

早乙女君《さおとめくん》と、仲良《なかよ》くなりたいなぁ。

最初《さいしょ》は、私《わたし》を知《し》らないって言《い》って、次《つぎ》にはまるで脅《おど》すみたいに、関《かか》わるなって言《い》ったのは、どうして？

両方《りょうほう》とも、私《わたし》を追《お》い払《はら》おうとしていることは確《たし》かだけど、なんで私《わたし》のこと、嫌《きら》いなのかな。

たった1度《ど》しか接触《せっしょく》してないのに、どうして？

さっきは、にらんでたし。

浩史先生《こうじせんせい》は、あいつは牙《きば》を隠《かく》してるって言《い》ってたっけ。

美織君《みおりくん》も同意《どうい》してたけど、それって、具体的《ぐたいてき》にどういうことなんだろう。

うーん、わからない。

でも、1つだけはっきりしているのは、早乙女君《さおとめくん》は悪《わる》ぶってるけど、本当《ほんとう》は優《やさ》しい子《こ》だってこと。

それも、ただの優《やさ》しさじゃない。

人《ひと》のために自分《じぶん》を犠牲《ぎせい》にできるほど強《つよ》いやさしさ、つまり、ものすごい優《やさ》しさなんだ。

それを、私《わたし》は知《し》っている。

それは、実際《じっさい》に体験《たいけん》した私《わたし》だけが知《し》ってることなんだ。

でも今日《きょう》の早乙女君《さおとめくん》は、まるで違《ちが》う人《ひと》みたいだった。

私《わたし》、気《き》に障《さわ》ることでも言《い》ったのかなぁ。

今日《きょう》、出会《であ》ってからのことを思《おも》い出《だ》してみると、私《わたし》が最初《さいしょ》に言《い》ったのは、早乙女君《さおとめくん》を捜《さが》していたってこと、次《つぎ》に、お金《かね》を返《かえ》して、ありがとうと言《い》うつもりだったってことの2つ。

どちらも気分《きぶん》を悪《わる》くするような内容《ないよう》じゃないと思《おも》うけど、・・・う〜む、やっぱ、わかんない！

首《くび》をひねりながら私《わたし》は、ビニール袋《ぶくろ》に入《い》れた500円玉《えんだま》を見《み》つめていて、その数字《すうじ》や模様《もよう》のデコボコに灰色《はいいろ》の粉《こな》が食《く》いこんでいることに気付《きづ》いた。

それはママからもらったピカピカのじゃなくて、早乙女君《さおとめくん》からもらった500円玉《えんだま》の方《ほう》だった。

何《なん》の粉《こな》なんだろう。

早乙女君《さおとめくん》なら、きっと知《し》ってるよね。

でも今日《きょう》の様子《ようす》じゃ、簡単《かんたん》に近寄《ちかよ》ったり聞《き》いたりはできないかもなぁ。

ま、いいか。

早乙女君《さおとめくん》は、明日《あした》からG教室《ジェイきょうしつ》に来《く》るんだろうし、そうすれば浩史先生《こうじせんせい》がきちんと指導《しどう》してくれて、何《なに》もかもうまくいくんだから。

私《わたし》、応援《おうえん》してるよ、早乙女君《さおとめくん》のこと。

近《ちか》づくなオーラを出《だ》されてるから、直接手《ちょくせつて》を貸《か》すことはできそうもないけど、大事《だいじ》なのは早乙《さおと》女君《めくん》が今《いま》の状況《じょうきょう》を克服《こくふく》し、自分《じぶん》の価値《かち》を認識《にんしき》して、自信《じしん》を持《も》って前《まえ》に進《すす》む気《き》になるってことだもんね。

それさえうまくいけば、私《わたし》のことなんてどうだっていい、そう思《おも》うことにしようっと。

自分《じぶん》の出《だ》したその結論《けつろん》に満足《まんぞく》して、私《わたし》はベッドに入《はい》った。

今日《きょう》、学校《がっこう》で起《お》こったことを思《おも》い返《かえ》しながら、今度《こんど》は早馬君《はゆまくん》の問題《もんだい》をどう解決《かいけつ》しようかと頭《あたま》をひねる。

クラスの中《なか》で早馬君《はゆまくん》が浮《う》いているのは、誤解《ごかい》のせいなんだから、まずその誤解《ごかい》を解《と》かないことにはどうしようもない。

誤解《ごかい》を解《と》くためには、早馬君《はゆまくん》の障害《しょうがい》について、皆《みんな》に知《し》ってもらう必要《ひつよう》がある。

そして正《ただ》しく理解《りかい》してもらえばいいんだ。

早馬君《はゆまくん》からは、任《まか》せるって約束《やくそく》を取《と》ってあったから、私《わたし》は自分《じぶん》の判断《はんだん》で行動《こうどう》することができた。

よし明日《あす》、学校《がっこう》に行《い》ったら、さっそく実行《じっこう》しよう!

＊

あくる朝《あさ》、私《わたし》は勇《いさ》んで飛《と》び起《お》きて、あっという間《ま》に朝《あさ》の支度《したく》を終《お》え、朝食《ちょうしょく》を素早《すばや》く、でもしっかり食《た》べた。

「行《い》ってきまっす!」

玄関《げんかん》で靴《くつ》を履《は》いてからそう言《い》うと、奥《おく》からママの声《こえ》が聞《き》こえた。

「天気予報《てんきよほう》で、今夜《こんや》、雨降《あめふ》るって言《い》ってたから、傘《かさ》持《も》って。」

それで部屋《へや》に戻《もど》って、折《お》りたたみの傘《かさ》を持《も》ったんだ。

階段《かいだん》を降《お》りていくと、ちょうどダイニングから出《で》てきたお姉《ねえ》ちゃんとすれ違《ちが》った。

お姉《ねえ》ちゃんは私《わたし》を見《み》て、溜《た》め息《いき》交《ま》じりにつぶやく。

「小学生《しょうがくせい》の時《とき》が、一番楽《いちばんたの》しかったかもなぁ。」

え・・・高校生《こうこうせい》って楽《たの》しくないんだ。

でも小学生《しょうがくせい》より自由《じゆう》だし、大人《おとな》に近《ちか》いから、うらやましいけど。

「お姉《ねえ》ちゃん、悩《なや》みでもあるの？」

私《わたし》が聞《き》くと、お姉《ねえ》ちゃんはふっとその目《め》をそらせた。

「子供《こども》には、わかんないから。」

えっと、子供《こども》にわからない悩《なや》みって・・・あ、恋《こい》の悩《なや》みだっ！

おお、青春《せいしゅん》ドラマみたいでおもしろそう。

「ボーイフレンドの誰《だれ》かと、親《した》しい関係《かんけい》になったとか？」

私《わたし》がそう言《い》うと、お姉《ねえ》ちゃんは目《め》を丸《まる》くし、それから大《おお》きな声《こえ》を上《あ》げた。

「ママ、奈子《なこ》が、親《した》しい関係《かんけい》なんて言葉《ことば》を知《し》ってるっ！」

キッチンからママの、悲鳴《ひめい》のような驚《おどろ》きの声《こえ》が聞《き》こえたので、私《わたし》はあわてて玄関《げんかん》から飛《と》び出《だ》した。

「行《い》ってきます！」

はて、親《した》しい関係《かんけい》って言《い》ったくらいで、なんで、そんなに騒《さわ》ぐんだろう。

国語《こくご》の授業《じゅぎょう》では、『親《した》しい』というのは、仲《なか》がよいとか、気安《きやす》いって意味《いみ》で、その順位《ランク》は、親《した》しさを表《あらわ》す言葉《ことば》の中《なか》では、一番下《いちばんした》のレベルだって教《おそ》わったけどな。

『親《した》しい』よりもっと親《した》しくなると『仲良《なかよ》し』、さらに親密《しんみつ》になると『睦《むつ》まじい』で、これが最《さい》高《こう》レベルなんだ。

私《わたし》の『親《した》しい関係《かんけい》』発言《はつげん》が問題《もんだい》になるんだったら、ママのいつもの過激発言《かげきはつげん》は？

「彩《あや》が今《いま》、ボーイフレンドの中《なか》の誰《だれ》かと付《つ》き合《あ》うとしたら、やっぱり1番《ばん》は黒木君《くろきくん》ね。大人《おとな》で、考《かんが》え方《かた》の幅《はば》が広《ひろ》いからいろいろと教《おし》えてくれると思《おも》うし、自己《じこ》コントロールがきいてる子《こ》だから、安心《あんしん》して任《まか》せておけるもの。ああ私《わたし》がもうちょっと若《わか》かったら、絶対《ぜったい》、黒木君《くろきくん》と付《つ》き合《あ》うのにな。」

なんて言《い》ったり、

「でも結婚《けっこん》するとしたら、上杉君《うえすぎくん》かな。理系《りけい》だし、頭《あたま》がいいから相当《そうとう》な高給取《こうきゅうと》りになって、将来《しょうらい》はアッパークラスの生活《せいかつ》が送《おく》れると思《おも》うのよね。それに上杉君《うえすぎくん》の遺伝子《いでんし》を持《も》った子供《こども》が生《う》まれたら、やっぱり頭《あたま》がよくてスタイルもいいだろうから。まぁ孫《まご》が楽《たの》しみ。」

と言《い》うかと思《おも》えば、

「だけど、ちょっと尖《とが》った感《かん》じがあるから、穏《おだ》やかな小塚君《こづかくん》の方《ほう》がいいかもね。パパの一番《いちばん》のお気《き》に入《い》りだから、２人《ふたり》で話《はなし》も合《あ》うだろうし、誠実《せいじつ》で浮気《うわき》もしなさそうだから、落《お》ち着《つ》いた生活《せいかつ》が送《おく》れそう。唯一《ゆいいつ》の欠点《けってん》は、スタイルね。太《ふと》めの孫《まご》が生《う》まれたら、抱《だ》くのが大変《たいへん》じゃない？」

って言《い》う時《とき》もある。

「でも実際《じっさい》、今《いま》の時期《じき》に付《つ》き合《あ》うとしたら、若武君《わかたけくん》しかないわね。この間《あいだ》、秀明《しゅうめい》の保護者会《ほごしゃかい》で話題《わだい》になったんだけど、いい大学《だいがく》に進学《しんがく》させようとしてる親《おや》は、たいてい男女交際《だんじょこうさい》を禁止《きんし》してるもの。スマホ禁止《きんし》っていう家《いえ》もあったけど。若武君《わかたけくん》ならご両親《りょうしん》がアメリカだし、わりと自由《じゆう》じゃない？　あの子《こ》は天才肌《てんさいはだ》だから、今後《こんご》のはじけ方次第《かたしだい》では大物《おおもの》になると思《おも》うのよね。」

と言《い》ったりもするんだ。

で、最後《さいご》の締《し》めの言葉《ことば》は、必《かなら》ず、こう。

「彩《あや》は、いったい誰《だれ》が好《す》きなのかしら。どうも心《こころ》に決《き》めてる子《こ》がいるみたいなんだけど、隠《かく》して話《はな》してくれないのよ。」

お姉《ねえ》ちゃんはムッとしている、ママは好《す》き放題《ほうだい》言《い》ってるって。

それに比《くら》べたら私《わたし》の今《いま》の発言《はつげん》なんて、全然《ぜんぜん》、大《たい》したことないと思《おも》うのに、いつも意見《いけん》が合《あ》わないママとお姉《ねえ》ちゃんが、なんで２人《ふたり》で一致《いっち》して騒《さわ》ぐんだろう。

不思議《ふしぎ》に思《おも》いつつ、私《わたし》は学校《がっこう》まで行《い》き、教室《きょうしつ》に入《はい》った。

出入《でい》り口《ぐち》の近《ちか》くに女子《じょし》が数人《すうにん》、固《かた》まっていたからさっそく声《こえ》をかけて早馬君《はゆまくん》の誤解《ごかい》を解《と》こうとしたんだ。

「あのね、早馬君《はゆまくん》のことだけど、知《し》ってた？　聞《き》いた言葉《ことば》をうまくキャッチできない時《とき》があるみたいで、」

そこまで言《い》った時《とき》、

「立花《たちばな》さんっ！」

押《お》し殺《ころ》した声《こえ》で後《うし》ろから名前《なまえ》を呼《よ》ばれた。

振《ふ》り返《かえ》ると、クラス担任《たんにん》の小林先生《こばやしせんせい》が立《た》っていたんだ。

すごく強張《こわば》った顔《かお》をしていた。

「あなた、今《いま》、何《なに》を言《い》ってたの。クラスメイトを中傷《ちゅうしょう》するなんて、ひどいことだと思《おも》わないのっ！」

私《わたし》は、あわてて答《こた》えた。

「えっと中傷《ちゅうしょう》じゃなくて、これは本当《ほんとう》のことなんです。本人《ほんにん》から聞《き》いたし、」

すると先生《せんせい》は、あきれたといったような大《おお》きな息《いき》をついた。

「それが本当《ほんとう》だとしたら、あなたは、早馬君《はゆまくん》の心身上《しんしんじょう》の障害《しょうがい》を言《い》いふらしてるってことになるわよね。」

え、そうじゃなくて・・・。

「まったく、なんて子《こ》なの。前々《まえまえ》から私《わたし》の理解《りかい》を超《こ》えてたけれど、でも悪《わる》い子《こ》だとまでは思《おも》っていなかったのに、その気持《きも》ちを裏切《うらぎ》るなんて。職員室《しょくいんしつ》まで来《き》なさい。」

私《わたし》はしかたなく、先生《せんせい》の後《あと》について職員室《しょくいんしつ》に行《い》った。

そこで、散々怒《さんざんおこ》られたんだ。

そういうふうだから成績《せいせき》もよくないとか、今回《こんかい》の話《はなし》に関係《かんけい》のないこともいっぱい言《い》われた。

小林先生《こばやしせんせい》の中《なか》で、私《わたし》の評価《ひょうか》って、ほんと最低《さいてい》なんだなって思《おも》わないわけにはいかなかった。

しかたないけどね。

「早馬君《はゆまくん》が登校《とうこう》したら、傷《きず》つけたことを本人《ほんにん》に謝《あやま》って。それからノートに反省文《はんせいぶん》を書《か》いて、今週《こんしゅう》中《ちゅう》に出《だ》しなさい。わかったわね。」

それでようやく解放《かいほう》されて、教室《きょうしつ》に戻《もど》った。

世《よ》の中《なか》が小林先生《こばやしせんせい》みたいな人《ひと》ばっかだったら、私《わたし》も早乙女君《さおとめくん》のように、自分《じぶん》が価値《かち》のない人間《にんげん》だって思《おも》いこんでしまうだろうな。

そうならずにすんでいるのは、浩史先生《こうじせんせい》やG教室《ジェイきょうしつ》の皆《みんな》がいてくれるからだ。

早乙女君《さおとめくん》は、これまでそういう人《ひと》に出会《であ》わなかったんだね。

関《かか》わるなって言《い》われてるけど、私《わたし》、浩史先生《こうじせんせい》に協力《きょうりょく》して、皆《みな》と一緒《いっしょ》に早乙女君《さおとめくん》をサポートしよう。

目立《めだ》たないように、でも精《せい》いっぱいやるんだ！

そう決心《けっしん》しながら教室《きょうしつ》に入《はい》って、机《つくえ》に着《つ》いたとたんに、反省文《はんせいぶん》を書《か》くように言《い》われたことを思《おも》い出《だ》した。

テンションが、一気《いっき》に急降下《きゅうこうか》！

だって反省文《はんせいぶん》っていっても・・・どう書《か》けばいいの？

私《わたし》、全然《ぜんぜん》、反省《はんせい》してないし、する予定《よてい》もない。

あ、先生《せんせい》に誤解《ごかい》されるような方法《ほうほう》を取《と》ったってことは、反省材料《はんせいざいりょう》だけど、でも、それを書《か》いても、先生《せんせい》が求《もと》めているものとは違《ちが》うよね。

先生《せんせい》はたぶん、自分《じぶん》の求《もと》めているものしか読《よ》みたくないと思《おも》うから、違《ちが》うことを書《か》いても、いっそう怒《おこ》るだけだ。

私《わたし》は取《と》りあえずノートを広《ひろ》げたけれど、書《か》くことはなかったし、それ以上《いじょう》に困《こま》っていたのは、今後《こんご》どうやって早馬君《はゆまくん》の誤解《ごかい》を解《と》けばいいのかってことだった。

同《おな》じ方法《ほうほう》でやっていたら、また先生《せんせい》に怒《おこ》られ、止《と》められるに決《き》まっている。

私《わたし》は、早馬君《はゆまくん》の素敵《すてき》なところを皆《みんな》にわかってもらいたかった。

早馬君《はゆまくん》の奥深《おくふか》さを知《し》ったら、誰《だれ》だって感心《かんしん》するし、いい刺激《しげき》を受《う》けると思《おも》うから。

早馬君《はゆまくん》にとっても、皆《みな》に理解《りかい》された方《ほう》がいいはず。

そのためには、まず誤解《ごかい》を解《と》かないと始《はじ》まらないんだもの。

「おい立花《たちばな》、どうしたの。」

声《こえ》をかけられて私《わたし》は顔《かお》を上《あ》げ、自分《じぶん》の机《つくえ》のそばに土屋《つちや》さんが来《き》ていることに気付《きづ》いた。

心配《しんぱい》そうな表情《ひょうじょう》で、こちらをのぞきこんでいる。

「なんで職員室《しょくいんしつ》に連《つ》れてかれたわけ？」

その時《とき》、ひらめいたんだ。

土屋《つちや》さんはクラスの女子《じょし》ボスの１人《ひとり》で、皆《みんな》に影響力《えいきょうりょく》を持《も》っている。

もし土屋《つちや》さんが早馬君《はゆまくん》と親《した》しくなったら、もう誰《だれ》も早馬君《はゆまくん》のことをバカにしなくなるに違《ちが》いなかった。

よし、まず土屋《つちや》さんを説得《せっとく》し、早馬君《はゆまくん》の味方《みかた》にしよう！

「早馬君《はゆまくん》のことだけどね、昨日《きのう》、一緒《いっしょ》に帰《かえ》りながら話《はな》したんだけど、」

私《わたし》がそう言《い》うと、土屋《つちや》さんは、うんざりしたといったような表情《ひょうじょう》になった。

「あんなキモいの、もうどうだっていいよ。」

そのまま離《はな》れていこうとしたので、あわてて引《ひ》き止《と》めたんだ。

「左《ひだり》の耳《みみ》が悪《わる》いみたい。言葉《ことば》の意味《いみ》を取《と》ることができないんだって。」

土屋《つちや》さんは、びっくりしたようだった。

「そんなこと、聞《き》いてないし。」

心《こころ》を揺《ゆ》さぶられている様子《ようす》が見《み》えたので、私《わたし》はさらに続《つづ》けた。

「文字《もじ》も書《か》けないみたい。自分《じぶん》で機能障害《きのうしょうがい》って言《い》ってたけど、それって本人《ほんにん》の責任《せきにん》じゃないからね、責《せ》めたりしたらかわいそうだよ。」

土屋《つちや》さんは、口《くち》を尖《とが》らせる。

「そんなこと、先《さき》に言《い》ってくんなかったら、わかんないじゃん。」

私《わたし》は、ニッコリした。

「じゃ今《いま》、聞《き》いたからわかったよね。それでもやめないと、いじめになると思《おも》うよ。」

土屋《つちや》さんは、ギョッとしたようだった。

このところ校長先生《こうちょうせんせい》も、教頭先生《きょうとうせんせい》も学年主任《がくねんしゅにん》の先生《せんせい》も担任《たんにん》の小林先生《こばやしせんせい》も、事《こと》あるごとに、いじめはいけないって言《い》っているから、私《わたし》たちは皆《みな》、神経《しんけい》を尖《とが》らせている。自分《じぶん》が無意識《むいしき》にしてることを、いじめだって言《い》われると、ものすごく嫌《いや》だし、傷《きず》つくんだ。

「だから返事《へんじ》しなくても、ノート取《と》ってなくても、あれこれ言《い》わないように。」

土屋《つちや》さんは、納得《なっとく》できない様子《ようす》だった。

「臭《くさ》いのは、どうなの。それ、皆《みんな》に迷惑《めいわく》かけてるってことじゃん。そんでいいわけ？」

私《わたし》は、昨日《きのう》の早馬君《はゆまくん》を思《おも》い出《だ》してみたけれど、臭《にお》いは全然《ぜんぜん》、感《かん》じなかった。

「臭《にお》いの感覚《かんかく》って、人《ひと》それぞれだから臭《くさ》いって感《かん》じる人《ひと》もいれば、感《かん》じない人《ひと》もいると思《おも》うよ。私《わたし》は感《かん》じなかったし。だから皆《みんな》が迷惑《めいわく》を受《う》けてるとは、言《い》い切《き》れないと思《おも》う。」

土屋《つちや》さんはプッと頬《ほお》を膨《ふく》らませ、横《よこ》を向《む》く。

明《あき》らかに不満《ふまん》そうだったけれど、もう反論《はんろん》する根拠《こんきょ》がなくなってしまったみたいで、そのまま黙《だま》りこんだ。

よし、これで誤解《ごかい》は解《と》けたはず。

そう判断《はんだん》して、私《わたし》は次《つぎ》の段階《だんかい》に進《すす》むことにした。

「早馬君《はゆまくん》はね、すごく豊《ゆた》かな世界《せかい》を持《も》ってる子《こ》なんだよ。経済学《けいざいがく》が好《す》きで、歴史《れきし》も研究《けんきゅう》しているみたい。」

もし私《わたし》がそう聞《き》かされたら、きっと興味《きょうみ》を持《も》つと思《おも》うけれど、土屋《つちや》さんは、何《なん》の反応《はんのう》も示《しめ》さなかった。

ブスッとして固《かた》まったまま。

好奇心《こうきしん》のスイッチの位置《いち》が、私《わたし》とは違《ちが》うようだった。

それで私《わたし》は、自分《じぶん》が昨日《きのう》、早馬君《はゆまくん》から手《て》に入《い》れた情報《じょうほう》の中《なか》で、公開《こうかい》してもよさそうだと思《おも》われるものを少《すこ》しずつ話《はな》したんだ。

土屋《つちや》さんが反応《はんのう》したのは、早馬君《はゆまくん》がお屋敷町《やしきまち》に住《す》んでいるってことと、両親《りょうしん》がパイロットとＣＡ《キャビンアテンダント》だってことだった。

まるで夢《ゆめ》から覚《さ》めた人《ひと》のように、土屋《つちや》さんは目《め》をパチパチさせた。

「ＣＡ《キャビンアテンダント》って、スッチーのことだよね。」

ん、昔《むかし》は、そう言《い》ったみたい。

「すごい！　私《わたし》、憧《あこが》れてんだ。制服《せいふく》カッコいいし、仕事《しごと》で外国《がいこく》行《い》けて、ＤＦ《デューティフリー》で買《か》い物《もの》できるし、パイロットと職場結婚《しょくばけっこん》なんて、もう最高《さいこう》。いいなぁ。」

まるで早馬君自身《はゆまくんじしん》がＣＡ《キャビンアテンダント》であるかのような感嘆《かんたん》ぶり、傾倒《けいとう》ぶりだった。

「早馬《はゆま》んちに行《い》ったら、会《あ》えるかな。いろいろ教《おし》えてもらいたいんだけど。」

私《わたし》は即《そく》、答《こた》えた。

「じゃ早馬君《はゆまくん》が来《き》たら、聞《き》いてみれば？」

これで、２人《ふたり》は接近《せっきん》する。

そんな２人《ふたり》を見《み》て、クラス中《じゅう》が、おおっ！　と驚《おどろ》くだろう。

早馬君《はゆまくん》はいろんなことを知《し》っているし、その中《なか》には土屋《つちや》さんのスイッチを押《お》すものもあるだろうから、これを機会《きかい》に２人《ふたり》はますます親《した》しくなっていく。

皆《みんな》は、土屋《つちや》さんに、早馬君《はゆまくん》との関係《かんけい》について聞《き》くだろう。

土屋《つちや》さんは、早馬君《はゆまくん》の魅力《みりょく》をいろいろと話《はな》し、皆《みんな》は早馬君《はゆまくん》に興味《きょうみ》を持《も》ったり、接近《せっきん》したりするに違《ちが》いない。

それで早馬君《はゆまくん》はクラスに溶《と》けこみ、すべてはうまくいくんだ。

私《わたし》は1人《ひとり》で考《かんが》えをめぐらせ、すごく満足《まんぞく》していた。

けれど、なんとっ！　その日《ひ》、早馬君《はゆまくん》はお休《やす》みだったんだ。

しかたがない、明日《あした》だ。

そう思《おも》っていたら、放課後《ほうかご》になって土屋《つちや》さんから言《い》われた。

「私《わたし》、これから早馬《はゆま》んち行《い》こうと思《おも》ってるんだ。休《やす》んだから様子《ようす》を見《み》にきたって言《い》えば、口実《こうじつ》になるしさ。お母《かあ》さんがいたら、いろいろ聞《き》けるじゃん。」

えっと・・・いないと思《おも》うよ。

「昨日《きのう》一緒《いっしょ》に帰《かえ》ったんなら、家《いえ》の場所《ばしょ》知《し》ってんでしょ。あんたに塾《じゅく》があることはわかってるから、家《いえ》まで連《つ》れていってくれたら帰《かえ》っていいからさ。」

予定外《よていがい》だったけれど、いいかもしれないと私《わたし》は思《おも》った。

家《いえ》に行《い》けば、早馬君《はゆまくん》のことがもっとよくわかるだろうし、わかれば好《す》きになるだろうから。

# 12　奇妙《きみょう》な行動《こうどう》

それで私《わたし》は、放課後《ほうかご》、土屋《つちや》さんを連《つ》れて早馬君《はゆまくん》の家《いえ》に行《い》った。

「すごっ豪邸《ごうてい》。早馬《はゆま》んちって、超金持《ちょうかねも》ちなんだっ！」

それも、土屋《つちや》さんのスイッチみたいだった。

もっとほかのところに感動《かんどう》してほしいと思《おも》うのは、私《わたし》のエゴ？

「ドアフォン押《お》して、早馬《はゆま》呼《よ》んで、話《はな》しつけてよ。」

そう言《い》われて私《わたし》がドアフォンを押《お》すと、女《おんな》の人《ひと》の声《こえ》がした。

「はい、早馬《はゆま》でございますが。」

私《わたし》の隣《となり》で土屋《つちや》さんが、顔《かお》を強張《こわば》らせてつぶやく。

「お母《かあ》さんかも。」

あわてててポケットから小《ちい》さな鏡《かがみ》を出《だ》し、私《わたし》の陰《かげ》に隠《かく》れて前髪《まえがみ》を直《なお》し始《はじ》めた。

「今朝《けさ》、寝癖《ねぐせ》がうまく直《なお》せなかったんだよぉ。」

あせっている様子《ようす》が、かわいかった。

私《わたし》はクスクス笑《わら》いながら、ドアフォンに向《む》き直《なお》る。

「早馬君《はゆまくん》のクラスメイトで立花《たちばな》と言《い》います。今日《きょう》、早馬君《はゆまくん》がお休《やす》みだったので、どうしたのかなと思《おも》って、友《とも》だちと一緒《いっしょ》に来《き》てみました。」

女《おんな》の人《ひと》は、お待《ま》ちくださいと言《い》い、しばらくしてから、今度《こんど》は、お入《はい》りくださいと言《い》った。

電動《でんどう》の門扉《もんぴ》が音《おと》を立《た》てて開《ひら》いていき、その向《む》こうに広《ひろ》い庭《にわ》が現《あらわ》れる。

中央《ちゅうおう》に小道《こみち》があって、突《つ》き当《あ》たりには、飛行機《ひこうき》の便名《びんめい》の数字《すうじ》を取《と》り付《つ》けたあの洋館《ようかん》の玄関《げんかん》が見《み》えた。

「おい立花《たちばな》、一緒《いっしょ》に行《い》ってよ。こんなすげぇ家《いえ》、私《わたし》、1人《ひとり》じゃ無理《むり》。緊張《きんちょう》ハンパないし。」

それで玄関《げんかん》まで一緒《いっしょ》に行《い》ったんだ。

そこに早馬君《はゆまくん》が出《で》てきて、ドアを開《あ》けてくれた。

「わざわざ来《き》てくれて、ありがとう。」

そう言《い》った早馬君《はゆまくん》は、柔《やわ》らかそうな絹《シルク》の白《しろ》シャツにブルージーンズ姿《すがた》だった。

シャツの袖《そで》を吊《つ》りタイプのアームバンドで留《と》めて折《お》り返《かえ》し、裾《すそ》は全部《ぜんぶ》、ジーンズの中《なか》に入《い》れていて、ウエストの線《せん》や脚《あし》の長《なが》さが丸見《まるみ》えだったけれど、どんな文句《もんく》も付《つ》けられないくらいきれいで、爽《さわ》やかな感《かん》じがした。

そんな早馬君《はゆまくん》を、私《わたし》は今《いま》まで見《み》たことがなかったから、とてもびっくりしたし、土屋《つちや》さんなんかは、もう口《くち》もきけないくらい驚《おどろ》いて、しかも見《み》とれていた。

土屋《つちや》さんの中《なか》で早馬君《はゆまくん》の印象《いんしょう》は、相当変《そうとうか》わったに違《ちが》いない。

家《いえ》に来《き》てみてよかったと思《おも》いながら、私《わたし》は、病気《びょうき》というわけでもなさそうな様子《ようす》の早馬君《はゆまくん》を見《み》た。

「どうして今日《きょう》、欠席《けっせき》だったの？」

早馬君《はゆまくん》は溜《た》め息《いき》をつき、肩越《かたご》しに家《いえ》の中《なか》を振《ふ》り返《かえ》る。

「ま、入《はい》ってよ。」

それで私《わたし》たちは玄関《げんかん》から中《なか》に入《はい》り、先《さき》に立《た》って歩《ある》き出《だ》す早馬君《はゆまくん》の後《うし》ろに続《つづ》いた。

絨毯《じゅうたん》の敷《し》かれた廊下《ろうか》を歩《ある》いていくと、左手《ひだりて》に階段《かいだん》があり、金色《きんいろ》の手摺《てす》りが付《つ》いていて、そこにもあの斜体《しゃたい》の数字《すうじ》1816が取《と》り付《つ》けられている。

2人《ふたり》がラブラブだった頃《ころ》はこれでよかったんだろうけれど、離婚《りこん》した今《いま》、この環境《かんきょう》に残《のこ》されているお父《とう》さんって、かなりつらいだろうなぁ。

その時《とき》、土屋《つちや》さんが、あっと声《こえ》を上《あ》げた。

「臭《くさ》いっ！　これだよ、早馬《はゆま》の臭《にお》いって。」

私《わたし》は目《め》いっぱい息《いき》を吐《は》き、次《つぎ》に、鼻《はな》をヒクヒクさせて臭《にお》いを吸《す》いこんだ。

それはカスタードクリームみたいな匂《にお》いで、決《けっ》して嫌《いや》な感《かん》じではなかった。

「いい匂《にお》いだと思《おも》うけど。」

そう言《い》うと、土屋《つちや》さんは抗議《こうぎ》するように目《め》を丸《まる》くした。

「どこがっ！　臭《くさ》いじゃんよ。」

先《さき》を歩《ある》いていた早馬君《はゆまくん》が振《ふ》り返《かえ》り、ちょっと肩《かた》をすくめる。

「バニラとイランイランのエッセンスの匂《にお》いだよ。バニラもイランイランも、マダガスカル島《とう》なんかに生息《せいそく》する熱帯性《ねったいせい》の植物《しょくぶつ》。ここに漂《ただよ》ってるのは、その2つから抽出《ちゅうしゅつ》したエッセンスを混《ま》ぜた香水《こうすい》の匂《にお》い。」

土屋《つちや》さんの顔《かお》から、すっと怒《いか》りが消《き》えた。

「香水《こうすい》だったのか。」

そう言《い》いながら少《すこ》し恥《は》ずかしそうにしていたけれど、すぐ負《ま》けん気《き》を取《と》り戻《もど》し、その目《め》をきつく光《ひか》らせた。

「何《なん》で学校《がっこう》に香水付《こうすいつ》けてくんだよ。」

早馬君《はゆまくん》は、両方《りょうほう》の口《くち》の端《はし》を下《さ》げる。

「つけるつもりじゃないんだけど、付《つ》いちゃうんだ。」

え？

「これ、ママが愛用《あいよう》してた香水《こうすい》で、パパが、この匂《にお》いが漂《ただよ》ってるとママがいるような気《き》がするって言《い》って、廊下《ろうか》の床《ゆか》にまくんだ。」

ああ、お父《とう》さん、かわいそうかも・・・。

「で、僕《ぼく》の髪《かみ》や服《ふく》の繊維《せんい》の間《あいだ》に入《はい》りこんだり、靴下《くつした》に染《し》みこんだりする。気《き》を付《つ》けてるんだけど、僕《ぼく》も鼻《はな》が慣《な》れちゃってるから、少《すこ》し付《つ》いてるくらいじゃ気付《きづ》かないことが多《おお》いんだ。」

確《たし》かに鼻《はな》って、同《おな》じ臭《にお》いを嗅《か》いでいると、感《かん》じなくなるよね。

「香水《こうすい》まくのをやめさせたいんだけど、イランイランの香《かお》りには、リラックスやホルモンバランスの調整《ちょうせい》、鬱状態《うつじょうたい》を軽《かる》くする効果《こうか》もあるって言《い》われてるから、離婚《りこん》で弱《よわ》ってるパパには必要《ひつよう》なのかもしれないんだ。それで止《と》められずにいるわけ。」

そっかぁ、気持《きも》ちはよくわかるよ。

「ここが僕《ぼく》の部屋《へや》。」

そう言《い》って早馬君《はゆまくん》は、廊下《ろうか》の突《つ》き当《あ》たりのドアを開《あ》けた。

「どうぞ。」

ドアの向《む》こうは、芝生《しばふ》のある庭《にわ》に面《めん》した広《ひろ》い部屋《へや》だった。

本棚《ほんだな》や机《つくえ》、ソファやテーブル、テレビ、パソコン机《づくえ》、キャビネットやDVD《ディーブイディー》ラックも置《お》いてある。

でもベッドがなかったので、よく見《み》ると、壁《かべ》の3か所《しょ》にドアがあった。

3つとも上部《じょうぶ》が半円形《はんえんけい》で、そこにかわいいステンドグラスが嵌《は》めこまれている。

3枚《まい》のステンドグラスは全部《ぜんぶ》、違《ちが》った絵《え》になっていて、1つは夜《よる》を背景《はいけい》にした梟《ふくろう》、2つ目《め》は、朝《あさ》の森《もり》に上《のぼ》ってくる太陽《たいよう》、3つ目《め》は、昼間《ひるま》に水浴《みずあ》びをしている象《ぞう》だった。

きっと梟《ふくろう》のドアの向《む》こうが寝室《しんしつ》、太陽《たいよう》のドアの向《む》こうが洗面所《せんめんじょ》とトイレ、そして象《ぞう》のドアの向《む》こうが浴室《よくしつ》なんだろうと、私《わたし》は見当《けんとう》をつけた。

それらの3枚《まい》のドアの間《あいだ》には、額《がく》に入《はい》った絵《え》が飾《かざ》られている。

全部《ぜんぶ》で2枚《まい》、両方《りょうほう》とも同《おな》じ女《おんな》の人《ひと》だった。

片方《かたほう》は、カジュアルな服装《ふくそう》をして、桜《さくら》の木《き》の下《した》のベンチに座《すわ》っている。

もう片方《かたほう》はドレスアップをして、紅葉《こうよう》の中《なか》に立《た》っていた。

とてもきれいに描《か》けているのは、きっと描《か》いた人《ひと》がモデルに愛情《あいじょう》を持《も》っているからだよね。

素敵《すてき》な部屋《へや》で、うらやましいな。

私《わたし》なんて、1つの部屋《へや》をお姉《ねえ》ちゃんと半分《はんぶん》っこしてるんだもの。

もちろんトイレと浴室《よくしつ》は、家族《かぞく》の皆《みな》で共同《きょうどう》、自分専用《じぶんせんよう》のなんて持《も》ってない。

絵《え》を飾《かざ》るスペースも、まるでなかった。

「早馬《はゆま》って、こういう環境《かんきょう》で暮《く》らしてんだ・・・」

土屋《つちや》さんは、ほとんど虚脱状態《きょだつじょうたい》。

呆然《ぼうぜん》とした目《め》で、部屋《へや》の中《なか》を見回《みまわ》すばかりだった。

「ここだけで、うちの家族《かぞく》が全部《ぜんぶ》、入《はい》れる気《き》がする。」

うん、うちも入《はい》ると思《おも》う。

「広《ひろ》いと、どことなく寒《さむ》いよ。」

早馬君《はゆまくん》は、あっさり答《こた》えた。

「この部屋《へや》、床暖房《ゆかだんぼう》もついてるけど、かなり温度《おんど》上《あ》げないとダメだもん。僕《ぼく》は、もっと狭《せま》いところの方《ほう》が好《す》きだな。洞窟《どうくつ》みたいなのがいい。洞窟《どうくつ》ってグロッタって呼《よ》ばれて、庭園《ていえん》の装飾《そうしょく》としてヨーロッパで流行《はや》ったことがあるんだ。18世紀《せいき》のイギリスでも造《つく》られた。僕《ぼく》も、この庭《にわ》に洞窟《どうくつ》を作《つく》ってそこで寝起《ねお》きしたいと思《おも》ってるよ。」

はぁ・・・変《か》わった趣味《しゅみ》だね。

「どうぞ、座《すわ》って。」

早馬君《はゆまくん》は私《わたし》たちにソファを勧《すす》め、自分《じぶん》もテーブルを挟《はさ》んで向《む》かい側《がわ》の椅子《いす》に腰《こし》を下《お》ろした。

「今日《きょう》、僕《ぼく》が欠席《けっせき》したのは、学校《がっこう》に行《い》こうとしていたら、突然《とつぜん》、思《おも》ってもみないことが起《お》こったからなんだ。」

そう前置《まえお》きして早馬君《はゆまくん》が話《はな》し出《だ》したのは、とても不思議《ふしぎ》な出来事《できごと》だった。

「朝《あさ》8時頃《じごろ》だったと思《おも》うけど、僕《ぼく》が登校《とうこう》しようとしていたら、突然《とつぜん》、兄《にい》さんが大《おお》きな荷物《にもつ》を持《も》って訪《たず》ねてきたんだ。」

兄《にい》さん？

「僕《ぼく》んち、両親《りょうしん》が離婚《りこん》したって言《い》ったろ。僕《ぼく》はパパと一緒《いっしょ》にここに残《のこ》って、兄《にい》さんはママについて出《で》ていった。それで今《いま》は、違《ちが》うところに住《す》んでるんだ。」

土屋《つちや》さんが、チラッと私《わたし》を見《み》る。

会《あ》いたかったCA《キャビンアテンダント》のお母《かあ》さんがここにいないってことがわかって、ガッカリしたみたいだった。

でも帰《かえ》るとは言《い》い出《だ》さず、座《すわ》ったまま。

教室《きょうしつ》では見《み》られない早馬君《はゆまくん》の姿《すがた》を見《み》たり、話《はなし》を聞《き》いたりして、早馬君《はゆまくん》自身《じしん》に興味《きょうみ》がわいたんだと思《おも》う。

それは、私《わたし》が期待《きたい》していたことだった。

「兄《にい》さんとは、両親《りょうしん》が離婚《りこん》してから会《あ》ってないんだけど、連絡《れんらく》はずっと取《と》ってた。電話《でんわ》やメールでね。でも、このところ兄《にい》さんは忙《いそが》しいらしくて返事《へんじ》をくれないんだ。電話《でんわ》も出《で》ないし。」

それが突然《とつぜん》、訪《たず》ねてきたんだね。

「顔《かお》を見《み》て、僕《ぼく》はびっくりしたよ。一瞬《いっしゅん》、兄《にい》さんだってことがわからないくらい雰囲気《ふんいき》が変《か》わってたんだ。僕《ぼく》が知《し》ってる兄《にい》さんは陽気《ようき》で明《あか》るかったのに、ものすごく暗《くら》い目《め》をしてた。表情《ひょうじょう》も、危険《きけん》な感《かん》じがするくらい鋭《するど》かったんだ。」

それは相当《そうとう》、驚《おどろ》くかも。

家族《かぞく》が急《きゅう》に変《か》わったら、ショックも大《おお》きいしね。

「今《いま》の生活《せいかつ》が辛《つら》いのかなぁって思《おも》って、様子《ようす》を聞《き》こうとすると、黙《だま》ったまま荷物《にもつ》を持《も》って自分《じぶん》の部屋《へや》に入《はい》っていって、鍵《かぎ》をかけて、いつまで経《た》っても出《で》てこないんだ。ドアの外《そと》から話《はな》しかけても返事《へんじ》もしないし。僕《ぼく》は、どうしようって思《おも》ったよ。パパはフライトでいないし、お手伝《てつだ》いさんは最近雇《さいきんやと》ったばかりの人《ひと》で、兄《にい》さんのことを全然《ぜんぜん》知《し》らないし、兄《にい》さんの様子《ようす》も変《へん》だしね。それでしかたなく、兄《にい》さんが部屋《へや》から出《で》てくるまで待《ま》ってたんだ。そしたら午後《ごご》3時《じ》を過《す》ぎてしまって、結局《けっきょく》、欠席《けっせき》になったわけ。だって僕《ぼく》が学校《がっこう》に行《い》ってたら、その留守《るす》に兄《にい》さんは帰《かえ》ってしまうかもしれないし、何《なん》にも聞《き》けないだろ。」

つまりお兄《にい》さんは、予告《よこく》もなくやってきて、7時間以上《じかんいじょう》も部屋《へや》にいたんだよね。

いったい何《なに》してたんだろう。

「で、3時過《じす》ぎにようやく出《で》てきた兄《にい》さんを捕《つか》まえて事情《じじょう》を聞《き》いたんだけど、ひと言《こと》も話《はな》してくれなかった。そして持《も》ってきた荷物《にもつ》をそのまま持《も》って帰《かえ》っていったんだ。」

はぁ・・・。

土屋《つちや》さんが眉根《まゆね》を寄《よ》せる。

「持《も》ってきた物《もの》をそのまま持《も》って帰《かえ》るって、いったい何《なに》しに来《き》たわけ？」

早馬君《はゆまくん》は、首《くび》を横《よこ》に振《ふ》る。

「さっぱりわかんない。」

私《わたし》は、状況《じょうきょう》を整理《せいり》しようとして聞《き》いた。

「お兄《にい》さんが持《も》ってきて、持《も》ち帰《かえ》った荷物《にもつ》って、どんなの？」

早馬君《はゆまくん》は、両手《りょうて》の人差《ひとさ》し指《ゆび》で空中《くうちゅう》に四角形《しかくけい》を描《えが》く。

「このくらいの大《おお》きさの段《だん》ボール箱《ばこ》。脇《わき》にリンゴって書《か》いてあったから、自分《じぶん》で取《と》り寄《よ》せたか、スーパーでもらったのか、どっちかだと思《おも》う。」

その中《なか》には、いったい何《なに》が入《はい》っていたんだろう。

「わかったっ！」

土屋《つちや》さんが顔《かお》を輝《かがや》かせる。

「お兄《にい》さんの持《も》ってきた段《だん》ボールの中《なか》は、実《じつ》はカラだったんだ。」

私《わたし》は、あっと思《おも》った。

だって誰《だれ》かが段《だん》ボール箱《ばこ》を持《も》って家《いえ》にやってきたら、普通《ふつう》、その中《なか》に何《なに》かが入《はい》っていると考《かんが》えるもの。

それがカラだって想像《そうぞう》できる力《ちから》は、すごい！

「お兄《にい》さんは、自分《じぶん》の部屋《へや》に何《なに》かを取《と》りにきたんだよ。そして持《も》ってきた段《だん》ボールの中《なか》に、それを入《い》れて持《も》ち去《さ》ったんだ。」

早馬君《はゆまくん》は、気落《きお》ちしたような息《いき》をついた。

「兄《にい》さんが帰《かえ》った後《あと》、部屋《へや》に入《はい》ってみたけど、変《か》わったところは全然《ぜんぜん》なかった。置《お》いてあった物《もの》も、もちろんそのまま。なくなった物《もの》なんて、1つもなかったんだよ。もちろん増《ふ》えてる物《もの》もない。」

ああ、いい線《せん》だと思《おも》ったのにな、ダメかぁ。

「机《つくえ》の中《なか》の小《ちい》さな物《もの》についてはわからないけど、それを持《も》っていきたかったんなら、ポケットかバッグに入《い》れればすむだろ。あんなに目立《めだ》つ箱《はこ》を持《も》ちこむことないじゃないか。」

そうだねぇ。

それに物《もの》を持《も》ち出《だ》すだけなら、7時間《じかん》も部屋《へや》に閉《と》じこもってる必要《ひつよう》もないし。

「ただ1つ不思議《ふしぎ》だったのは、部屋《へや》の中《なか》に、かすかに絵《え》の具《ぐ》の臭《にお》いが漂《ただよ》ってたってこと。」

絵《え》の具《ぐ》？

「兄《にい》さんは絵《え》を描《か》くんだ。ほら、あれ。」

早馬君《はゆまくん》は親指《おやゆび》を立《た》てて、壁《かべ》の2枚《まい》の絵《え》を指《さ》した。

「あれも兄《にい》さんが描《か》いた。ちなみにモデルは、ママ。」

土屋《つちや》さんがパンと手《て》を打《う》つ。

「じゃ兄《にい》さんは、ここに絵《え》を描《か》きにきたんじゃないの。段《だん》ボールの中《なか》に入《はい》ってたのは、絵《え》の道具《どうぐ》と画用紙《がようし》だよ。で、描《か》き上《あ》げたのを持《も》って帰《かえ》った。絵《え》を描《か》くとなったら、7時間《じかん》ぐらいかかるし。」

早馬君《はゆまくん》は、きっぱりと首《くび》を横《よこ》に振《ふ》った。

「絵《え》の道具《どうぐ》なら、専用《せんよう》のキャリーケースに入《い》れて運《はこ》ぶよ。それに兄《にい》さんは、自分《じぶん》の部屋《へや》に絵《え》の道《どう》具《ぐ》やイーゼルを置《お》きっ放《ぱな》しにしてあるんだ。だから持《も》ってこなくても絵《え》は描《か》ける。」

そっか。

「それに、わざわざここまで来《き》て、絵《え》を描《か》いて、それをまた持《も》って帰《かえ》るって、何《なん》のため？」

確《たし》かにその通《とお》りで、土屋《つちや》さんは言葉《ことば》もなく黙《だま》りこんだ。

私《わたし》の頭《あたま》も、疑問《ぎもん》でいっぱい。

早馬君《はゆまくん》の兄《にい》さんは、段《だん》ボール箱《ばこ》を持《も》ってやってきて、7時間《じかん》もの間《あいだ》、何《なに》かをやっていて、また段《だん》ボール箱《ばこ》を持《も》って帰《かえ》っていった。

部屋《へや》から持《も》ち去《さ》られた物《もの》も、持《も》ちこまれた物《もの》も、何《なに》もない。

ただ、かすかに絵《え》の具《ぐ》の臭《にお》いが漂《ただよ》うのみ。

う〜む、謎《なぞ》だ！　不思議《ふしぎ》すぎるっ!!

「両親《りょうしん》が離婚《りこん》する前《まえ》、僕《ぼく》たち皆《みな》、すごく仲《なか》よかったんだよ。」

早馬君《はゆまくん》は憂鬱《ゆううつ》そうな表情《ひょうじょう》で机《つくえ》に近《ちか》づき、引《ひ》き出《だ》しを開《あ》けた。

「一緒《いっしょ》に写真《しゃしん》撮《と》ったり、ゲームしたりして。」

そこからスマートフォンを出《だ》し、画面《がめん》を操作《そうさ》しながらこちらにやってくる。

「これ、この家《いえ》で一緒《いっしょ》に暮《く》らしてた頃《ころ》の僕《ぼく》たち。今考《いまかんが》えると、すごく幸《しあわ》せだった。」

私《わたし》はなにげなくそれを受《う》け取《と》って視線《しせん》を落《お》とし、思《おも》わず叫《さけ》んでしまった。

「わっ！」

そこにはお父《とう》さんと、あの絵《え》にそっくりなお母《かあ》さんと、早馬君《はゆまくん》と、そしてお兄《にい》さんが映《うつ》っていた。

そのお兄《にい》さんの顔《かお》は、なんとっ、早乙女君《さおとめくん》だったんだ！

# 13　同志《どうし》の誓《ちか》い

「早馬君《はゆまくん》のお兄《にい》さんって、もしかして早乙女望《さおとめのぞみ》っていうの？」

私《わたし》が聞《き》くと、早馬君《はゆまくん》は驚《おどろ》いたらしかった。

「そうだよ。早乙女《さおとめ》っていうのは結婚前《けっこんまえ》のママの姓《せい》で、離婚《りこん》したからその姓《せい》に戻《もど》ってるんだ。立《たち》花《ばな》さん、ノゾを知《し》ってるの!?」

ああ望《のぞみ》だから、ノゾって呼《よ》んでるんだね。

じゃ早馬君《はゆまくん》は歩《あゆみ》だから、アユとか、かな。

私《わたし》は、スマホの画面《がめん》に映《うつ》っている笑顔《えがお》の4人《にん》を見《み》つめた。

仲良《なかよ》し家族《かぞく》だったんだね。

早乙女君《さおとめくん》の顔《かお》も、とても明《あか》るい。

それは、私《わたし》が出会《であ》う前《まえ》の早乙女君《さおとめくん》だった。

私《わたし》は、暗《くら》い目《め》をして孤独《こどく》な感《かん》じを漂《ただよ》わせている早乙女君《さおとめくん》しか知《し》らないんだ。

こんな陽気《ようき》な笑顔《えがお》、見《み》てみたいな。

きっと素敵《すてき》だよ、だって早乙女君《さおとめくん》は、とてもきれいな顔立《かおだ》ちをしてるんだもの。

「私《わたし》、早乙女君《さおとめくん》と塾《じゅく》のクラスが一緒《いっしょ》なんだ。」

そう言《い》うと、早馬君《はゆまくん》は、ありえないといったような顔付《かおつ》きになった。

「え・・・塾《じゅく》には行《い》ってないと思《おも》うよ。そんな余裕《よゆう》、ないはずだもの。だってママは、」

そこでいったん言葉《ことば》を途切《とぎ》れさせ、目《め》を伏《ふ》せる。

「2年《ねん》くらい前《まえ》から、宗教《しゅうきょう》に夢中《むちゅう》になってるんだ。離婚原因《りこんげんいん》も、それだったんだよ。少《すこ》しは家庭《かてい》のことや子供《こども》たちのことも考《かんが》えてくれって、パパが何度《なんど》言《い》っても全然《ぜんぜん》きかなくってね。結局《けっきょく》、パパもあきらめたんだ。」

そうだったのかぁ・・・。

「子供《こども》は2人《ふたり》ともパパが引《ひ》き取《と》るって言《い》ったんだけど、ノゾは、誰《だれ》かがママのそばにいないとかわいそうだからって一緒《いっしょ》に出《で》ていったんだ。ママのことは、自分《じぶん》が何《なん》とかするからって。でも離《り》婚《こん》してからママは、ますます熱中《ねっちゅう》して、自分《じぶん》のお金《かね》も、パパから送《おく》られてくるノゾの養育費《よういくひ》も全《ぜん》部《ぶ》、そこに寄付《きふ》してしまうみたい。朝早《あさはや》くから夜遅《よるおそ》くまで毎日《まいにち》、街角《まちかど》に立《た》って布教《ふきょう》のビラを配《くば》ったり、いろんな家《いえ》を回《まわ》って説法《せっぽう》したり、宗教《しゅうきょう》の学習会《がくしゅうかい》に参加《さんか》したりして熱心《ねっしん》に活動《かつどう》してるんだって。だからほとんど家《いえ》にいなくて、ノゾとも顔《かお》を合《あ》わせてないらしい。ワンコイン児童《じどう》になってるって、ノゾ、笑《わら》ってたよ。・・・笑《わら》ってたけど、でも本当《ほんとう》はすごく悲《かな》しかったんだと思《おも》う。」

ああ、浩史先生《こうじせんせい》の話《はなし》とつながった！

どういう理由《りゆう》でワンコイン生活《せいかつ》なのかわからなかったんだけど、親《おや》が宗教《しゅうきょう》に夢中《むちゅう》だったんだ。

胸《むね》を痛《いた》めながら私《わたし》は、浩史先生《こうじせんせい》が言《い》っていたことを思《おも》い出《だ》した。

「つらいその運命《うんめい》を受《う》け入《い》れなけりゃならなかったから、早乙女《さおとめ》はこう考《かんが》えるしかなかった、こんな生活《せいかつ》をしなけりゃならないのは、自分《じぶん》が価値《かち》のない人間《にんげん》だからだって。早乙女《さおとめ》の自己評価《じこひょうか》の低《ひく》さは、現状《げんじょう》に耐《た》え、適応《てきおう》するためのものなんだ。」

お母《かあ》さんが信仰《しんこう》に入《い》れこむのも、自分《じぶん》が期待《きたい》に応《こた》えられない子供《こども》だからだって思《おも》ってるのかもしれない。

「僕《ぼく》、ノゾのことが心配《しんぱい》だ。あんな目《め》つきをしてるなんて、絶対《ぜったい》、変《へん》だもの。悪《わる》いことに巻《ま》きこまれてないといいけど・・・」

早馬君《はゆまくん》は、不安《ふあん》そうに私《わたし》たちを見回《みまわ》す。

「ノゾは正義感《せいぎかん》が強《つよ》くて、すごく優《やさ》しいんだ。でも照《て》れ屋《や》だから、それをストレートに出《だ》せずに悪《わる》ぶったりする。それで誤解《ごかい》されることが多《おお》いんだけど・・・」

私《わたし》はうなずいた。

「早乙女君《さおとめくん》の優《やさ》しさを、私《わたし》、よく知《し》ってるよ。だから何《なに》があっても絶対《ぜったい》、疑《うたが》ったりしない！」

だって私《わたし》は、それを体験《たいけん》したんだもの。

「私《わたし》のクラスは学費《がくひ》が無料《むりょう》だから、経済的《けいざいてき》に余裕《よゆう》がない家《いえ》の子《こ》もいるんだ。今日《きょう》もこれから行《い》くから、早乙女君《さおとめくん》の様子《ようす》をよく見《み》ておくね。わかったことがあったら報告《ほうこく》するから。」

早馬君《はゆまくん》は、ほっとしたように表情《ひょうじょう》を和《やわ》らげた。

「ありがと！　ノゾのこと信《しん》じてくれる立花《たちばな》さんは、僕《ぼく》の同志《どうし》だ。」

そう言《い》いながら右手《みぎて》を出《だ》す。

「握手《あくしゅ》しよう！」

私《わたし》も手《て》を出《だ》し、早馬君《はゆまくん》の手《て》をしっかりと握《にぎ》りしめてから土屋《つちや》さんを見《み》た。

「同志《どうし》になろうよ。」

土屋《つちや》さんはちょっと迷《まよ》っていたけれど、やがて言《い》った。

「その人《ひと》のこと知《し》らないから、やめとく。でも協力《きょうりょく》はするよ。うちも親《おや》が離婚《りこん》してるし、お義兄《にい》ちゃんが不良仲間《ふりょうなかま》に引《ひ》きずられそうになったりしたから、早馬《はゆま》の気持《きも》ちよくわかるもん。」

そして早馬君《はゆまくん》を見《み》て、ニッコリしたんだ。

「これから仲良《なかよ》くしようよな。」

私《わたし》は、とてもうれしかった。

ここに来《き》て、ほんとによかった！

「友《とも》だちの印《しるし》に、アドレス交換《こうかん》しよう。」

土屋《つちや》さんがそう言《い》ったけれど、私《わたし》はパソコンもスマートフォンも持《も》っていなかったから、２人《ふたり》がやり取《と》りするのを見《み》ていた。

皆《みな》、普通《ふつう》に持《も》ってるんだ、すごいなぁ。

「あ、電話番号《でんわばんごう》も、交換《こうかん》しよっか。」

私《わたし》も、ほしいかも。

そう思《おも》いながら、私《わたし》は２人《ふたり》の電話番号《でんわばんごう》を暗記《あんき》した。

何気《なにげ》なく目《め》を上《あ》げれば、壁《かべ》にかかっている時計《とけい》が、Ｇ教室《ジェイきょうしつ》の始《はじ》まる時間《じかん》を指《さ》している。

わ、遅刻《ちこく》だっ！

# 14　嘘《うそ》をつかなくてもいいように

大《おお》あわてで私《わたし》は、Ｚ《ゼータ》ビルに駆《か》け付《つ》けた。

そしたら生徒専用通用口《せいとせんようつうようぐち》で、若武先輩《わかたけせんぱい》に出会《であ》ったんだ。

私《わたし》と同《おな》じくらい急《いそ》いでいた。

「やぁ、ミニサイズ。」

そう言《い》って足《あし》を止《と》める。

「おまえ、頑張《がんば》って私立《しりつ》、行《い》けよな。」

は？

「公立《こうりつ》って、生徒《せいと》の雑用《ざつよう》が多《おお》くて大変《たいへん》だぜ。今《いま》も呼《よ》びつけられてさ、これから行《い》くとこ。じゃな。」

人差《ひとさ》し指《ゆび》で軽《かる》く敬礼《けいれい》し、すれ違《ちが》っていこうとしたので、私《わたし》はママの言葉《ことば》を思《おも》い出《だ》して聞《き》いてみた。

「あの、若武先輩《わかたけせんぱい》は、うちのお姉《ねえ》ちゃんのこと、どう思《おも》ってますか？　付《つ》き合《あ》う気《き》ありますか？」

先輩《せんぱい》は急《きゅう》ブレーキをかけた自転車《じてんしゃ》みたいに立《た》ち止《ど》まった。

私《わたし》をマジマジと見《み》つめてから、クスッと笑《わら》う。

「それ、誰《だれ》かに、俺《おれ》の返事《へんじ》をもらってこいって頼《たの》まれたの？　もしかしてアーヤ本人《ほんにん》から、とか？」

乱《みだ》れた前髪《まえがみ》の影《かげ》を受《う》けた2つの目《め》には、真剣《しんけん》な光《ひかり》があった。

「だったら、こう言《い》っといて。あのことは気《き》にしてないから、自分《じぶん》で直接《ちょくせつ》、俺《おれ》に言《い》えよって。」

あのこと？

「もしアーヤから頼《たの》まれたんじゃなければ、そうだな、こう言《い》っといて。他人《たにん》の関係《かんけい》に首突《くびつ》っこむな、デシャバリって。じゃね。」

もう一度敬礼《いちどけいれい》し、駆《か》け出《だ》していく。

う〜む、やっぱ2人《ふたり》の間《あいだ》には、何《なに》かあったんだ！

2人《ふたり》だけしか知《し》らない何《なに》かが。

それは、いったい何《なに》!?

思《おも》わず考《かんが》えこんでいて、私《わたし》は自分《じぶん》が急《いそ》いでいたことを思《おも》い出《だ》し、あせってG教室《ジェイきょうしつ》に向《む》かった。

もう完全《かんぜん》に遅《おく》れてしまっていたから、恐々《こわごわ》、そぉっとドアを開《あ》けたんだ。

中《なか》にいたのは、若王子君《わかおうじくん》と早乙女君《さおとめくん》だけだった。

浩史先生《こうじせんせい》も、いない。

あれ、もしかして皆《みんな》、遅刻《ちこく》？

若王子君《わかおうじくん》は、机《つくえ》の上《うえ》に置《お》いたノートパソコンの画面《がめん》を見《み》ながら何《なに》やら操作《そうさ》をしていて、私《わたし》の方《ほう》を向《む》こうともしなかった。

パソコンの脇《わき》には、高《たか》さが30センチくらいある透明《とうめい》な計量《けいりょう》カップが置《お》かれていて、中《なか》に、丸《まる》と四角《しかく》のクッキーが入《はい》っている。

丸《まる》い方《ほう》は、チョコとバニラの2色《しょく》の渦巻《うずま》きだった。

四角《しかく》な方《ほう》は、やっぱりチョコとバニラで、その2色《しょく》がチェック柄《がら》になっている。

ほかにも、バニラ地《じ》にチョコで猫《ねこ》の足跡《あしあと》が描《か》いてあるのや、豚《ぶた》の鼻《はな》が描《か》いてあるのがあって、かわいかったし、美味《おい》しそうだった。

若王子君《わかおうじくん》はパソコンの画面《がめん》に見入《みい》りながら、止《と》めどなく片手《かたて》を伸《の》ばし、食《た》べ続《つづ》ける。

いつものことだけど、あの細《ほそ》い体《からだ》で、よく大量《たいりょう》に食《た》べられるよね。

牛《うし》みたいに、胃袋《いぶくろ》が4つあるとか？

私《わたし》が感心《かんしん》して見《み》ていると、脇《わき》で早乙女君《さおとめくん》がガタッと立《た》ち上《あ》がった。

秀明《しゅうめい》バッグをつかみ上《あ》げ、肩《かた》に引《ひ》っかけながら出《で》ていこうとする。

瞬間《しゅんかん》、若王子君《わかおうじくん》が画面《がめん》を見《み》つめたままで言《い》った。

「また逃亡《とうぼう》する気《き》か。王様《おうさま》、捕縛《ほばく》しろ。」

直後《ちょくご》、早乙女君《さおとめくん》が、手《て》に持《も》っていたバッグを若王子君《わかおうじくん》に投《な》げつけたんだ。

バッグは真《ま》っ直《す》ぐ飛《と》び、若王子君《わかおうじくん》のパソコンを直撃《ちょくげき》する。

かと思《おも》いきや、とっさに机《つくえ》に手《て》をついた若王子君《わかおうじくん》が足《あし》を振《ふ》り上《あ》げて蹴《け》り飛《と》ばしたので、そのまま180度回転《どかいてん》、今度《こんど》は早乙女君《さおとめくん》を直撃《ちょくげき》っ！

するかと思《おも》われたそのとき、早乙女君《さおとめくん》はさっと避《よ》け、バッグは壁《かべ》に当《あ》たってあたりに文具《ぶんぐ》を振《ふ》りまいた。

「くっそガキっ！」

早乙女君《さおとめくん》は、忌《い》ま忌《い》ましげにつぶやいて自分《じぶん》の文具《ぶんぐ》をかき集《あつ》め、バッグに放《ほう》りこんでバシャッと蓋《ふた》を閉《し》める。

「逃亡《とうぼう》じゃねー。秀明《しゅうめい》BB《ビービー》に登録《とうろく》に行《い》くんだ。火影《ひかげ》が推薦者《すいせんしゃ》になるって言《い》うから向《む》こうで待《ま》ち合《あ》わせてて、早川浩史《はやかわこうじ》にも許可取《きょかと》ってあんだよ、悪《わる》いか。」

吐《は》き捨《す》てるように言《い》って、ドアの向《む》こうに姿《すがた》を消《け》した。

私《わたし》は、あわてて追《お》いかけて教室《きょうしつ》の外《そと》に出《で》る。

「早乙女君《さおとめくん》」

声《こえ》をかけると、早乙女君《さおとめくん》は足《あし》を止《と》めたけれど、こっちを向《む》かなかった。

「あのね、私《わたし》、小学校《しょうがっこう》のクラスで早馬君《はゆまくん》と一緒《いっしょ》なんだ。さっき、お家《うち》に行《い》ったんだけど、早乙女《さおとめ》君《くん》が来《き》たって話《はな》してたよ。とても心配《しんぱい》してた。」

そこまで言《い》って、思《おも》い切《き》って聞《き》いてみた。

「家《いえ》を訪《たず》ねたのは、何《なん》のため？」

早乙女君《さおとめくん》は、私《わたし》に背中《せなか》を向《む》けたままつぶやく。

「俺《おれ》に関《かか》わるなって言《い》ったろ。」

私《わたし》は、一歩《ぽ》踏《ふ》み出《だ》した。

「どうして関《かか》わっちゃいけないの？」

早乙女君《さおとめくん》は、かすかな笑《わら》い声《ごえ》を漏《も》らす。

「決《き》まってんじゃん。俺《おれ》が、すげぇ悪《わる》い奴《やつ》だから、だよ。」

あ、私《わたし》を嫌《きら》いなわけじゃないんだ。

それがわかって、ちょっとほっとした。

でも早乙女君《さおとめくん》が悪《わる》い奴《やつ》だなんて、私《わたし》には、どうしても思《おも》えない。

「そんなこと信《しん》じない。私《わたし》、早乙女君《さおとめくん》が本当《ほんとう》はやさしい人《ひと》だって知《し》ってるもの。悪《わる》ぶってるだけでしょ。」

早乙女君《さおとめくん》は振《ふ》り返《かえ》り、肩越《かたご》しにこちらを見《み》た。

心《こころ》に切《き》りこんでくるような眼差《まなざし》で、早馬君《はゆまくん》が言《い》っていた通《とお》り、危険《きけん》な感《かん》じがするほど鋭《するど》かった。

「勝手《かって》に言《い》ってろよ。今《いま》に本当《ほんとう》のことがわかるさ。俺《おれ》に関《かか》わってたら、その時《とき》おまえ、後悔《こうかい》するぜ。」

今《いま》にわかる本当《ほんとう》のことって、何《なん》だろう。

後悔《こうかい》するようなことって、何《なに》？

私《わたし》には、早乙女君《さおとめくん》の言《い》っていることがちっともわからなかった。

わかっていたのはただ1つだけ、それは早乙女君《さおとめくん》が、すごく優《やさ》しい子《こ》だってこと。

「私《わたし》、後悔《こうかい》なんてしない。早乙女君《さおとめくん》と友《とも》だちになりたいと思《おも》ってる。」

早乙女君《さおとめくん》は、私《わたし》をバカにするように眉《まゆ》を上《あ》げた。

「おまえ、新約聖書《しんやくせいしょ》、読《よ》んだことあるか？」

は？

「あの中《なか》で、イエスがペテロに向《む》かって言《い》ってるだろ。鶏《にわとり》が鳴《な》く前《まえ》に、おまえは3度《ど》私《わたし》を知《し》らないと言《い》うだろうって。あれは、人間《にんげん》の心《こころ》の弱《よわ》さを指摘《してき》した言葉《ことば》だ。おまえだって、同《おな》じだよ。俺《おれ》なんか知《し》らない、友《とも》だちじゃないって言《い》いたくなる時《とき》が今《いま》に必《かなら》ずくる。その時《とき》おまえが嘘《うそ》をつかなくてすむように、俺《おれ》は今《いま》、忠告《ちゅうこく》してんだ、関《かか》わるなってさ。」

孤独《こどく》で暗《くら》いその目《め》は、まるで地獄《じごく》をのぞきこんでいるみたいだった。

私《わたし》は圧倒《あっとう》され、早乙女君《さおとめくん》が遠《とお》ざかっていくのを見送《みおく》った。

早馬君《はゆまくん》が心配《しんぱい》するのも、もっともだと思《おも》った。

私《わたし》だって、心配《しんぱい》になる。

早乙女君《さおとめくん》は、いったい何《なに》を考《かんが》えているんだろう。

友《とも》だちじゃないって言《い》いたくなる時《とき》が今《いま》に絶対《ぜったい》くるって・・・どういうこと？

それ、もしかして早乙女君《さおとめくん》が早馬君《はゆまくん》の家《いえ》に行《い》ったことと関係《かんけい》があるの？

「王様《おうさま》、どうした？」

振《ふ》り向《む》けば、エレベーターの方《ほう》から美織君《みおりくん》がやってくるところだった。

「廊下《ろうか》で、何《なに》、固《かた》まってるわけ？」

私《わたし》は首《くび》を横《よこ》に振《ふ》って美織君《みおりくん》に向《む》き直《なお》る。

「どこ行《い》ってたの？」

美織君《みおりくん》は、片手《かたて》に持《も》っていたヴァイオリンケースを上《あ》げて見《み》せた。

「今日《きょう》は、芸術《げいじゅつ》コースの授業《じゅぎょう》が入《はい》ってたんだ。」

ああ美織君《みおりくん》は、ヴァイオリニスト目指《めざ》してるんだものね。

「教室《きょうしつ》、行《い》こうぜ。」

先《さき》に立《た》って歩《ある》き出《だ》し、美織君《みおりくん》はG教室《ジェイきょうしつ》のドアを開《あ》ける。

その瞬間《しゅんかん》、中《なか》から若王子君《わかおうじくん》の叫《さけ》び声《ごえ》がした。

「事件《じけん》、勃発《ぼっぱつ》っ！　犯罪消滅特殊部隊《はんざいしょうめつとくしゅぶたい》、集結《しゅうけつ》せよっ!!」

わっ！

## 15　危険《きけん》な落《お》とし物《もの》

私《わたし》と美織君《みおりくん》は、あわてて教室《きょうしつ》に走《はし》りこんだ。

そこでは、若王子君《わかおうじくん》がさっきと同《おな》じように2色《しょく》クッキーを食《た》べながらパソコンと向《む》き合《あ》っていて、ほかには誰《だれ》もおらず、部屋《へや》の空気《くうき》は静《しず》まり返《かえ》っていた。

はて・・・？

「事件《じけん》って、何《なん》だ？」

美織君《みおりくん》は、肩《かた》にかけていたバッグとヴァイオリンケースを机《つくえ》に置《お》き、若王子君《わかおうじくん》に歩《あゆ》み寄《よ》る。

若王子君《わかおうじくん》は、パソコンの画面《がめん》がよく見《み》えるように体《からだ》を斜《なな》めにした。

「これ、見《み》ろよ。」

私《わたし》も急《いそ》いでそばに寄《よ》り、脇《わき》からのぞきこむ。

画面《がめん》に表示《ひょうじ》されていたのは、ごく簡単《かんたん》なリストだった。

数《かぞ》えてみると、全部《ぜんぶ》で13行《ぎょう》ある。

その各行《かくぎょう》はどれも、一番初《いちばんはじ》めに０９０や０８０から始《はじ》まる11桁《けた》の番号《ばんごう》が書《か》いてあって、その次《つぎ》

の欄《らん》にはKZ《ケーゼット》とかHS《エイチエス》とかNS《エヌエス》とか2文字《もじ》のいろいろなアルファベットが書《か》かれていて、次《つぎ》には1000という数字《すうじ》、一番最後《いちばんさいご》に5とか4とか1とか、1桁《ひとけた》の数字《すうじ》が並《なら》んでいた。

えっと、これはいったい何《なん》のリスト？

しかも、これが事件《じけん》って、何《なん》で!?

「んっと、」

美織君《みおりくん》が考《かんが》えこみながら片肘《かたひじ》を机《つくえ》につき、画面《がめん》の前《まえ》に身《み》を乗《の》り出《だ》す。

「最初《さいしょ》のは、スマホか携帯《けいたい》の番号《ばんごう》だろ。」

ん、そうだよね。

「で、次《つぎ》のは、KZ《ケーゼット》、HS《エイチエス》・・・、おっ、ちょっと待《ま》て！」

そう言《い》ってポケットからスマートフォンを出《だ》し、しばらく検索《けんさく》していて目《め》を剝《む》いた。

「これ、激《げき》ヤバじゃんっ！」

え、なんで？

ぼんやりしている私《わたし》の前《まえ》で、若王子君《わかおうじくん》が女《おんな》の子《こ》みたいにきれいなその目《め》に冷《ひ》ややかな光《ひかり》をきらめかせる。

「だろ。」

美織君《みおりくん》は、両手《りょうて》をドンと机《つくえ》についた。

「だろ、じゃねーよ。落《お》ち着《つ》いてる場合《ばあい》か。このデータ、どっから持《も》ってきた？」

若王子君《わかおうじくん》は、パソコンの脇《わき》を指《さ》す。

そこに黒《くろ》いUSB《ユーエスビー》メモリーが差《さ》さっていた。

あ、さっきは、こんなのなかったのに・・・。

「拾《ひろ》った。」

若王子君《わかおうじくん》の答《こた》えが舌足《したた》らずで、美織君《みおりくん》はイラッとしたようだった。

「どこでだよっ!?」

若王子君《わかおうじくん》は口《くち》を開《ひら》きかけ、ポカンとしている私《わたし》に気付《きづ》いた。

「話《はなし》に入《はい》れない奴《やつ》が、約《やく》1名《めい》いるぜ。説明《せつめい》してやれよ。」

美織君《みおりくん》は、気《き》をそがれるといった表情《ひょうじょう》でこちらを振《ふ》り返《かえ》る。

「これが何《なに》か、マジわかんねーの？」

私《わたし》は、縦《たて》から横《よこ》からそのリストを眺《なが》めまわしてみたけれど、さっぱりだった。

「ああ、いい。顔《かお》を横《よこ》にした時点《じてん》で、わからないってのがよくわかった。」

脱力《だつりょく》した様子《ようす》で、そのリストを指《さ》す。

「最初《さいしょ》のは、個人《こじん》の連絡先《れんらくさき》であるスマホか携帯《けいたい》の番号《ばんごう》。」

ん、それはわかる。

「つまりここには、13人分《にんぶん》の連絡先《れんらくさき》があるってこと。次《つぎ》のは、俺《おれ》も調《しら》べてようやくわかったんだけど、関東近県《かんとうきんけん》の少年《しょうねん》サッカーチームの略称《りゃくしょう》。」

あ、それでKZ《カッズ》が入《はい》ってるんだね。

「全部《ぜんぶ》で、8チームの名前《なまえ》が書《か》かれている。」

ん、8種類《しゅるい》あるよね。

「次《つぎ》の1000は、おそらく金額《きんがく》。1000円《えん》ってこと。最後《さいご》の数字《すうじ》は、その金額《きんがく》の倍数《ばいすう》。」

えっと、そのあたり、ちょっと意味不明《いみふめい》かも。

「たとえば、1行目《ぎょうめ》。」

そう言《い》って美織君《みおりくん》は、最初《さいしょ》の行《ぎょう》を指差《ゆびさ》した。

「このスマホか携帯番号《けいたいばんごう》を持《も》ってる奴《やつ》は、KZ《カッズ》で、1000円《えん》、それを5倍《ばい》だ。」

はぁ・・・。

「次《つぎ》の奴《やつ》は、HS《ハッズ》、これはハイスペックゼミナールのサッカーチームだ、それに1000円《えん》、それを4倍《ばい》。」

はぁ・・・。

「まだ、わかってないみたいだぜ。」

若王子君《わかおうじくん》がそう言《い》ったので、私《わたし》がコクコクうなずくと、美織君《みおりくん》は腕組《うでぐ》みをし、ちょっと考《かんが》えこんだ。

そして思《おも》いついたように、こう言《い》ったんだ。

「よし、これでどうだ。いいか王様《おうさま》、よく聞《き》けよ。この2番目《ばんめ》の欄《らん》に名前《なまえ》が挙《あ》げられてるのは、来週《らいしゅう》の土《ど》・日《にち》に開催《かいさい》が予定《よてい》されている関東《かんとう》サッカー大会《たいかい》に出場《しゅつじょう》するチームばかりだ。」

へぇ、そうなの。

「だめだ、鳴《めい》。てんでわかってないって顔《かお》だ。」

若王子君《わかおうじくん》に言《い》われて、美織君《みおりくん》はあきれたような表情《ひょうじょう》になった。

「王様《おうさま》って・・・もしかして鈍《ドン》?」

え、ドンって?

キョトンとしていると、若王子君《わかおうじくん》がこれ以上《いじょう》は我慢《がまん》できないといったように立《た》ち上《あ》がった。

「鈍感《どんかん》、愚鈍《ぐどん》、遅鈍《ちどん》、魯鈍《ろどん》、鈍根《どんこん》の鈍《どん》、要《よう》するに、鈍《にぶ》い奴《やつ》だってことっ!」

息《いき》も荒《あら》く言《い》い放《はな》ってこちらをにらむ。

「俺《おれ》をイラつかせるな。思考回路《しこうかいろ》、焼《や》き切《き》れるだろーが。繊細《せんさい》なんだぞ。」

私《わたし》は、謝罪《しゃざい》の気持《きも》ちをこめて深《ふか》く頭《あたま》を下《さ》げてから言《い》った。

「で、結局《けっきょく》、どういうことなの？」

座《すわ》りかけていた若王子君《わかおうじくん》は、怪鳥《かいちょう》みたいにくわっと口《くち》を開《ひら》きながら、再《ふたた》び突《つ》っ立《た》つ。

「きっさま、俺《おれ》を追《お》いこもうとしてるなっ！」

その肩《かた》を、美織君《みおりくん》が叩《たた》いてなだめ、座《すわ》らせた。

「あのさ、」

いささか疲《つか》れた表情《ひょうじょう》で私《わたし》を見《み》る。

「この表《ひょう》は、関東《かんとう》サッカー大会《たいかい》で、どのチームが優勝《ゆうしょう》するかを予想《よそう》したリストなんだ。だが、ただの予想《よそう》じゃない。優勝《ゆうしょう》チームの名前《なまえ》を挙《あ》げて、そこに金《かね》を賭《か》ける。１０００はその掛《か》け金《きん》で、その下《した》の数字《すうじ》は、自分《じぶん》が１０００円《えん》の何倍《なんばい》を賭《か》けるかを示《しめ》したもの。つまりこれは、関東《かんとう》サッカー大会《たいかい》を対象《たいしょう》にしたトトカルチョのリストなんだ。」

私《わたし》は、息《いき》を呑《の》んだ。

じゃこれ、隼風《はやて》さんたちが追《お》ってる事件《じけん》だっ！

「どこで拾《ひろ》ったのっ!?」

思《おも》わず大声《おおごえ》を出《だ》すと、若王子君《わかおうじくん》は耳《みみ》を押《お》さえながら眉根《まゆね》を寄《よ》せた。

「いきなりスイッチ入《い》れるな。１００年《ねん》の眠《ねむ》りから覚《さ》めたメスロバじゃあるまいし。」

は・・・そんなロバ、いるんだ。

「若《わか》、そういうおかしなロバは、この際《さい》、置《お》いとけ。それより、どこで拾《ひろ》った、そのＵＳＢ《ユーエスビー》。」

美織君《みおりくん》に聞《き》かれて、若王子君《わかおうじくん》は顎《あご》でホワイトボードのそばの床《ゆか》を指《さ》した。

「あそこ。」

美織君《みおりくん》は、切《き》れ上《あ》がっているその目《め》をいっそう吊《つ》り上《あ》げる。

「マジかっ！　この教室《きょうしつ》は、俺《おれ》たちと浩史先生《こうじせんせい》しか使《つか》ってないじゃん。その中《なか》の誰《だれ》かが、これ持《も》ってたってことかよ。」

若王子君《わかおうじくん》は、あっさりうなずいた。

「ピンポン。さっき早乙女《さおとめ》のバッグの中身《なかみ》が、その辺《へん》に散乱《さんらん》したんだ。あいつが拾《ひろ》い忘《わす》れたんだと思《おも》うぜ。」

美織君《みおりくん》の顔《かお》から、すっと血《ち》の気《け》が引《ひ》く。

「これ、早乙女《さおとめ》が持《も》ってたのかよ。じゃあいつはトトカルチョの元締《もとじ》め、つまり胴元《バンカー》やってるか、それに近《ちか》いとこにいるってことじゃん。」

ああ、また言葉《ことば》がわからない・・・。

私《わたし》がまごまごしていると、若王子君《わかおうじくん》がまいったたように片手《かたて》で両目《りょうめ》をおおった。

「騎士《シュバリエ》・美織《みおり》、国王《ロワ》にご説明《せつめい》を。」

そう言《い》いながら5本《ほん》の指《ゆび》の間《あいだ》から、氷《こおり》のような光《ひかり》を浮《う》かべた目《め》で私《わたし》をにらむ。

うう、寒《さぶ》。

「ま、ここは、あんま一般的《いっぱんてき》な言葉《ことば》じゃねーから、わかんなくてもフツーだ。」

美織君《みおりくん》は自分《じぶん》を慰《なぐさ》めるように言《い》いながら、私《わたし》に教《おし》えてくれた。

「元締《もとじ》めとか胴元《どうもと》っていうのは、賭博《とばく》、つまり賭《か》け事《ごと》を主催《しゅさい》する人間《にんげん》のこと。賭《か》けに参加《さんか》するだけの人間《にんげん》より悪質《あくしつ》だから、罪《つみ》が重《おも》いんだ。」

私《わたし》は、早乙女君《さおとめくん》の言葉《ことば》を思《おも》い出《だ》した。

今《いま》に本当《ほんとう》のことがわかるとか、俺《おれ》なんか友《とも》だちじゃないって言《い》いたくなる時《とき》が必《かなら》ずくるとか言《い》っていたのは、このことだったんだ！

悪《わる》ぶってるだけだと思《おも》ってたのに、事実《じじつ》だったたなんて!!

私《わたし》は、背筋《せすじ》がゾクッとした。

すごくショックだったし、早馬君《はゆまくん》の心配《しんぱい》が本当《ほんとう》になってしまったと考《かんが》えると、気《き》の毒《どく》だった。

同時《どうじ》に、信《しん》じられない気持《きも》ちでもあったんだ。

だって他人《たにん》のために自分《じぶん》を投《な》げ出《だ》せるような早乙女君《さおとめくん》に、悪《わる》いことなんてできるだろうか。

何《なに》かの間違《まちが》いじゃない？

「あの、前《まえ》に誰《だれ》かがこのＵＳＢ《ユーエスビー》を落《お》としていて、そこに早乙女君《さおとめくん》の持《も》ち物《もの》が散《ち》らばって、混《ま》ざってたってこと、ない？」

そう言《い》うと、若王子君《わかおうじくん》は黙《だま》って立《た》ち上《あ》がり、美織君《みおりくん》の机《つくえ》の上《うえ》に置《お》いてあったバッグを取《と》り上《あ》げてファスナーを開《ひら》くなり、逆《さか》さにした。

中《なか》のものが一気《いっき》に床《ゆか》に落《お》ち、はね返《かえ》ってあたりに飛《と》び散《ち》る。

「何《なに》しやがんだっ！」

叫《さけ》ぶ美織君《みおりくん》を無視《むし》し、その惨状《さんじょう》に背中《せなか》を向《む》けて、若王子君《わかおうじくん》は、まるで暗記《あんき》したものを読《よ》み上《あ》げるかのようにスラスラと言《い》った。

「バッグの中身《なかみ》は調律笛《ちょうりつぶえ》1本《ぽん》、ペンケース、五線紙《ごせんし》と五線譜《ごせんふ》、ガムボトル、松脂《まつやに》、週刊《しゅうかん》マンガ誌《し》、ゲーム攻略《こうりゃく》ＣＤ《シーディー》2枚組《まいぐみ》、それから・・・」

私《わたし》は唖然《あぜん》とし、怒《おこ》っていた美織君《みおりくん》もあっけにとられたような顔《かお》になった。

「おまえ・・・落下《らっか》の一瞬《いっしゅん》に、全部見《ぜんぶみ》たとか？」

私《わたし》は、「星形《ほしがた》クッキーは知《し》っている」の中《なか》で、若王子君《わかおうじくん》が科学準備室《かがくじゅんびしつ》の薬品《やくひん》リストを瞬時《しゅんじ》に暗記《あんき》したことを思《おも》い浮《う》かべた。

浩史先生《こうじせんせい》の話《はなし》では、若王子君《わかおうじくん》はフランスのエリート養成教育機関《ようせいきょういくきかん》グラン・ゼコール、日本《にほん》の大学《だいがく》に当《あ》たるそこに、9歳《さい》で入《はい》り、国際数学《こくさいすうがく》オリンピックのフランス代表《だいひょう》を務《つと》めて、世界中《せかいじゅう》のメディアから「美《うつく》しき神童《しんどう》ワカ」と絶賛《ぜっさん》されたとか。

G教室《ジェイきょうしつ》のメンバーは、私《わたし》も含《ふく》めて皆《みな》、若王子君《わかおうじくん》よりIQ《アイキュー》が高《たか》かったけれど、一瞬《いっしゅん》の暗記《あんき》なんて誰《だれ》にもできなかった。

「若《わか》、すげぇな。」

舌《した》を巻《ま》く美織君《みおりくん》の前《まえ》で、若王子君《わかおうじくん》は何《なん》でもないといったように肩《かた》をすくめ、私《わたし》に目《め》を向《む》ける。

「俺《おれ》は、早乙女《さおとめ》のバッグからこのUSB《ユーエスビー》が落《お》ちるとこを見《み》たんだ。わかったか。」

ううっ、よくわかったよぉ・・・。

「浩史先生《こうじせんせい》がさ、」

美織君《みおりくん》が、床《ゆか》に散《ち》らばった自分《じぶん》の所持品《しょじひん》をかき集《あつ》めながらつぶやく。

「早乙女《さおとめ》は牙《きば》を隠《かく》してるらしいからプライベートでは接触《せっしょく》するなって言《い》ってたじゃん。その意味《いみ》がようやく理解《りかい》できたよ。トトカルチョの胴元《どうもと》か、その側近《そっきん》なんて、確《たし》かに危険《きけん》すぎる。どことつながってるか、知《し》れたもんじゃないからな。」

え？

私《わたし》が目《め》をパチパチしていると、若王子君《わかおうじくん》が救《すく》いがたいと言《い》いたげな顔付《かおつ》きになり、力《ちから》なくうなだれた。

「嗚《めい》、王様《おうさま》にご説明申《せつめいもう》し上《あ》げろ。」

美織君《みおりくん》は、もう慣《な》れたといった様子《ようす》で私《わたし》を見《み》る。

「トトカルチョって、マフィアや暴力団《ぼうりょくだん》なんかの犯罪組織《はんざいそしき》が関《かか》わってることが多《おお》いんだ。そういう連中《れんちゅう》が資金《しきん》を集《あつ》めるために、胴元《どうもと》を決《き》めて賭博《とばく》をやらせるんだよ。胴元《どうもと》は、手《て》に入《い》れた金銭《きんせん》の何《なん》パーかを連中《れんちゅう》に差《さ》し出《だ》す。早乙女《さおとめ》も、そうしてると思《おも》うよ。」

私《わたし》は、真《ま》っ青《さお》になった。

早乙女君《さおとめくん》の言葉《ことば》が、その時《とき》いっそうあざやかに胸《むね》によみがえったからだった。

「決《き》まってんじゃん。俺《おれ》が、すげぇ悪《わる》い奴《やつ》だから、だよ。」

息《いき》が詰《つ》まるような気《き》がした。

やっぱり、それが早乙女君《さおとめくん》の本当《ほんとう》の姿《すがた》なの？

「おい、」

若王子君《わかおうじくん》が、突《つ》き刺《さ》すような声《こえ》を上《あ》げる。

「火影《ひかげ》、止《と》めないと！」

え？

「あいつ、早乙女《さおとめ》の推薦者《すいせんしゃ》になるって言《い》ってただろ。メンバーと推薦者《すいせんしゃ》は連帯責任《れんたいせきにん》だ。早乙女《さおとめ》のトトカルチョがバレたら、火影《ひかげ》も秀明《しゅうめい》BB《ビービー》を追放《ついほう》になるぜ。」

大変《たいへん》だっ！

「取《と》りあえず、止《と》めようっ！」

## 16　信《しん》じる気《き》持《も》ちを捨《す》てられない

私《わたし》たちは、いっせいに教室《きょうしつ》を飛《と》び出《だ》し、Ζ《ゼータ》ビル事《じ》務《む》局《きょく》のある2階《かい》に駆《か》けつけた。

ところがそこには、火影《ひかげ》君《くん》も早乙女《さおとめ》君《くん》もいなかったんだ。

「あの、G教室《ジェイきょうしつ》から秀明《しゅうめい》ＢＢ《ビービー》の登録《とうろく》に来《き》た塾生《じゅくせい》は、どこにいますか？」

私《わたし》が聞《き》くと、カウンターの上《うえ》で書類《しょるい》をクリアファイルに入《い》れていた事《じ》務《む》員《いん》さんは、出入《でい》り口《ぐち》の方《ほう》に目《め》をやった。

「さっき登録《とうろく》を終《お》えて、帰《かえ》っていきましたけど。」

ああ遅《おそ》かった！

私《わたし》たちは、顔《かお》を見合《みあ》わせた。

「どうするよ。」

美織君《みおりくん》が言《い》い、若王子君《わかおうじくん》が手《て》にしていたカップからクッキーを摘《つま》み上《あ》げながら肩《かた》をすくめる。

「できることは、ただ1つ、」

そう言《い》いながら、事《じ》務《む》員《いん》さんが持《も》っているクリアファイルに物欲《ものほ》しげな眼差《まなざし》を向《む》けた。

「あれを奪《うば》い取《と》って、破《やぶ》り捨《す》てることだ。」

それを聞《き》いた事務員《じむいん》さんはあわててファイルを胸《むね》に抱《だ》きしめ、1秒《びょう》でも早《はや》く追《お》い払《はら》いたいという気持《きも》ちのこもった目《め》で、私《わたし》たちを見回《みまわ》した。

「野球練習室《やきゅうれんしゅうしつ》の短時間利用届《たんじかんりようとどけ》を出《だ》してたから、2人《ふたり》ともそっちに行《い》ったんじゃないかしら。行《い》ってみれば？」

私《わたし》たちはお礼《れい》を言《い》い、急《いそ》いで野球練習室《やきゅうれんしゅうしつ》に足《あし》を向《む》けた。

その間中《あいだじゅう》、若王子君《わかおうじくん》はずっと考《かんが》えこんでいたんだ。

「早乙女《さおとめ》の奴《やつ》、なんでBB《ビービー》に入《はい》りたいなんて言《い》い出《だ》したんだろ。」

美織君《みおりくん》は、そんなことに疑問《ぎもん》を持《も》つこと自体《じたい》がわからんと言《い》いたげな顔《かお》だった。

「野球《やきゅう》、好《す》きだったんじゃね。」

若王子君《わかおうじくん》は、きっぱりと首《くび》を横《よこ》に振《ふ》る。

「だったら、火影《ひかげ》がそう言《い》った時《とき》に、すぐ反応《はんのう》すんだろ。その時《とき》は逃《に》げておいて、時間《じかん》が経《た》って戻《もど》ってきてから言《い》い出《だ》したんだ。逃《に》げてる間《あいだ》に、何《なに》か企《たくら》んだに決《き》まってる。」

そっかなぁ。

美織君《みおりくん》が、私《わたし》の耳《みみ》に口《くち》を寄《よ》せた。

「人間《にんげん》って、自分《じぶん》を基準《きじゅん》にして想像《そうぞう》するだろ。だから性格悪《せいかくわる》い奴《やつ》は、他人《たにん》も性格悪《せいかくわる》いとしか想像《そうぞう》できないんだ。」

ふぅん。

「何《なに》か言《い》ったか、不良《ヤンキー》。」

若王子君《わかおうじくん》に白《しろ》い目《め》を向《む》けられて、美織君《みおりくん》はあわてて話《はなし》をそらせる。

「お、あそこ、ほら、野球練習室《やきゅうれんしゅうしつ》って書《か》いてある。」

それは、1階《かい》の西側《にしがわ》にある体育館《たいいくかん》の隣《となり》だった。

ジュラルミンのドアを開《あ》けると、その向《む》こうは、広々《ひろびろ》とした空間《くうかん》。

天井《てんじょう》から吊《つ》るされた多《おお》くのライトに照《て》らされて、とても明《あか》るかった。

ピッチングマシンを始《はじ》めとする様々《さまざま》なトレーニング器具《きぐ》や能力開発器具《のうりょくかいはつきぐ》がずらっと並《なら》び、それぞれが緑色《みどりいろ》のトレーナーネットや銀色《ぎんいろ》のドームネットで囲《かこ》われている。

それらの向《む》こうにあるオープンスペースで、火影君《ひかげくん》と早乙女君《さおとめくん》がキャッチボールをしていた。

「いい感《かん》じじゃん。スピードガンで測《はか》れば、きっと100キロ超《こ》えてるぜ。あと20球《きゅう》くらい、投《な》げてみて。」

立《た》ち上《あ》がってボールを投《な》げ返《かえ》す火影君《ひかげくん》に言《い》われて、早乙女君《さおとめくん》がうなずく。

火影君《ひかげくん》は生《い》き生《い》きとした笑顔《えがお》を見《み》せながら、頭《あたま》の上《うえ》からキャッチャーマスクを下《お》ろし、顔《かお》をガードした。

「来《こ》いよ。」

そう言《い》ってしゃがみこみ、拳《こぶし》でミットの中央《ちゅうおう》を叩《たた》く。

「ここだ！」

身構《みがま》える火影君《ひかげくん》を見《み》つめる早乙女君《さおとめくん》も、真剣《しんけん》な表情《ひょうじょう》だった。

「火影《ひかげ》、いい顔《かお》してっなぁ。」

美織君《みおりくん》が溜《た》め息《いき》をつく。

「あの感《かん》じなら、そのうち早乙女《さおとめ》の方《ほう》が火影《ひかげ》に引《ひ》きずりこまれて、真《ま》っ当《とう》な野球少年《やきゅうしょうねん》に変身《へんしん》するかもよ。」

若王子君《わかおうじくん》が冷笑《れいしょう》した。

「そう見《み》せて、絶妙《ぜつみょう》に誘《さそ》いこむのが悪《ワル》ってものだ。トトカルチョは、参加者《さんかしゃ》が多《おお》ければ多《おお》いほど、胴元《どうもと》も背後組織《はいごそしき》も儲《もう》かるようにできている。そのうち火影《ひかげ》を誘《さそ》いこむだろう。早乙女《さおとめ》から見《み》れば、自分《じぶん》の周《まわ》りにいる奴《やつ》は皆《みな》、カモなんだ。」

私《わたし》は首《くび》を傾《かし》げる。

でも私《わたし》には、はっきりと、関《かか》わるなって言《い》ったよ。

私《わたし》は、カモじゃなかったってこと？

子供《こども》すぎるからかな、お金持《かねも》ってなさそうに見《み》えたとか？

それとも・・・早乙女君《さおとめくん》が本当《ほんとう》は悪《わる》い奴《やつ》じゃないから、とか!?

私《わたし》は、早乙女君《さおとめくん》を信《しん》じる気持《きも》ちを捨《す》てられなかった。

だって早乙女君《さおとめくん》は、自分《じぶん》にとってすごく大切《たいせつ》な1000円《えん》を、私《わたし》にくれたんだもの。

あれが、本当《ほんとう》の早乙女君《さおとめくん》だと思《おも》いたい！

「見《み》えたぞ、早乙女《さおとめ》が秀明《しゅうめい》BB《ビービー》に入《はい》りたいって言《い》い出《だ》した理由《りゆう》。」

若王子君《わかおうじくん》が、その目《め》に鋭《するど》い光《ひかり》をきらめかせる。

「メンバーになれば、BB《ビービー》のレギュラー陣《じん》や補欠《ほけつ》、総勢《そうぜい》200名以上《めいいじょう》に近《ちか》づける。トトカルチョ参加者《さんかしゃ》を増《ふ》やすつもりなんだ。」

その意見《いけん》に、美織君《みおりくん》は納得《なっとく》したようだった。

「ありかも。」

私《わたし》は反論《はんろん》したかったけれど、ただ自分《じぶん》が信《しん》じたいって思《おも》っているだけだったから、説得《せっとく》する根《こん》拠《きょ》に乏《とぼ》しく、言《い》えなかった。

「で、さ、当面《とうめん》どう動《うご》くよ。」

美織君《みおりくん》に聞《き》かれて、若王子君《わかおうじくん》はチラッと火影君《ひかげくん》を見《み》る。

「問題《もんだい》は、火影《ひかげ》だ。早乙女《さおとめ》に入《い》れこんじまってるからな。すでに推薦者《すいせんしゃ》にもなってて、運命共同体《うんめいきょうどうたい》だし。」

美織君《みおりくん》は、力《ちから》なく首《くび》を横《よこ》に振《ふ》った。

「俺《おれ》、あいつに早乙女《さおとめ》の本性《ほんしょう》を打《う》ち明《あ》ける勇気《ゆうき》、今《いま》んとこ、ねぇよ。」

私《わたし》も、ない。

そう思《おも》いながら、早乙女君《さおとめくん》に向《む》かって熱心《ねっしん》な声《こえ》を飛《と》ばす火影君《ひかげくん》を見《み》ていた。

早乙女君《さおとめくん》が、秀明《しゅうめい》BB《ビービー》をトトカルチョに利用《りよう》しようとしているなんて耳《みみ》にしたら、ものすごくショックを受《う》けるだろうし、きっと信《しん》じないだろう。

私《わたし》だって、まだ半信半疑《はんしんはんぎ》だし。

もしかして今《いま》、一番大事《いちばんだいじ》なことは、真実《しんじつ》をはっきりさせることかもしれない。

「よし。」

若王子君《わかおうじくん》がパチンと指《ゆび》を鳴《な》らす。

「火影《ひかげ》にわからないように早乙女《さおとめ》を拉致《らち》って、吊《つ》るし上《あ》げて本当《ほんとう》のことを吐《は》かせよう。火影《ひかげ》には、その後《あと》で報告《ほうこく》すればいい。」

美織君《みおりくん》は、戸惑《とまど》った様子《ようす》だった。

「だけど、情報《じょうほう》は共有《きょうゆう》すべきだろ。俺《おれ》たちはチームなんだからさ。1人《ひとり》だけが何《なに》かを知《し》らないとか、逆《ぎゃく》に1人《ひとり》だけが何《なに》かを知《し》ってるとか、まずくね？」

私《わたし》は、自分《じぶん》が隠《かく》していることを言《い》ってしまいたくなった。

トトカルチョの情報《じょうほう》はすでにクラブZ《ゼータ》事務局《じむきょく》がキャッチしていて、隼風《はやて》さんたちが真相糾明《しんそうきゅうめい》に躍起《やっき》になっているってことを。

だから、あのUSB《ユーエスビー》をクラブZ《ゼータ》事務局《じむきょく》に持《も》っていけば、隼風《はやて》さんがすぐ調査《ちょうさ》を始《はじ》め、あっという間《ま》に関係者《かんけいしゃ》を一網打尽《いちもうだじん》にして事件《じけん》は解決《かいけつ》するだろうって。

でもロビンさんと約束《やくそく》していたから、クラブZ《ゼータ》の動《うご》きについては誰《だれ》にも話《はな》すことができなかった。

それに関係者《かんけいしゃ》の調査《ちょうさ》が進《すす》めば、元締《もとじ》めか、それに近《ちか》い立場《たちば》にいるかもしれない早乙女君《さおとめくん》の名前《なまえ》も浮《う》かんでくるだろう。

そうなったら、早乙女君《さおとめくん》の推薦者《すいせんしゃ》である火影君《ひかげくん》も秀明《しゅうめい》BB《ビービー》にいられなくなるし、それらの責任《せきにん》は、最終的《さいしゅうてき》には浩史先生《こうじせんせい》にかぶさってくるんだ。

浩史先生《こうじせんせい》は、不良《ふりょう》たちを特別《とくべつ》ゼミナールに入《い》れたことで危《あや》うい立場《たちば》に立《た》っているのに、そこにこれが加《くわ》わったら、いっそう崖《がけ》っぷちに追《お》いやられるに決《き》まっている。

う～ん、ダメだ。

早乙女君《さおとめくん》も火影君《ひかげくん》も浩史先生《こうじせんせい》も助《たす》けるためには、クラブZ《ゼータ》にUSB《ユーエスビー》を渡《わた》すわけにはいかない。

そして私《わたし》は、クラブZ《ゼータ》の動《うご》きをG《ジェイ》に話《はな》してもいけないし、逆《ぎゃく》にG教室《ジェイきょうしつ》で発見《はっけん》されたUSB《ユーエスビー》のことを、クラブZ《ゼータ》に漏《も》らしてもいけないんだ。

難《むずか》しい立場《たちば》だな、これって苦境《くきょう》かも・・・。

緊張《きんちょう》しながら私《わたし》は、とにかく自分《じぶん》は、誰《だれ》にとってもベストになるように動《うご》かなければいけないと心《こころ》を決《き》めた。

あれやこれやに思《おも》いを巡《めぐ》らせ、考《かんが》えていて、はっと気《き》がつく。

皆《みんな》が助《たす》かるためには、この事件《じけん》を丸《まる》ごと消《け》してしまえばいいんだってことに。

暗闇《くらやみ》で突然《とつぜん》、光《ひかり》を見《み》つけたみたいな気《き》がした。

この事件《じけん》を消《け》してしまえばいい！

消《け》すことは、できるはずだ。

だって関東《かんとう》サッカー大会《たいかい》が行《おこな》われるのは、今週《こんしゅう》の土日《どにち》なんだから。

それより前《まえ》に、トトカルチョの組織《そしき》を潰《つぶ》してしまえばいい。

そしたら何《なに》も起《お》こらない、早乙女君《さおとめくん》も罪《つみ》を犯《おか》さずにすみ、火影君《ひかげくん》もBB《ビービー》を除名《じょめい》にならず、浩史《こうじ》先生《せんせい》も責任《せきにん》を問《と》われない。

犯罪《はんざい》を消《け》すのは、私《わたし》たち犯罪消滅特殊部隊《はんざいしょうめつとくしゅぶたい》、妖精《ようせい》チームの得意技《とくいわざ》のはずだ。

きっとできる！

「よしっ！」

私《わたし》がそう言《い》うと、美織君《みおりくん》が目《め》を丸《まる》くした。

若王子君《わかおうじくん》がツカツカと近《ちか》づいてきて、その手《て》を私《わたし》の額《ひたい》に当《あ》てる。

「どした、王様《おうさま》。」

「熱《ねつ》でも出《で》たのか。」

私《わたし》は、自分《じぶん》の心《こころ》で瞬時《しゅんじ》にまとまったその考《かんが》えを整理《せいり》した。

事件《じけん》を消《け》すためには、まず決定的《けっていてき》な証拠《しょうこ》をつかんで、全貌《ぜんぼう》をはっきりさせることだ。

そうすれば早乙女君《さおとめくん》が、本当《ほんとう》に関《かか》わっているのかどうかもわかる。

それが曖昧《あいまい》な状態《じょうたい》で火影君《ひかげくん》に話《はな》しても、動揺《どうよう》させるだけだし、クラブZ《ゼータ》事務局《じむきょく》への報告《ほうこく》も、結論《けつろん》が出《で》てからの方《ほう》がいい。

よし、やるぞ！

「Ｇ教室《ジェイきょうしつ》の国王《こくおう》として提案《ていあん》します。」

そう前置《まえお》きして、私《わたし》は言《い》った。

「私《わたし》たち犯罪消滅特殊部隊《はんざいしょうめつとくしゅぶたい》の力《ちから》で、このトトカルチョ組織《そしき》を潰《つぶ》し、事件《じけん》を消滅《しょうめつ》させたいと思《おも》うんですが、どうですか。」

美織君《みおりくん》がニヤッと笑《わら》う。

「おもしれ。俺《おれ》、賛成《さんせい》。」

若王子君《わかおうじくん》も、クッキーを口《くち》に放《ほう》りこみながらつぶやいた。

「異議《いぎ》なし。」

よかったと思《おも》いながら、私《わたし》は、先《さき》を続《つづ》けた。

「そのためには事件《じけん》の全貌《ぜんぼう》をはっきりさせる必要《ひつよう》があります。はっきりさせるためには関係者《かんけいしゃ》から情報《じょうほう》を得《え》るしかないんですが、関係者《かんけいしゃ》は限《かぎ》られています。まずリストに連絡先《れんらくさき》のある13人《にん》。でも名前《なまえ》が書《か》いてなくて、どこの誰《だれ》なのかまったくわかりません。いきなり電話《でんわ》をしても、おそらく何《なに》も話《はな》してくれないと思《おも》います。次《つぎ》に、さっき美織君《みおりくん》が言《い》った、この背後《はいご》にいる犯罪組織《はんざいそしき》。これも重要《じゅうよう》な関係者《かんけいしゃ》ですが、まるで謎《なぞ》で、手《て》の付《つ》けようもありません。となると私《わたし》たちが接触《せっしょく》できる関係者《かんけいしゃ》はただ1人《ひとり》、USB《ユーエスビー》を持《も》っていた早乙女君《さおとめくん》だけ。まず早乙女君《さおとめくん》から情報《じょうほう》を得《え》て、それを手《て》がかりに事件《じけん》の真相《しんそう》を追《お》おうと思《おも》うのですが、」

若王子君《わかおうじくん》が、手《て》にしていたクッキーのカップを私《わたし》に突《つ》き出《だ》す。

「持《も》ってて。」

そうして自分《じぶん》の両手《りょうて》を空《あ》け、腕《うで》まくりをした。

「早乙女《さおとめ》を拉致《らち》ってくる。拷問《ごうもん》して吐《は》かせよう。」

歩《ある》き出《だ》そうとした若王子君《わかおうじくん》に、美織君《みおりくん》が飛《と》びつき、パカンとその頭《あたま》を殴《なぐ》る。

「おまえ、バカか!? 本人《ほんにん》がトボけたあげくに、証拠隠滅《しょうこいんめつ》を図《はか》ったらどうすんだ。参加《さんか》メンバーに連絡《れんらく》して携帯番号《けいたいばんごう》を即《そく》、変《か》えさせるとかさ。13人《にん》の連絡先《れんらくさき》が全部《ぜんぶ》、変《か》わってみろ。俺《おれ》たちのつかんでいる唯一《ゆいいつ》の証拠《しょうこ》は、ほぼ壊滅《かいめつ》だぜ。」

息《いき》も荒《あら》く言《い》い放《はな》つ美織君《みおりくん》を見《み》ながら、若王子君《わかおうじくん》は、殴《なぐ》られた頭《あたま》を自分《じぶん》で撫《な》でた。

「だって接触《せっしょく》できるのは、早乙女《さおとめ》だけだって国王《こくおう》も言《い》ったじゃないか。本人《ほんにん》から聞《き》き出《だ》すよりほかに、打《う》つ手《て》があるとでも思《おも》うのか。」

美織君《みおりくん》は急《きゅう》に静《しず》かになり、やがて、きっぱりひと言《こと》。

「はっきり言《い》って、ない!」

瞬間《しゅんかん》、若王子君《わかおうじくん》が飛《と》び上《あ》がるようにして美織君《みおりくん》の頭《あたま》を殴打《おうだ》した、バシバシッと3発《ぱつ》も。

「3倍返《ばいがえ》しっ！」

つかみ合《あ》う2人《ふたり》を眺《なが》めながら、私《わたし》は考《かんが》えた。

私《わたし》たちが接触《せっしょく》できるのは、確《たし》かに早乙女君《さおとめくん》だけ。

でも美織君《みおりくん》の言《い》う通《とお》り、私《わたし》たちの目的《もくてき》を知《し》ったら早乙女君《さおとめくん》は警戒《けいかい》するだろうし、隠《かく》すかもしれなかった。

早乙女君《さおとめくん》に知《し》られないようにしながら情報《じょうほう》を聞《き》き出《だ》すには、う〜ん、どうすればいいんだろう。

私《わたし》は、思《おも》わずその場《ば》にしゃがみこみ、頭《あたま》を抱《かか》えて考《かんが》えこんだ。

そして、はっと思《おも》い出《だ》したんだ、自分《じぶん》が早乙女君《さおとめくん》の弟《おとうと》の早馬君《はゆまくん》と同級生《どうきゅうせい》だってことを。

このコネ、使《つか》えるかも。

「ねぇ聞《き》いて。早乙女君《さおとめくん》は今朝《けさ》、弟《おとうと》の家《いえ》を訪《たず》ねてる。そして謎《なぞ》の行動《こうどう》を取《と》ったんだ。」

若王子君《わかおうじくん》も美織君《みおりくん》も、つかみ合《あ》う手《て》を止《と》め、こちらを見《み》た。

「はぁ？」

「しゃがみこんで、おまえ、何言《なにい》ってんだ。」

あっけにとられたようだったけれど、興味《きょうみ》も持《も》ったみたいだった。

それで私《わたし》は、早馬君《はゆまくん》の家《いえ》で起《お》こったことを話《はな》したんだ。

兄《あに》の早乙女君《さおとめくん》が突然《とつぜん》、段《だん》ボール箱《ばこ》を持《も》って姿《すがた》を現《あらわ》し、7時間《じかん》も部屋《へや》に閉《と》じこもっていて、それを持《も》って帰《かえ》っていったこと、部屋《へや》から持《も》ち去《さ》られた物《もの》もないし、持《も》ちこまれた物《もの》もないこと、後《あと》には絵《え》の具《ぐ》の臭《にお》いが残《のこ》っていたこと。

美織君《みおりくん》と若王子君《わかおうじくん》は、顔《かお》を見合《みあ》わせる。

2人《ふたり》は、もうすっかり手《て》を放《はな》していて、その目《め》は、好奇心《こうきしん》と探究心《たんきゅうしん》でキラキラ輝《かがや》いていた。

「超《ちょう》、奇怪《きかい》な話《はなし》だな。」

「おもしれーじゃん。」

私《わたし》は力《ちから》を得《え》て、勢《いきお》いよく立《た》ち上《あ》がった。

「それで早馬君《はゆまくん》は困惑《こんわく》してるし、心配《しんぱい》もしてる。私《わたし》たちは、この謎《なぞ》を解明《かいめい》して早馬君《はゆまくん》と信頼関係《しんらいかんけい》を築《きず》き、その上《うえ》で、早乙女君《さおとめくん》のことを話《はな》して協力《きょうりょく》を求《もと》めたらいいんじゃないかと思《おも》うんだけど、どうかな。」

2人《ふたり》は、相次《あいつ》いでうなずく。

「おし、やってみようぜ。」

「ほかに道《みち》はない。それでいこう。」

そのとき、バチンと高《たか》いボールの音《おと》が上《あ》がり、火影君《ひかげくん》の声《こえ》が響《ひび》いた。

「オッケ、今日《きょう》はこのくらいにしとこう。」

早乙女君《さおとめくん》が残念《ざんねん》そうに舌打《したう》ちする。

「もうかよ。肩温《かたあたた》まってきて、いい調子《ちょうし》なのに。」

「これ以上《いじょう》、教室《きょうしつ》に行《い》く時間《じかん》を遅《おく》らせると、言《い》い訳《わけ》だけじゃすまなくなるよ。明日《あした》にしよう。」

火影君《ひかげくん》らしい、抑制《よくせい》のきいた言《い》い方《かた》だった。

「ずっとやってたい気持《きも》ちは、俺《おれ》も同《おな》じだ。朝《あさ》までやってたいよ。だけど今日《きょう》は、ここで切《き》るんだ。わかった?」

「おまえって、優等生《ゆうとうせい》だな。気《き》が合《あ》わねぇや。」

「勝手《かって》に言《い》ってろ。この調子《ちょうし》でアップしてけば、BB《ビービー》のレギュラーテストは充分合格《じゅうぶんごうかく》できる。やりすぎると、かえってよくないんだ。」

2人《ふたり》の話《はなし》を聞《き》きながら、美織君《みおりくん》がささやく。

「火影《ひかげ》に、早乙女《さおとめ》のこと話《はな》すの?」

私《わたし》はちょっと考《かんが》えてから答《こた》えた。

「本当《ほんとう》に早乙女君《さおとめくん》が関《かか》わってるかどうかは、まだはっきりしてないもの。今《いま》の時点《じてん》で話《はな》したら、火影君《ひかげくん》の心《こころ》を無駄《むだ》に掻《か》き乱《みだ》すよ。事実《じじつ》が確認《かくにん》できるまで、黙《だま》っていた方《ほう》がいいんじゃないかな。」

若王子君《わかおうじくん》が、めくり上《あ》げていた袖《そで》を下《お》ろしながらうなずく。

「まぁ警察《けいさつ》なんかでも、警官《けいかん》の家族《かぞく》や関係者《かんけいしゃ》に容疑《ようぎ》がかかると、その警官《けいかん》を捜査《そうさ》からはずすからな。」

そうなんだ。

「捜査《そうさ》に私情《しじょう》を挟《はさ》まないようにするためだけど、同時《どうじ》に、仕事《しごと》と愛情《あいじょう》の板挟《いたばさ》みになる本人《ほんにん》の精神《せいしん》的負担《てきふたん》を軽《かる》くするためでもある。今《いま》の火影《ひかげ》に、早乙女《さおとめ》の調査《ちょうさ》をさせるのは無理《むり》かもな。」

美織君《みおりくん》が、若王子君《わかおうじくん》の頭《あたま》にパサッと片手《かたて》を載《の》せた。

「おお、おまえ、いいとこあるじゃん。」

ゴシゴシッと頭《あたま》をこすられて、若王子君《わかおうじくん》はその白《しろ》い頬《ほお》をわずかに赤《あか》くする。

「手《て》をどけろ、不良《ヤンキー》！　調査《ちょうさ》に私情《しじょう》が混《ま》じったら正《ただ》しい結果《けっか》にたどりつけんと思《おも》ってるだけだからな。」

意外《いがい》に恥《シ》ずかし《ャ》がり屋《イ》らしかった。

「火影《ひかげ》に内緒《ないしょ》となると、今後《こんご》の連絡《れんらく》はメールか電話《でんわ》だな。王様《おうさま》んとこは、どうする？」

私《わたし》は家《うち》の電話番号《でんわばんごう》を教《おし》え、２人《ふたり》はそれをスマートフォンに登録《とうろく》した。

それを見《み》ていると、とてもカッコよく思《おも》えて、私《わたし》もスマートフォンがほしくなった。

でもママは、高校《こうこう》に行《い》くまでダメだって言《い》ってるからなぁ。

「よし、片付《かたづ》け完了《かんりょう》。行《い》こ。」

火影君《ひかげくん》の声《こえ》が聞《き》こえてきて、美織君《みおりくん》があわてる。

「おい、引《ひ》き上《あ》げてくるぞ。俺《おれ》たち、先《さき》に教室《きょうしつ》に帰《かえ》ってた方《ほう》が無難《ぶなん》じゃね？」

それで私《わたし》たちは、いっせいに回《まわ》れ右《みぎ》をしたんだ。

その瞬間《しゅんかん》っ！

「わっ！」

全身《ぜんしん》が一気《いっき》に凍《こお》りつく思《おも》いだった。

だってそこに、浩史先生《こうじせんせい》が立《た》っていたんだもの。

「誰《だれ》も教室《きょうしつ》にいないのは、なぜなんだ。全員《ぜんいん》で脱走《だっそう》か？」

私《わたし》たちは息《いき》を呑《の》む。

後《うし》ろからは、火影君《ひかげくん》たちが近《ちか》づいてきていた。

「どうするよ？」

ああ、もう、誤魔化《ごまか》すしかないっ！

私《わたし》は大《おお》きく頭《あたま》を下《さ》げた。

「早乙女君《さおとめくん》が秀明《しゅうめい》BB《ビービー》に入《はい》ったと聞《き》いて、皆《みな》で様子《ようす》を見《み》にきたんです。授業《じゅぎょう》のことは、まるで忘《わす》れてました。すみませんでしたっ！」

顔《かお》を上《あ》げると、微笑《ほほえ》んでいる浩史先生《こうじせんせい》が見《み》えた。

私《わたし》の好《す》きな甘《あま》い微笑《ほほえ》みだったけれど、目《め》の中《なか》に哀《かな》しげな光《ひかり》がある。

きっと私《わたし》たちが隠《かく》し事《ごと》をしているのに気付《きづ》いたんだと思《おも》う。

でも浩史先生《こうじせんせい》はそれに触《ふ》れず、ただひと言《こと》、こう言《い》った。

「じゃ授業《じゅぎょう》だ。教室《きょうしつ》にGO《ゴ》。」

ごめんね、先生《せんせい》。

でも私《わたし》たち、先生《せんせい》の生徒《せいと》として恥《は》ずかしくない行動《こうどう》を取《と》るって約束《やくそく》するから、許《ゆる》してね。

# 17 雨《あめ》の日《ひ》は優《やさ》しい

授業《じゅぎょう》が始《はじ》まり、皆《みな》がそれぞれ自分《じぶん》の課題《かだい》に取《と》り組《く》む。

家庭《かてい》でお弁当《べんとう》を用意《ようい》できないメンバーには、秀明《しゅうめい》からお弁当《べんとう》が届《とど》けられるんだけど、そのノックの音《おと》が、私《わたし》たちの夕食《ゆうしょく》の合図《あいず》になっていた。

秀明《しゅうめい》お弁当《べんとう》を食《た》べるのは、火影君《ひかげくん》と美織君《みおりくん》の2人《ふたり》、それに今日《きょう》から早乙女君《さおとめくん》が加《くわ》わった。

浩史先生《こうじせんせい》と若王子君《わかおうじくん》と私《わたし》は、家《いえ》から持《も》ってきたお弁当《べんとう》を出《だ》し、皆《みな》で、誰《だれ》か1人《ひとり》の机《つくえ》の周《まわ》りに集《あつ》まる。

その日《ひ》は、初《はじ》めて参加《さんか》する早乙女君《さおとめくん》の机《つくえ》だった。

そのまま普通《ふつう》に食《た》べ始《はじ》めようとすると、火影君《ひかげくん》が秀明《しゅうめい》の名前《なまえ》の入《はい》ったペーパーバッグから何《なに》かを出《だ》し、配《くば》り始《はじ》める。

受《う》け取《と》って見《み》たら、それは、ビニールでラップされた紙粘土《かみねんど》だった。

「さっき美術準備室《びじゅつじゅんびしつ》の前《まえ》を通《とお》って、気《き》が付《つ》いたから借《か》りてきた。」

へ？

「5月《がつ》ドーナツの練習用《れんしゅうよう》だ。」

ああ、生地《きじ》を編《あ》みこみにするのにテクニックが必要《ひつよう》だって言《い》ってたよね、かなり練習《れんしゅう》しないとできないって。

「クラブZ《ゼータ》から、いつ指令《しれい》が来《き》てもいいように練習《れんしゅう》しとこう。若《わか》、サンプル作《つく》れる？」

若王寺君《わかおうじくん》がビニール袋《ぶくろ》から粘土《ねんど》を出《だ》し、片手《かたて》で握《にぎ》りしめた。

「ん、柔《やわ》らかさが生地《きじ》にピッタリ。よく見《み》てろよ。」

そう言《い》うと、粘土《ねんど》の塊《かたまり》から卵《たまご》くらいの大《おお》きさを千切《ちぎ》り取《と》り、それを丸《まる》める。

その後《あと》、いったん潰《つぶ》し、端《はし》から丸《まる》めて棒状《ぼうじょう》にして半分《はんぶん》に折《お》り曲《ま》げた。

「これを、40から50センチまで伸《の》ばす。」

棒《ぼう》は、紐《ひも》みたいになっていく。

「そしてまず輪《わ》を作《つく》り、」

紐《ひも》を持《も》って、端《はし》の方《ほう》に輪《わ》を作《つく》ると、反対側《はんたいがわ》の紐《ひも》をその輪《わ》にくぐらせて結《むす》び、それをもう一度《いちど》繰《く》り返《かえ》した。

「結《むす》び方《かた》のコツは、ゆるくすること。最後《さいご》に、反対側《はんたいがわ》をこうして逆方向《ぎゃくほうこう》に編《あ》みこむ。すると、」

引《ひ》っくり返《かえ》して掌《てのひら》に載《の》せたその粘土《ねんど》は、もうすっかり花《はな》の形《かたち》をしていた。

花弁《かべん》も花蕊《かずい》もできている。

「ほら、5月《がつ》ドーナツ。」

すごい、天才《てんさい》っ！

「あとは、170度《ど》の油《あぶら》で2分間《ふんかん》、揚《あ》げるだけ。」

皆《みな》がパチパチと拍手《はくしゅ》をした。

「火影《ひかげ》、」

それまで黙《だま》っていた浩史先生《こうじせんせい》が、興味深《きょうみぶか》そうに身《み》を乗《の》り出《だ》す。

「僕《ぼく》も参加《さんか》していいかな？」

私《わたし》の粘土《ねんど》、貸《か》すっ！

急《いそ》いで自分《じぶん》の粘土《ねんど》から1個分《こぶん》を千切《ちぎ》って、私《わたし》は浩史先生《こうじせんせい》の前《まえ》に置《お》いた。

皆《みな》がいっせいに同《おな》じことをしたので、浩史先生《こうじせんせい》の前《まえ》には、粘土《ねんど》のボールが5つも積《つ》み重《かさ》なってしまった。

それを眺《なが》めながら浩史先生《こうじせんせい》は、クスッと笑《わら》う。

「ほう、こんなにたくさん練習《れんしゅう》できるとなると、1番上達《いちばんじょうたつ》するのは、僕《ぼく》だね。」

ああ好《す》きだなぁ、浩史先生《こうじせんせい》の笑《わら》い方《かた》。

すごく優《やさ》しくて、ちょっと甘《あま》くて、大人《おとな》っぽくてカッコいいんだもの。

「でもテクニックは、絶対《ぜったい》、俺《おれ》に及《およ》ばないから。」

若王子君《わかおうじくん》が釘《くぎ》を刺《さ》すように言《い》い、浩史先生《こうじせんせい》は下唇《したくちびる》を尖《とが》らせた。

「さようですか、ムッシュ若王子《わかおうじ》パティシエ。」

皆《みな》が笑《わら》う。

私《わたし》は、早乙女君《さおとめくん》の様子《ようす》が気《き》になって、チラッと見《み》た。

しっかりなじんで、掌《てのひら》で粘土《ねんど》をこねている。楽《たの》しそうだった。

よかった！

「それ持《も》って帰《かえ》っていいみたいだから、家《いえ》や学校《がっこう》で空《あ》いた時間《じかん》を見《み》つけて練習《れんしゅう》しとこうぜ。いつ指令《しれい》が出《で》るかわかんないからさ。」

火影君《ひかげくん》の言葉《ことば》に、私《わたし》たちは同意《どうい》し、自分《じぶん》の粘土《ねんど》をしまって手《て》を洗《あら》い、夕食《ゆうしょく》を始《はじ》めた。

その後《ご》、授業《じゅぎょう》が再開《さいかい》されて、その日《ひ》は、だいたい8時頃《じごろ》に終《お》わったんだ。

といっても私《わたし》たちは、自由《じゆう》に自分《じぶん》の課題《かだい》を進《すす》めているから、終《お》わる時間《じかん》もバラバラだったんだけどね。

早乙女君《さおとめくん》は夕食後《ゆうしょくご》、芸術《げいじゅつ》コースの授業《じゅぎょう》に参加《さんか》するために退出《たいしゅつ》していき、私《わたし》たちは前《まえ》の通《とお》り４人《にん》だった。

前《まえ》と変《か》わっていたのは、火影君《ひかげくん》が、私《わたし》たちの活動《かつどう》からオミットされていたこと。

私《わたし》たちは火影君《ひかげくん》に気付《きづ》かれないよう、さりげなく振《ふ》る舞《ま》いながら自分《じぶん》の課題《かだい》に取《と》り組《く》み、予定《よてい》を終《お》えたメンバーから、さっさと帰《かえ》った。

家《いえ》で、電話《でんわ》やメールを使《つか》って話《はな》し合《あ》うために。

最初《さいしょ》に姿《すがた》を消《け》したのは若王子君《わかおうじくん》で、次《つぎ》が美織君《みおりくん》、私《わたし》が３番目《ばんめ》だった。

「お先《さき》に帰《かえ》ります、さようなら。」

そう言《い》って教室《きょうしつ》を出《で》てエレベーターに乗《の》り、生徒専用通用口《せいとせんようつうようぐち》に向《む》かう。

そのドアを開《あ》けると、外《そと》はもう真《ま》っ暗《くら》で、おまけにすごい雨《あめ》だった。

まるで滝《たき》みたいに、ドウドウと空《そら》から流《なが》れ落《お》ちてくる。

あ、天気予報《てんきよほう》、当《あ》たったんだ。

ママの言《い》う通《とお》り、傘《かさ》持《も》ってきてよかった。

そう思《おも》いながらバッグの中《なか》から出《だ》そうとした時《とき》だった。

出入《でい》り口《ぐち》の前《まえ》の道路《どうろ》を、傘《かさ》を差《さ》さずに歩《ある》いていた人影《ひとかげ》が、少《すこ》し先《さき》にある街灯《がいとう》の下《した》に差《さ》しかかり、その姿《すがた》が一瞬《いっしゅん》、光《ひかり》に照《て》らし出《だ》されたんだ。

早乙女君《さおとめくん》だった。

雨《あめ》に打《う》たれ、全身《ぜんしん》ずぶ濡《ぬ》れになりながら遠《とお》ざかっていく。

何《なん》で傘《かさ》、持《も》ってこなかったんだろう。

そう思《おも》ってから、はっとした。

朝《あさ》、天気予報《てんきよほう》を見《み》て、傘持《かさも》ちなさいって言《い》ってくれるお母《かあ》さんがいないんだ。

1人《ひとり》だから、そこまでする時間《じかん》がないのに違《ちが》いない。

私《わたし》は、あわてて傘《かさ》を広《ひろ》げ、走《はし》って早乙女君《さおとめくん》に追《お》いついた。

「一緒《いっしょ》に帰《かえ》ろ。」

早乙女君《さおとめくん》は、顔《かお》を突《つ》っ切《き》って流《なが》れ落《お》ちる雨《あめ》の中《なか》から、私《わたし》を見《み》た。

形《かたち》のいい顎《あご》から、ボトボト滴《しずく》を垂《た》らしながらつぶやく。

「俺《おれ》に関《かか》わるなって言《い》ったろ。」

足《あし》を速《はや》めて、私《わたし》の差《さ》す傘《かさ》から抜《ぬ》け出《だ》していった。

私《わたし》も足《あし》を速《はや》めて追《お》いつき、横《よこ》に並《なら》ぶ。

「早馬君《はゆまくん》が早乙女君《さおとめくん》のこと、こう言《い》ってたよ、ノゾは照《て》れ屋《や》だって。」

早乙女君《さおとめくん》は一瞬《いっしゅん》、私《わたし》をにらみ、さらに足《あし》を速《はや》くした。

私《わたし》は必死《ひっし》になったけれど、何《なに》しろ脚《あし》の長《なが》さが違《ちが》うものだから、追《お》いつけない。

夢中《むちゅう》になって頑張《がんば》っていたら、泥濘《ぬかるみ》に足《あし》を取《と》られ、滑《すべ》って転《ころ》んでしまった。

傘《かさ》を放《ほう》り出《だ》しながら、見事《みごと》に横倒《よこだお》しっ！

わぁ、服《ふく》、汚《よご》した。

あせって立《た》とうとしたら、また滑《すべ》って、今度《こんど》は後《うし》ろにドッカリ尻餅《しりもち》。

あわてて両手《りょうて》をつくと、泥《どろ》がはね返《かえ》って、顔《かお》にバシャッ！

もう最悪《さいあく》だぁ・・・。

泣《な》きたい気分《きぶん》で体《からだ》を起《お》こし、ノロノロと立《た》ち上《あ》がろうとしていると、頭《あたま》の上《うえ》から声《こえ》がした。

「やっぱ、ドジだな。」

目《め》を上《あ》げると、そこに早乙女君《さおとめくん》が戻《もど》ってきていた。

身《み》をかがめて私《わたし》の傘《かさ》を拾《ひろ》い上《あ》げ、体《からだ》から遠《とお》ざけながらバサッと振《ふ》って泥《どろ》を飛《と》ばす。

「前《まえ》にコンビニで会《あ》った時《とき》も、そうだったよな。」

私《わたし》は、コクンと息《いき》を呑《の》んだ。

「おまえ、また滑《すべ》るからさ、」

そう言《い》いながら片手《かたて》を差《さ》し出《だ》す。

こちらを見下《みお》ろす2つの目《め》に、とてもきれいな光《ひかり》があって、夜《よる》の中《なか》できらめいていた。

「つかまれよ。」

「ほら、早《はや》くしな。」

私《わたし》は思《おも》わず言《い》ってしまった。

「今日《きょう》は、優《やさ》しいんだね。」

早乙女君《さおとめくん》は、かすかにうなずく。

「雨《あめ》の日《ひ》は、俺《おれ》、優《やさ》しいかも。」

そういえばコンビニで会《あ》った時《とき》も、雨降《あめふ》りだった。

「っていうか、謙虚《けんきょ》な気持《きも》ちになる感《かん》じ。雨《あめ》に打《う》たれたり、雨《あめ》が屋根《やね》や道路《どうろ》に当《あ》たる音《おと》を聞《き》いてると、大《おお》きな力《ちから》でビシバシ叩《たた》かれてるみたいで、自分《じぶん》を小《ちい》さく感《かん》じるんだ。自分《じぶん》がどんだけの人間《にんげん》なのか、身《み》の程《ほど》がわかるからさ。」

何《なに》かを噛《か》みしめるようにそう言《い》って、わずかに笑《わら》う。

とても孤独《こどく》で切《せつ》なげな微笑《びしょう》だった。

その時《とき》、私《わたし》は感《かん》じたんだ、早乙女君《さおとめくん》が押《お》し隠《かく》している悲《かな》しみの深《ふか》さを。

「ほら、起《お》きよーぜ。」

私《わたし》の手首《てくび》を握《にぎ》り、力《ちから》をこめて引《ひ》き起《お》こしてくれたその手《て》は、芯《しん》まで冷《ひ》えていた。

ずっと雨《あめ》に打《う》たれていたからだ。

早《はや》く家《いえ》に帰《かえ》りたいと思《おも》っているはずなのに、それでも戻《もど》ってきてくれたんだね。

「ありがと。」

そう言《い》うと、早乙女君《さおとめくん》は私《わたし》を放《はな》した。

その手《て》を上《あ》げ、掌《てのひら》を広《ひろ》げて私《わたし》の頬《ほお》に当《あ》てると、親指《おやゆび》でグイッと泥《どろ》を拭《ぬぐ》う。

「家《いえ》で、顔《かお》、洗《あら》えよ。」

大《おお》きな手《て》だった。

「もう俺《おれ》に近《ちか》づくな。いつも雨《あめ》が降《ふ》ってるわけじゃないからな。」

手《て》に持《も》っていた傘《かさ》を私《わたし》に渡《わた》し、闇《やみ》の中《なか》で白《しろ》く見《み》える雨《あめ》に打《う》たれながら身《み》をひるがえす。

「あの、」

私《わたし》はあわてて言《い》った。

「これからは秀明《しゅうめい》BB《ビービー》で、野球《やきゅう》をやっていくんだよね？」

早乙女君《さおとめくん》は足《あし》を止《と》めたけれど、こちらを振《ふ》り返《かえ》らなかった。

「俺《おれ》は、悪《わる》い奴《やつ》だって言《い》ったろ。悪《わる》い奴《やつ》は、健全《けんぜん》なスポーツなんか、しねーんだよ。」

私《わたし》は、胸《むね》を突《つ》かれた。

それが若王子君《わかおうじくん》の推理《すいり》、トトカルチョの参加者《さんかしゃ》を集《あつ》めるために秀明《しゅうめい》BB《ビービー》に入《はい》ろうとしたって言《こと》葉《ば》を裏付《うらづ》けているように思《おも》えたから。

でも、認《みと》めたくなかった。

早乙女君《さおとめくん》は、悪《わる》い奴《やつ》なんかじゃないって思《おも》いたかったんだ。

「火影君《ひかげくん》は、早乙女君《さおとめくん》がBB《ビービー》に入《はい》ったことをすごく喜《よろこ》んでるよ。顔《かお》を見《み》ればわかるもの。一緒《いっしょ》にやっていきたいって思《おも》ってるんだ。」

早乙女君《さおとめくん》は、向《む》こうを向《む》いたまままつぶやく。

「火影《ひかげ》がどう思《おも》うと、俺《おれ》には関係《かんけい》ねーよ。」

私《わたし》は思《おも》わず大《おお》きな声《こえ》を出《だ》した。

「それ、違《ちが》ってる！　火影君《ひかげくん》は、早乙女君《さおとめくん》の力《ちから》を認《みと》めてるんだよ。自分《じぶん》を認《みと》めてくれる人《ひと》を、なぜ切《き》り離《はな》そうとするの。評価《ひょうか》してくれる人《ひと》の気持《きも》ちを、どうして大切《たいせつ》にしないの。」

その時《とき》、道《みち》の向《む》こうから小《ちい》さな傘《かさ》を差《さ》した幼稚園生《ようちえんせい》くらいの男《おとこ》の子《こ》が走《はし》ってきて、早乙女君《さおとめくん》を見《み》つけて叫《さけ》んだ。

「あ、ノゾ、捜《さが》してたんだよ。」

傘《かさ》を放《ほう》り出《だ》して早乙女君《さおとめくん》の脚《あし》に飛《と》びつき、顔《かお》を見上《みあ》げながら訴《うった》える。

その胸《むね》で幼稚園《ようちえん》名《めい》を刻《きざ》んだプレートが揺《ゆ》れた。

「ノゾの家《いえ》に行《い》ったら、恩田《おんだ》さんがいて、ノゾを探《さが》してこいって言《い》われたんだ。会《あ》えてよかった。」

早乙女君《さおとめくん》は傘《かさ》を拾《ひろ》い、その子《こ》を抱《だ》き上《あ》げて自分《じぶん》の肩《かた》の上《うえ》に乗《の》せた。

「よし、じゃ帰《かえ》ろう。」

そう言《い》って私《わたし》を振《ふ》り返《かえ》る。

「俺《おれ》には、やんなくちゃならないことがあんだよ。」

私《わたし》は、息《いき》を詰《つ》めた。

早乙女君《さおとめくん》の目《め》の中《なか》で、深《ふか》い悲《かな》しみと孤独《こどく》が渦《うず》を巻《ま》きながら、激《はげ》しい憎悪《ぞうお》に変《か》わっていくのが見《み》えたから。

「もう決心《けっしん》してる。俺《おれ》から離《はな》れてろ。」

# 18　止《と》めてみせる

やらなくちゃならないことって、何《なん》だろう。

トトカルチョの参加者《さんかしゃ》を増《ふ》やすこと？

でも、それって、あんな思《おも》いつめた顔《かお》でやるようなことなんだろうか。

家族《かぞく》か親戚《しんせき》みたいに親《した》しげだったあの男《おとこ》の子《こ》は、誰《だれ》？

恩田《おんだ》さんっていうのは？

もしかして早乙女君《さおとめくん》には、早馬君《はゆまくん》の他《ほか》に兄弟《きょうだい》がいるの。

あれこれと考《かんが》えながら、私《わたし》は自分《じぶん》の机《つくえ》の上《うえ》で粘土《ねんど》をこねた。

若王子君《わかおうじくん》がやっていたみたいに紐《ひも》にして、結《むす》ぼうとする。

ところが、これが意外《いがい》に難《むずか》しかった。

粘土《ねんど》を持《も》ち上《あ》げただけで、グゥンと伸《の》びてしまったり、逆《ぎゃく》にプツンと切《き》れてしまったり。

若王子君《わかおうじくん》は、楽々《らくらく》とやってたのになぁ。

「奈子《なこ》、美織君《みおりくん》って子《こ》から電話《でんわ》。」

ママに呼《よ》ばれて、私《わたし》は急《いそ》いでカーテンを持《も》ち上《あ》げ、お姉《ねえ》ちゃんのスペースを通《とお》って部屋《へや》を出《で》た。

お姉《ねえ》ちゃんは、まだ帰《かえ》ってきていない。

高《こう》1で、もう大学受験準備《だいがくじゅけんじゅんび》に入《はい》ってるから、夜《よる》は結構《けっこう》、遅《おそ》いことが多《おお》いんだ。

「美織君《みおりくん》って、G教室《ジエイきょうしつ》の天才《てんさい》の1人《ひとり》でしょ。」

階段《かいだん》の下《した》で、ママが受話器《じゅわき》の送話口《そうわこう》をふさぎながら私《わたし》を待《ま》っていた。

「どんな感《かん》じ？　お付《つ》き合《あ》いできそう？」

ママは、私《わたし》がG教室《ジエイきょうしつ》のメンバーと結婚《けっこん》することを望《のぞ》んでいる。

そうでないと、誰《だれ》も私《わたし》と結婚《けっこん》してくれないから、だって。

「美織君《みおりくん》は、素敵《すてき》なヴァイオリンを弾《ひ》く子《こ》だよ。でもピアスしてて、不良《ふりょう》って呼《よ》ばれてる。」

瞬間《しゅんかん》ママは、手《て》に持《も》っていた受話器《じゅわき》を電話《でんわ》に叩《たた》きつけそうになった。

あわてて私《わたし》が手《て》を伸《の》ばし、それを受《う》け止《と》める。

「そんな子《こ》、絶対許《ぜったいゆる》しませんからね。」

はいはい、わかってます。

取《と》りあえず今日《きょう》は、電話《でんわ》だけだから、落《お》ち着《つ》いてね。

ママが立《た》ち去《さ》るのを見届《みとど》けて、私《わたし》は電話《でんわ》に出《で》た。

「はい、奈子《なこ》です。」

美織君《みおりくん》の声《こえ》がする。

「今《いま》、若《わか》と話《はな》してたんだけどさ、関東《かんとう》サッカー大会《たいかい》の日《ひ》が迫《せま》ってくっから、早《はや》くしないとマズいってことになった。明日《あす》の朝《あさ》、学校《がっこう》の前《まえ》に、その家行《いえい》こうぜ。で、そいつを紹介《しょうかい》してよ。」

私《わたし》はオーケイし、電話《でんわ》を切《き》ると、すぐ早馬君《はゆまくん》のスマートフォンにかけた。

なかなか出《で》なかったから、もしかしてもう寝《ね》ちゃったのかと心配《しんぱい》していたら、やがて出《で》て、こう言《い》った。

「雨《あめ》がやんだから、ベランダで星《ほし》を見《み》てたんだ。」

へえ、意外《いがい》にロマンチストだね。

「雨《あめ》の後《あと》の空《そら》って、すごくきれいだからさ。知《し》ってる？　流《なが》れ星《ぼし》って毎晩《まいばん》、数《かぞ》えきれないくらいたくさん流《なが》れてるんだよ。」

ほんと？

「ただ人間《にんげん》の目《め》に見《み》えないことが多《おお》いんだ。でもベランダでじいっと見《み》ていると、1時間《じかん》に1個《こ》くらいは見《み》える。」

知《し》らなかったなぁ。

「で、僕《ぼく》はそれを見《み》つけて、願《ねが》い事《ごと》をかけるんだ。パパもママもノゾも、幸《しあわ》せでありますようにって。」

ああ早馬君《はゆまくん》は、優《やさ》しいな。

「僕《ぼく》に、何《なに》か用《よう》？」

私《わたし》は、自分《じぶん》の心《こころ》を整理《せいり》しながら答《こた》えた。

「塾《じゅく》で私《わたし》と同《おな》じクラスの子《こ》が、早乙女君《さおとめくん》の行動《こうどう》の謎《なぞ》を解《と》いてみたいって言《い》ってるの。だから早馬《はゆま》君《くん》に紹介《しょうかい》してほしいって。」

早馬君《はゆまくん》は、戸惑《とまど》ったようだった。

「立花《たちばな》さんの塾《じゅく》のクラスには、ノゾもいるんでしょ。だったら直接《ちょくせつ》、ノゾ本人《ほんにん》に聞《き》いた方《ほう》が早《はや》くない？」

私《わたし》は、溜《た》め息《いき》をついた。

「それが・・・私《わたし》、早乙女君《さおとめくん》から関《かか》わるなって言《い》われてるんだ。早乙女君《さおとめくん》はたぶん、他《ほか》の子《こ》にも同《おな》じように言《い》うだろうし、話《はな》してくれないと思《おも》う。」

早馬君《はゆまくん》は、かすかな息《いき》を漏《も》らす。

「それ、僕《ぼく》も言《い》われたよ。」

え？

「部屋《へや》から出《で》てきたノゾを捕《つか》まえて事情《じじょう》を聞《き》こうとしたら、関《かか》わるなって。きっとノゾの思《おも》いやりなんだろうけどね。」

思《おも》いやり？

「自分《じぶん》に関《かか》わると痛《いた》い目《め》を見《み》るぞ、だから近《ちか》づくなって言《い》ってるんだ。愛《あい》をこめて忠告《ちゅうこく》してるんだよ。」

私《わたし》は、早乙女君《さおとめくん》から言《い》われた言葉《ことば》を思《おも》い出《だ》した。

おまえが嘘《うそ》をつかなくてもすむようにって、言《い》っていた。

あれは、私《わたし》のために言《い》ってくれてたんだ。

「だから僕《ぼく》、余計《よけい》に心配《しんぱい》でさ。ノゾは、自分《じぶん》に好意《こうい》を持《も》っている相手《あいて》を遠《とお》ざけなけりゃならないようなことをしようとしてるんだよ。」

私《わたし》は心《こころ》をこめ、力《ちから》をこめて言《い》った。

「それ、止《と》めてみせるから！　私《わたし》と塾《じゅく》の仲間《なかま》で、必《かなら》ず何《なん》とかするから、だから明日《あした》、皆《みんな》と会《あ》ってくれない？」

早馬君《はゆまくん》は、ちょっと笑《わら》った。

「立花《たちばな》さんって、意外《いがい》に情熱家《じょうねつか》だね。」

え、そうかな。

「いいよ、ノゾのために動《うご》いてくれる人《ひと》たちなら大歓迎《だいかんげい》だ。待《ま》ってるよ。」

私《わたし》は電話《でんわ》を切《き》り、美織君《みおりくん》にかけて明日《あした》の時間《じかん》を決《き》め、もう一度《いちど》早馬君《はゆまくん》にかけてオーケイを取《と》った。

よし、G教室妖精《ジェイきょうしつようせい》チームの出動《しゅつどう》だ。

火影君《ひかげくん》がいないからフルメンバーじゃないけど、でも頑張《がんば》ろう！

隼風《はやて》さんが指揮《しき》するクラブZ《ゼータ》も、調査《ちょうさ》を進《すす》めているはず。

先《さき》を越《こ》されたら、早乙女君《さおとめくん》も火影君《ひかげくん》も、浩史先生《こうじせんせい》まで苦《くる》しい立場《たちば》に立《た》つ。

3人《にん》を救《すく》えるのは、私《わたし》たちだけなんだ！

急《いそ》がないと!!

# 19　ゴミは何《なん》でも知《し》っている

あくる朝《あさ》、私《わたし》は、いつもよりずっと早《はや》く家《いえ》を出《で》て、早馬君《はゆまくん》の家《いえ》に向《む》かった。

途中《とちゅう》までは、駅《えき》に急《いそ》ぐ男《おとこ》の人《ひと》や女《おんな》の人《ひと》たちとすれ違《ちが》ったけれど、お屋敷町《やしきまち》に入《はい》ってからは、誰《だれ》とも会《あ》わなかった。

この辺《へん》に住《す》んでる人《ひと》たちって、会社《かいしゃ》に勤《つと》めてないのかなぁ。

そう思《おも》いながら、ひっそりとした道《みち》を歩《ある》いていくと、後《うし》ろから車《くるま》の音《おと》がした。

私《わたし》は脇《わき》に避《よ》け、振《ふ》り返《かえ》る。

大《おお》きな白《しろ》い車《くるま》が徐行《じょこう》しながら近《ちか》づいてきていた。

窓《まど》はスモークウィンドで、中《なか》が見《み》えない。

本当《ほんとう》に大《おお》きな車《くるま》だったから、私《わたし》は邪魔《じゃま》にならないように立《た》ち止《ど》まり、通《とお》り過《す》ぎるまで待《ま》つことにした。

すると、その車《くるま》は、私《わたし》の横《よこ》でピッタリ停《と》まったんだ。

びっくりしていると、スルッと窓《まど》が開《ひら》き、

「おはよ、王様《おうさま》。」

若王子君《わかおうじくん》が顔《かお》を出《だ》した。

「早馬《はゆま》の家《いえ》って、この近《ちか》く？」

私《わたし》がうなずくと、若王子君《わかおうじくん》は運転席《うんてんせき》の方《ほう》に向《む》き直《なお》った。

「ここで、降《お》りるから。」

バタンと運転席《うんてんせき》のドアが開《ひら》き、運転手《うんてんしゅ》さんが急《いそ》いで出《で》てきて、若王子君《わかおうじくん》のドアを開《あ》ける。

「待機《たいき》いたしましょうか？」

若王子君《わかおうじくん》は、うなずきながら車《くるま》から降《お》りた。

その手《て》には、なんと、チョコバナナ。

バーに刺《さ》した生《なま》のバナナに、チョコレートがかかっている。

すっごく美味《おい》しそうだった。

ひと口《くち》ほしいなって思《おも》ったくらい。

「こちらは、」

運転手《うんてんしゅ》さんが、車《くるま》の後部座席《こうぶざせき》からバックパックを取《と》り出《だ》す。

「車内《しゃない》に置《お》いておきますか、それともお持《も》ちになりますか？」

若王子君《わかおうじくん》は、チョコバナナを持《も》っていない方《ほう》の手《て》を伸《の》ばし、それをつかみながらチラッと私《わたし》を見《み》た。

「これ、エクアドルバナナにベルギーチョコ。よかったら食《た》べる?」

私《わたし》は、しっかりうなずいて、それをゲット。

カプッと食《く》いつくと、すっごく美味《おい》しかった。

もしここにお姉《ねえ》ちゃんがいたら、きっと怒《おこ》るだろうな。

人《ひと》の食《た》べてるものをもらって食《た》べちゃダメ、自分《じぶん》が食《た》べたものを人《ひと》にあげてもダメって。

お姉《ねえ》ちゃんは、繊細《せんさい》なんだ。

私《わたし》は・・・えっと粗雑《そざつ》かも。

「早馬《はゆま》んち、どっち?」

ああ私《わたし》、あまりの美味《おい》しさに忘却《ぼうきゃく》しそうだった、自分《じぶん》の目的《もくてき》。

「ありがと。返《かえ》す。」

チョコバナナを若王子君《わかおうじくん》に返《かえ》し、私《わたし》は、早馬君《はゆまくん》の家《いえ》に向《む》かった。

若王子君《わかおうじくん》は、チョコバナナを食《た》べながらついてくる。

道《みち》を曲《ま》がって早馬君《はゆまくん》の家《いえ》のある通《とお》りに出《で》ると、向《む》こうから声《こえ》がした。

「王様《おうさま》、遅《おそ》せぇ。あ、若《わか》も一緒《いっしょ》かよ。」

見《み》れば美織君《みおりくん》が、寄《よ》りかかっていた門扉《もんぴ》から身《み》を起《お》こすところだった。

「ここだろ、早馬《はゆま》って表札出《ひょうさつで》てっから。」

私《わたし》は急《いそ》いで近寄《ちかよ》って、ドアフォンを押《お》す。

「立花《たちばな》ですが、」

そう言《い》ったとたんに、早馬君《はゆまくん》の声《こえ》がした。

「おはよ。待《ま》ってたよ。」

電動《でんどう》の門《もん》が開《ひら》き始《はじ》め、私《わたし》たちはそれを入《はい》る。

庭《にわ》を通《とお》って玄関《げんかん》まで行《い》くと、そこに早馬君《はゆまくん》が立《た》っていた。

「来《き》てくれて、ありがとう。力《ちから》を貸《か》してもらえるのはうれしいけど、迷惑《めいわく》じゃないのかな？」

控《ひか》えめで謙虚《けんきょ》な言《い》い方《かた》に、美織君《みおりくん》も若王子君《わかおうじくん》も好意《こうい》を持《も》ったようだった。

「俺《おれ》は、美織鳴《みおりめい》。中《ちゅう》1だ。」

「俺《おれ》は若王子凜《わかおうじりん》。小《しょう》5。」

そう言《い》いながら握手《あくしゅ》を交《か》わす。

それを見《み》ていて私《わたし》は、とてもうれしくなった。

私《わたし》たちは心《こころ》を1つにして、この問題《もんだい》の解決《かいけつ》のために頑張《がんば》れそうだって思《おも》えたから。

「僕《ぼく》は、何《なに》をしたらいいのかな？」

早馬君《はゆまくん》に聞《き》かれて、若王子君《わかおうじくん》が答《こた》えた。

「突然《とつぜん》やってきた早乙女《さおとめ》が、7時間《じかん》閉《と》じこもったっていう部屋《へや》を見《み》たいんだけど。」

ん、問題《もんだい》は、そこで何《なに》をしていたかってことだよね。

「こっちだよ。」

案内《あんない》してくれる早馬君《はゆまくん》についていく。

白《しろ》い大理石像《だいりせきぞう》の置《お》かれた中庭《なかにわ》の向《む》こうに、この間通《あいだとお》された早馬君《はゆまくん》の部屋《へや》が見《み》えた。

広《ひろ》い家《いえ》だなぁ！

私《わたし》んちなんて、玄関《げんかん》から部屋《へや》まで1分《ぷん》もかからないもの。

「ここなんだ。」

ドアを開《あ》けると、その中《なか》は、早馬君《はゆまくん》の部屋《へや》と同《おな》じ。

庭《にわ》に面《めん》して大《おお》きな窓《まど》があり、ドアが3つあって、その間《あいだ》に絵《え》が飾《かざ》ってある。

早馬君《はゆまくん》の部屋《へや》の絵《え》と同《おな》じ女《おんな》の人《ひと》だから、お母《かあ》さんだね。

「こんなにお母《かあ》さんばかり描《か》いてるんだから、早乙女君《さおとめくん》はお母《かあ》さんが好《す》きだったんだね。」

私《わたし》がそう言《い》うと、早馬君《はゆまくん》は、ちょっと悲《かな》しそうにした。

「ん、だから離婚《りこん》する時《とき》もついていったんだけど、今《いま》はかなり辛《つら》いと思《おも》うんだ。だってママの外見《がいけん》や声《こえ》はちっとも変《か》わってなくて昔通《むかしどお》りなのに、心《こころ》が変《か》わってしまっているんだもの。僕《ぼく》たちや家庭《かてい》を大切《たいせつ》にしていた昔《むかし》のママは、もうどこにもいないんだ。だけど外見《がいけん》が同《おな》じだから、ノゾも僕《ぼく》たちも、変《か》わってしまったってことをなかなか受《う》け入《い》れられないんだよ。」

私《わたし》は、昨日《きのう》の早乙女君《さおとめくん》の、切《せつ》なげな微笑《びしょう》を思《おも》い出《だ》す。

押《お》し隠《かく》している悲《かな》しみの深《ふか》さが、私《わたし》にまで伝《つた》わってきた。

「ひょっとして昔《むかし》のママに戻《もど》ってくれるかもしれないって期待《きたい》するし、そのたびに絶望《ぜつぼう》させられる。それで気持《きも》ちがいつも不安定《ふあんてい》なんだ。」

それは確《たし》かに、きついよね。

「どうぞ、入《はい》って。」

そう言《い》いながら先《さき》に立《た》った早馬君《はゆまくん》の腕《うで》を、若王子君《わかおうじくん》がつかんだ。

「入《はい》る前《まえ》に、この部屋《へや》、掃除機《そうじき》かけたいんだけど。」

そう言《い》われてみると、どことなく汚《よご》れている。

美織君《みおりくん》が、あわてて若王子君《わかおうじくん》をつかみよせた。

「若《わか》っ！　失礼《しつれい》だろ。」

早馬君《はゆまくん》は、全然《ぜんぜん》かまわないといった様子《ようす》だった。

「汚《よご》れてるのは、ほんとだよ。ノゾが出《で》ていってから掃除《そうじ》してないんだ。パパが、そのままにしておけって言《い》うからさ。ママの部屋《へや》もだよ。」

きっと出《で》ていった状態《じょうたい》のままで保存《ほぞん》しておきたいんだろうな、気持《きも》ちはわかる気《き》がする。

「あのさぁ、」

若王子君《わかおうじくん》は美織君《みおりくん》の手《て》を振《ふ》り払《はら》い、早馬君《はゆまくん》に向《む》き直《なお》った。

「この部屋《へや》の物《もの》は、何《なに》も動《うご》かさないよ。誓《ちか》うから。ただ床《ゆか》の埃《ほこり》を取《と》りたいだけなんだ。いい？」

早馬君《はゆまくん》がうなずくと、若王子君《わかおうじくん》は自分《じぶん》のバックパックを開《あ》けた。

その中《なか》に手《て》を入《い》れて取《と》り出《だ》したのは、なんと、機関銃《きかんじゅう》みたいな形《かたち》の掃除機《そうじき》っ！

それもコードレス、ハンディータイプが、２台《だい》。

カシャッと音《おと》を立《た》てて吸《す》い取《と》り口《くち》にノズルを取《と》り付《つ》けながら、若王子君《わかおうじくん》は、私《わたし》たちに視線《しせん》を流《なが》した。

「おまえら、邪魔《じゃま》だから出《で》てて。」

それで１人《ひとり》で部屋《へや》に入《はい》り、バタンとドアを閉《し》める。

直後《ちょくご》、ブゥ〜ンとものすごい掃除音《そうじおん》。

「すげぇ、」

美織君《みおりくん》が感嘆《かんたん》したように首《くび》を横《よこ》に振《ふ》った。

「イギリスの掃除機《そうじき》だ。吸引力《きゅういんりょく》バツグン。」

そうなんだ。

でも何《なん》だって、ここで掃除《そうじ》？

若王子君《わかおうじくん》は、そんなに神経質《しんけいしつ》じゃないと思《おも》ってたけどな。

だって私《わたし》が初《はじ》めて会《あ》った時《とき》には、ポテトフライをつまんだ手《て》でパソコン打《う》って、キーを油《あぶら》で光《ひか》らせてたくらいだもの。

「だけど、あの掃除機《そうじき》、すぐポシャる。」

は？

「見《み》た通《とお》りハンディータイプだろ。バッテリーが小《ちい》さいから、もっても17分《ふん》まで。」

じゃ2台《だい》だから、35分弱《ふんじゃく》だね。

「MAX《マックス》で動《うご》かしてたら、もっと短《みじか》い。すぐ止《と》まるぞ。」

それを待《ま》ちながら、私《わたし》は早馬君《はゆまくん》に聞《き》いてみた。

「早乙女君《さおとめくん》には、早馬君《はゆまくん》の他《ほか》に兄弟《きょうだい》がいる？」

早馬君《はゆまくん》は、首《くび》を横《よこ》に振《ふ》る。

あ、いないのか。

「じゃ幼稚園《ようちえん》くらいの男《おとこ》の子《こ》や、その子《こ》が恩田《おんだ》さんって呼《よ》んでる人《ひと》に心当《こころあ》たりがある？　早乙女《さおとめ》君《くん》の家《いえ》に出入《でい》りしてるみたいなんだけど。」

早馬君《はゆまくん》は、急《きゅう》に顔《かお》を曇《くも》らせた。

「ノゾは最近《さいきん》、不良《ふりょう》と付《つ》き合《あ》ってるんだ。ママが留守《るす》がちだから、その連中《れんちゅう》が家《いえ》に入《い》り浸《びた》ってるみたい。恩田《おんだ》っていうのは、その中《なか》の1人《ひとり》で、高校生《こうこうせい》だよ。」

ふぅん。

「幼稚園児《ようちえんじ》っていう方《ほう》は、てんでわからないな。誰《だれ》だろ。」

早乙女君《さおとめくん》が、最近《さいきん》知《し》り合《あ》った子《こ》かもしれないね。

でも中学生《ちゅうがくせい》が幼稚園児《ようちえんじ》と知《し》り合《あ》う機会《きかい》なんて、やたらにないような気《き》もするけれど。

どういう関係《かんけい》なんだろ。

頭《あたま》をひねりながら私《わたし》は、昨日《きのう》から気《き》になってたまらなかったことを口《くち》にした。

「早乙女君《さおとめくん》は、とても深刻《しんこく》な顔《かお》で、やらなくちゃならないことがあるって言《い》ってたんだ。それが何《なん》だかわかる？」

早馬君《はゆまくん》は、目《め》を伏《ふ》せた。

「さぁ見当《けんとう》もつかない。でも、1つだけわかることがあるよ。それは、きっと自分《じぶん》のためじゃないってこと。」

え？

「ノゾは、たぶん誰《だれ》かのためにそれをやろうとしてるんだ。そういう子《こ》だから。」

ああ、それは私《わたし》にもわかる。

早乙女君《さおとめくん》は、人《ひと》のために自分《じぶん》を投《な》げ出《だ》す強《つよ》さを持《も》っているんだよね。

でもいったい誰《だれ》のために、何《なに》をやろうとしてるんだろう。

「お、止《と》まったぜ。」

美織君《みおりくん》に言《い》われて耳《みみ》を澄《す》ませば、掃除音《そうじおん》はパッタリ途絶《とだ》えていた。

間《ま》もなくドアが開《ひら》き、若王子君《わかおうじくん》が姿《すがた》を見《み》せる。

「終《お》わった。入《はい》っていいぞ。」

両手《りょうて》で握《にぎ》っていた2台《だい》の掃除機《そうじき》を持《も》ち上《あ》げ、満足《まんぞく》そうに微笑《ほほえ》んだ。

「これで、早乙女《さおとめ》がこの部屋《へや》で何《なに》をしていたかがわかる。」

ええっ!?

私《わたし》は、美織君《みおりくん》と顔《かお》を見合《みあ》わせた。

「わかる?」

「わっかんねー。」

ん、そうだよね。

「なんで掃除《そうじ》してわかるの?」

早馬君《はゆまくん》が聞《き》くと、若王子君《わかおうじくん》は掃除機《そうじき》を差《さ》し出《だ》した。

「中《なか》、見《み》てみろよ。」

機関銃《きかんじゅう》のようなその掃除機《そうじき》は、握《にぎ》り手《て》の前《まえ》の部分《ぶぶん》に透明《とうめい》なタンクがついていて、吸《す》いこんだゴミを溜《た》めるようになっていた。

形《かたち》のわかるような大《おお》きなゴミは入《はい》っておらず、ただ綿《わた》のようにモワモワした埃《ほこり》が1センチほど層《そう》になっている。

「早乙女《さおとめ》は、この部屋《へや》に7時間《じかん》もステイしていた。段《だん》ボール箱《ばこ》を持《も》ちこんで、何《なに》かをしていたんだ。人間《にんげん》が長時間《ちょうじかん》、何《なん》らかの作業《さぎょう》をしていれば、そこから何《なに》かがこぼれるとか、落《お》ちるとか、あるいは飛《と》び散《ち》るとかいうことが必《かなら》ず起《お》こる。で、強力《きょうりょく》な集塵力《しゅうじんりょく》を誇《ほこ》る掃除機《そうじき》で床《ゆか》にあるものを全《ぜん》部《ぶ》、集《あつ》めたんだ。」

そう言《い》いながら透明《とうめい》なタンクをのぞきこむ。

「奇怪《きかい》なこの出来事《できごと》を解《と》くカギは、このゴミの中《なか》に絶対《ぜったい》ある。これを分析《ぶんせき》すればいい。」

なるほど！

「美織《みおり》、おまえ、やれ。」

若王子君《わかおうじくん》に言《い》われて、美織君《みおりくん》は目《め》を剝《む》いた。

「きさま、呼《よ》び捨《す》てにすんじゃねーっ！ってか、なんで俺《おれ》が分析《ぶんせき》なんだ。得意《とくい》ジャンルじゃねーし。」

若王子君《わかおうじくん》は、ふんと鼻《はな》を鳴《な》らす。

「分析《ぶんせき》なら、おまえなんかに頼《たの》まん。できると思《おも》えんからな。」

「なにぉっ！」

「おまえは、これを分析者《ぶんせきしゃ》のところに運《はこ》ぶだけでいいんだ。そのくらいが分相応《ぶんそうおう》ってものだ。」

このひと言《こと》で、美織君《みおりくん》は大激怒《だいげきど》っ！

「決《き》めつけんじゃねぇ！　歳《とし》もＩＱ《アイキュー》も俺《おれ》より下《した》のくせにっ!!」

あーあ、ケンカだ、どうしよう。

私《わたし》が困《こま》っていると、早馬君《はゆまくん》の静《しず》かなひと言《こと》が、ヒートしている2人《ふたり》に水《みず》を差《さ》した。

「分析者《ぶんせきしゃ》って、誰《だれ》？」

あ、そうだ、そんな人《ひと》どこにいるの？

「それは・・・」

若王子君《わかおうじくん》は、チラッと私《わたし》を見《み》る。

「これから王様《おうさま》が探《さが》す。」

え、私《わたし》？

「俺《おれ》がゴミを収集《しゅうしゅう》、王様《おうさま》が分析者《ぶんせきしゃ》を探《さが》し、美織《みおり》が運《はこ》ぶ。皆《みな》で役割分担《やくわりぶんたん》だ。それが平等《びょうどう》ってものだろ。」

そうか、そうだね、わかったよ。

「これは、美織《みおり》に預《あず》けとく。」

若王子君《わかおうじくん》は、美織君《みおりくん》に掃除機《そうじき》を押《お》し付《つ》けた。

「王様《おうさま》から連絡《れんらく》を受《う》けたら、すぐ分析者《ぶんせきしゃ》に運《はこ》べ。週末《しゅうまつ》は近《ちか》い。俺《おれ》たちには時間《じかん》がないってことを忘《わす》れるな。」

美織君《みおりくん》は、再《ふたた》びムッとしたようだった。

「おい、しれっと命令《めいれい》してんじゃねーよ。何様《なにさま》のつもりだ。」

若王子君《わかおうじくん》は、それをあっさりスルー、早馬君《はゆまくん》を振《ふ》り返《かえ》った。

「早乙女《さおとめ》は、俺《おれ》らにとってもクラスメイトだ。全力《ぜんりょく》を尽《つ》くすから安心《あんしん》しててくれ。」

固《かた》く握手《あくしゅ》を交《か》わすなり、身《み》をひるがえす。

「引《ひ》き上《あ》げるぞ。」

あまりにも手際《てぎわ》が良《よ》かったので、私《わたし》と美織君《みおりくん》があっけにとられていると、若王子君《わかおうじくん》はこちらを振《ふ》り返《かえ》った。

「学校《がっこう》、遅《おそ》れるぜ。」

わっ！

私《わたし》は急《いそ》いで若王子君《わかおうじくん》の後《あと》を追《お》う。

背中《せなか》で、美織君《みおりくん》の情《なさ》けなさそうな声《こえ》が上《あ》がった。

「俺《おれ》に、掃除機《そうじき》持《も》ってガッコ行《い》けっつぅのかっ!? そんなことしてみろ。明日《あした》から俺《おれ》の名前《なまえ》は、掃除機《そうじき》マンだ。若《わか》、バックパック貸《か》せ。頼《たの》むから、貸《か》してくれっ！」

## 20 初《はじ》めての敗北《はいぼく》

その日《ひ》、私《わたし》のクラスでは、驚愕《きょうがく》の嵐《あらし》が吹《ふ》き荒《あ》れた。

早馬君《はゆまくん》と土屋《つちや》さんが親《した》しげに話《はな》すのを見《み》て、皆《みな》はびっくりし、図工室《ずこうしつ》に移動《いどう》する時《とき》に2人《ふたり》が一緒《いっしょ》に歩《ある》いていたことに2度《ど》びっくり、さらに給食《きゅうしょく》の後《あと》、芝生《しばふ》に出《で》て話《はな》している土屋《つちや》さんのグループの中《なか》に早馬君《はゆまくん》の姿《すがた》があることを知《し》って、3度《ど》びっくりっ！

「どーなってんだ、あの2人《ふたり》!?」

「信《しん》じらんない。ケンカしてたばっかなのに、いつの間《ま》にくっついたの。」

「早馬《はゆま》、土屋《つちや》のグループに入《はい》ったとか？」

私《わたし》は、ふふっと笑《わら》いながら、それを見《み》ていた。

早馬君《はゆまくん》のためにも、土屋《つちや》さんのためにも、こうなってよかったなって思《おも》いながら。

さぁ、自分《じぶん》の課題《かだい》を頑張《がんば》らなくっちゃ！

まずゴミの分析《ぶんせき》をできる人《ひと》を探《さが》すこと。

それも急《いそ》いでやらないと。

それに早乙女君《さおとめくん》と幼稚園児《ようちえんじ》の関係《かんけい》も調《しら》べないといけないし。

さぁ、どうやればいいんだろう、う〜む・・・。

考《かんが》えながら私《わたし》は、学校《がっこう》が終《お》わると急《いそ》いで家《いえ》に帰《かえ》り、Ƶ《ゼータ》ビルに向《む》かった。

もしかして浩史先生《こうじせんせい》が、誰《だれ》か知《し》っているかもしれない。

いろんな経験《けいけん》をしてる人《ひと》だから、知《し》り合《あ》いや友《とも》だちも多《おお》いだろうし。

でも、私《わたし》に紹介《しょうかい》してくれるかなぁ。

皆《みな》、忙《いそが》しいかもしれないし、迷惑《めいわく》かもなぁ。

「お、チビ立花《たちばな》」

エレベーターに向《む》かう廊下《ろうか》で声《こえ》をかけられ、振《ふ》り向《む》くと、今《いま》すれ違《ちが》った人《ひと》が立《た》ち止《ど》まっていた。

「俺《おれ》をシカトか？」

上杉先輩《うえすぎせんぱい》だった。

「生意気《なまいき》じゃん。」

そう言《い》ってニヤッと笑《わら》う。

「いじめてほしいのか？」

クラブƵ《ゼータ》のユニフォームを着《き》ていて、それがよく似合《にあ》って、カッコよかった。

ＫＺ《カッズ》の緋色《ひいろ》のスタジャンも皆《みな》の憧《あこが》れだけど、クラブＺ《ゼータ》の漆黒《しっこく》のスタジャンと黒《くろ》いブーツはそれ以上《いじょう》で、誰《だれ》もが喉《のど》から手《て》が出《で》るほどほしがっている。

それを着《き》こなしているクラブＺ《ゼータ》メンバーは、もう崇拝《すうはい》の対象《たいしょう》だった。

きっとモテるんだろうなぁ。

「なんだ、反応《はんのう》なしか。どしたの？　悩《なや》みでもあんのか。」

私《わたし》の前《まえ》まで戻《もど》ってきて、自分《じぶん》の両膝《りょうひざ》に手《て》をつき、前《まえ》かがみになる。

「上杉《うえすぎ》お兄《にい》さんが聞《き》いてあげよう。言《い》ってみろ。」

私《わたし》の顔《かお》をのぞきこみながら人差《ひとさ》し指《ゆび》を伸《の》ばし、コツンと額《ひたい》をつついた。

「ほら、言《い》え。」

私《わたし》は、相談《そうだん》してみる気《き》になる。

「ゴミを分析《ぶんせき》してくれる人《ひと》を探《さが》してるの。」

眼鏡《めがね》の向《む》こうの涼《すず》しげな目《め》が、一瞬《いっしゅん》、キョトンとした。

で、まばたきを数回《すうかい》して、その後《あと》、背筋《せすじ》を伸《の》ばしながら両腕《りょううで》を組《く》んで私《わたし》を見下《みお》ろす。

「おまえ、どーゆー趣味《しゅみ》だ。」

えっと、これは趣味《しゅみ》じゃなくて、チームの活動《かつどう》なんだけど。

「まぁいいや。おまえも知《し》ってると思《おも》うけど、小塚《こづか》っているだろ。」

小塚《こづか》さんは、お姉《ねえ》ちゃんのボーイフレンドの1人《ひとり》で、「星形《ほしがた》クッキーは知《し》っている」でG教室《ジェイきょうしつ》の臨時担任《りんじたんにん》を務《つと》めた人《ひと》だった。

穏《おだ》やかな笑顔《えがお》とおっとりした態度《たいど》、そしてすごくロマンティストだけど、強《つよ》い意志《いし》を持《も》っているんだ。

「秀明《しゅうめい》では、『社理《シャリ》の小塚《こづか》』って言《い》われてる。理社分野《りしゃぶんや》の天才《てんさい》なんだ。」

へぇ！

「あいつに頼《たの》めば、一発《いっぱつ》だ。連絡先《れんらくさき》、教《おし》えるからスマホ出《だ》しな。」

私《わたし》が持《も》っていないと言《い》うと、上杉先輩《うえすぎせんぱい》はちょっと笑《わら》った。

「中学時代《ちゅうがくじだい》のアーヤと同《おな》じ、か。」

じいっと私《わたし》を見《み》つめながら、目《め》を細《ほそ》める。

「あの頃《ころ》は、俺《おれ》たち皆《みな》、ガキだったな。いろいろあったけど、でも楽《たの》しかったよ。」

私《わたし》は、お姉《ねえ》ちゃんが言《い》っていたことを思《おも》い出《だ》し、急《きゅう》に心配《しんぱい》になった。

「あの・・・高校《こうこう》になると、人生《じんせい》は楽《たの》しくなくなるの？」

上杉先輩《うえすぎせんぱい》はクスッと笑《わら》い、胸《むね》ポケットから出《だ》したメモパッドに何《なに》やら書《か》いて、音《おと》を立《た》てて破《やぶ》った。

「ほら、これ、小塚《こづか》の番号《ばんごう》。かけてみな。じゃな。」

片手《かたて》を上《あ》げて身《み》をひるがえし、遠《とお》ざかっていく。

スマートなその後《うし》ろ姿《すがた》を、私《わたし》はしばし見送《みおく》っていたけれど、自分《じぶん》が急《いそ》がなくちゃいけないことを思《おも》い出《だ》して、公衆電話《こうしゅうでんわ》のところまで駆《か》けていった。

メモを見《み》ながら、その番号《ばんごう》を押《お》す。

ちょっとドキドキしながら耳《みみ》に受話器《じゅわき》を押《お》し当《あ》てていると、やがて話《はな》し中《ちゅう》のツーツー音《おん》が聞《き》こえてきた。

あ、話《はな》せない。

でもそれは、小塚《こづか》さんが今《いま》、電話《でんわ》で話《はなし》をすることができる状態《じょうたい》にあるっていう証拠《しょうこ》でもあったから、私《わたし》はほっとした。

電話《でんわ》に出《で》られない状況《じょうきょう》だったら、どうしようかって思《おも》ってたんだ。

受話器《じゅわき》を置《お》き、数分《すうふん》待《ま》ってから、もう一度《いちど》かける。

すると今度《こんど》はすぐ小塚《こづか》さんが出《で》て、私《わたし》が名前《なまえ》を言《い》うなり、こう言《い》ったんだ。

「ああ、お久《ひさ》しぶり。今《いま》、上杉《うえすぎ》から電話《でんわ》があって、用件《ようけん》は聞《き》いたよ。」

上杉先輩《うえすぎせんぱい》、わざわざ連絡《れんらく》してくれてたんだ。

口《くち》では、ちっともそんなこと言《い》ってなかったのに。

「分析《ぶんせき》するのは、どこのゴミ？　特殊《とくしゅ》なものでなければ、あまり時間《じかん》はかからないよ。僕《ぼく》の方《ほう》も手《て》が空《あ》いてるしね。」

よかったっ！

「そのゴミ、今《いま》、どういう状態《じょうたい》になってるの？」

私《わたし》は、早馬君《はゆまくん》の家《いえ》での奇妙《きみょう》な出来事《できごと》と、それを解明《かいめい》するためにゴミを収集《しゅうしゅう》した一部始終《いちぶしじゅう》を話《はな》した。

「ああ、そういう状況《じょうきょう》なら、その方法《ほうほう》がベストだよ。若王子君《わかおうじくん》は、なかなかやるね。」

やっぱ天才《てんさい》なのかもね、時々《ときどき》、困《こま》った子《こ》だけど。

「僕《ぼく》は今《いま》、家《いえ》にいる。そっちにゴミを取《と》りにいってもいいよ。」

私《わたし》は、美織君《みおりくん》が持《も》っていくと伝《つた》えて、電話《でんわ》を切《き》った。

そしてG教室《ジェイきょうしつ》に向《む》かって、驀地《まっしぐら》っ！

に行《い》こうと思《おも》ったんだけれど、行《い》けなかった。

その時《とき》、通用口《つうようぐち》からクラブZ事務局《ゼータじむきょく》のメンバーが数人《すうにん》、入《はい》ってきたんだ。

私《わたし》は、あわてて壁際《かべぎわ》に寄《よ》る。

姿勢《しせい》を正《ただ》し、その集団《しゅうだん》が通過《つうか》するのを待《ま》った。

全員《ぜんいん》が硬《かた》い表情《ひょうじょう》をしていて、ものすごい勢《いきお》いで階段《かいだん》を駆《か》け上《あ》がっていく。

スタジャン姿《すがた》だったから、まるで黒《くろ》いつむじ風《かぜ》が吹《ふ》きすぎていくかのようだった。

また何《なに》かあったんだろうか。

そう思《おも》いながら、急《きゅう》に不安《ふあん》になった。

隼風《はやて》さんは、Z《ゼータ》事務局《じむきょく》のメンバーにトトカルチョ事件《じけん》を追《お》わせている。

もしかして何《なに》かが見《み》つかったのかもしれない。

先《さき》を越《こ》されたら、大変《たいへん》だ。

私《わたし》たちも、急《いそ》がないと！

あわててG教室《ジエイきょうしつ》まで飛《と》んでいき、ドアを開《あ》ける。

中《なか》では、全員《ぜんいん》が顔《かお》をそろえて自分《じぶん》の机《つくえ》に着《つ》いていて、ただ浩史先生《こうじせんせい》だけがいなかった。

んっ!?

それはすごく不自然《ふしぜん》なことで、私《わたし》は首《くび》を傾《かし》げる。

だって全員《ぜんいん》がそろっていて、かつ浩史先生《こうじせんせい》がいなかったら、皆《みんな》、おとなしく席《せき》に着《つ》いてなんかいないはずだもの。

「浩史先生《こうじせんせい》は？」

そう聞《き》くと、全員《ぜんいん》が顔《かお》を見合《みあ》わせた。

その時《とき》になって私《わたし》は初《はじ》めて、皆《みな》の表情《ひょうじょう》が暗《くら》いことに気付《きづ》いたんだ。

「さっきまでいたんだけど、さ、」

美織君《みおりくん》が溜《た》め息《いき》をついて言葉《ことば》を途切《とぎ》れさせ、その先《さき》を火影君《ひかげくん》が続《つづ》けた。

「呼《よ》び出《だ》されて、理事長室《りじちょうしつ》に行《い》ったんだ。」

ドキッとした。

理事長《りじちょう》は、浩史先生《こうじせんせい》を辞《や》めさせようとしている。

呼《よ》び出《だ》したのは、クビを宣告《せんこく》するためかもしれなかった。

どうしようっ!?

「浩史先生《こうじせんせい》は、出《で》ていく前《まえ》にこう言《い》った。各自《かくじ》、今《いま》の自分《じぶん》にできることをきちんとやっておくようにって。」

火影君《ひかげくん》のその言葉《ことば》に、若王子君《わかおうじくん》が付《つ》け加《くわ》える。

「で、俺《おれ》たち、勉強《べんきょう》してるんだ。」

そういうわけだったのか。

浩史先生《こうじせんせい》は、私《わたし》たちが浮《う》き足立《あしだ》ったり、無駄《むだ》に騒《さわ》いだりするのを避《さ》けようとしてるんだ。

だったら私《わたし》も心《こころ》を落《お》ち着《つ》けて、自分《じぶん》のすべきことをしなくっちゃ！

私《わたし》は美織君《みおりくん》に歩《あゆ》み寄《よ》り、耳打《みみう》ちした。

「小塚《こづか》さんって知《し》ってるでしょ。」

美織君《みおりくん》がうなずくのを確認《かくにん》し、上杉先輩《うえすぎせんぱい》のメモ用紙《ようし》を机《つくえ》に置《お》く。

「ゴミの分析《ぶんせき》を引《ひ》き受《う》けてもらったから、掃除機《そうじき》を小塚《こづか》さんの家《いえ》まで運《はこ》んでくれる？　クラブZ《ゼータ》が動《うご》いてるみたいだから、急《いそ》いだ方《ほう》がいいと思《おも》う。小塚《こづか》さんの家《いえ》の場所《ばしょ》は、本人《ほんにん》に電話《でんわ》で聞《き》いて。これ番号《ばんごう》。それから、」

私《わたし》はポケットから、ずっと持《も》ち歩《ある》いていたあの５００円玉《えんだま》の入《はい》ったビニール袋《ぶくろ》を出《だ》した。

今《いま》まで返《かえ》すチャンスをつかめずにいたんだ。

この灰色《はいいろ》の粉《こな》も、分析《ぶんせき》すれば、何《なに》かのヒントになるかもしれない。

それで袋《ふくろ》の上《うえ》から叩《たた》いて、５００円玉《えんだま》の粉《こな》を払《はら》い落《お》とした。

そして硬貨《こうか》を抜《ぬ》き、袋《ふくろ》だけをメモ用紙《ようし》の上《うえ》に置《お》いたんだ。

「この中《なか》に入《はい》っている粉《こな》も分析《ぶんせき》してくださいって頼《たの》んでみて。」

美織君《みおりくん》はメモ用紙《ようし》とビニール袋《ぶくろ》をつかみ、立《た》ち上《あ》がる。

「じゃ俺《おれ》、フケるから。もし浩史先生《こうじせんせい》が戻《もど》ってきたら、言《い》い訳《わけ》よろしく。」

出《で》ていく姿《すがた》を見送《みおく》って、私《わたし》は早乙女君《さおとめくん》の方《ほう》に歩《あゆ》み寄《よ》った。

「これ、」

そう言《い》いながら500円玉《えんだま》2枚《まい》を机《つくえ》に置《お》く。

「私《わたし》の500円《えん》、ポケットから出《で》てきたんだ。」

早乙女君《さおとめくん》は、きまり悪《わる》そうな顔《かお》つきになり、横《よこ》を向《む》いた。

私《わたし》は、あわてて付《つ》け加《くわ》える。

「貸《か》してくれたんだね、ありがとう。」

その横顔《よこがお》が、ほんのり赤《あか》くなった。

あ、照《て》れてるっ！

何《なん》だかかわいかったので、思《おも》わず笑《わら》うと、早乙女君《さおとめくん》はこっちをにらんだ。

私《わたし》はますますおかしくなって、笑《わら》いが止《と》まらない。

早乙女君《さおとめくん》は苦々《にがにが》しげに500円玉《えんだま》をつかみ、私《わたし》に投《な》げつける真似《まね》をした。

「おい、そこ、」

若王子君《わかおうじくん》の声《こえ》が飛《と》ぶ。

「2人《ふたり》で、なに親密《しんみつ》にしてんだ。」

その時《とき》、ノックもなく荒々《あらあら》しくドアが開《ひら》き、クラブZ《ゼータ》のメンバーが数人《すうにん》、入《はい》りこんできた。

先頭《せんとう》にいたのは、スタジャンの胸《むね》に金《きん》の刺繍《ししゅう》のある正規《せいき》メンバーだった。

その後《うし》ろに、銀《ぎん》の刺繍《ししゅう》の補欠《ほけつ》メンバーが続《つづ》く。

「クラブZ《ゼータ》の本村《もとむら》だ。早乙女望《さおとめのぞみ》、クラブZ《ゼータ》事務局《じむきょく》まで来《こ》い。」

そう言《い》いながら、顎《あご》で補欠《ほけつ》メンバーに指示《しじ》を出《だ》した。

体《からだ》の大《おお》きな数人《すうにん》が、たちまち早乙女君《さおとめくん》を取《と》り囲《かこ》む。

「立《た》て。」

早乙女君《さおとめくん》は、あわてる様子《ようす》もなく椅子《いす》の背《せ》に寄《よ》りかかって腕《うで》を組《く》んだ。

自分《じぶん》を囲《かこ》んでいる壁《かべ》のようなメンバーを眺《なが》めまわす。

「なんで、俺《おれ》なの？」

本村《もとむら》さんは、不敵《ふてき》な笑《え》みを浮《う》かべた。

「おまえ、恩田《おんだ》のダチだよな。」

私《わたし》は、息《いき》をつめた。

その名前《なまえ》は、あの幼稚園児《ようちえんじ》の口《くち》から出《で》ていたし、早馬君《はゆまくん》からも聞《き》いていたから。

「クラブZ《ゼータ》事務局《じむきょく》は、KZ《カッズ》や少年《しょうねん》サッカーチームの試合《しあい》を対象《たいしょう》にしてトトカルチョが行《おこな》われているという情報《じょうほう》をキャッチし、調査《ちょうさ》をしていた。」

心臓《しんぞう》が跳《は》ね上《あ》がる。

そのトトカルチョ組織《そしき》を潰《つぶ》し、事件《じけん》を丸《まる》ごと消《け》すのが、私《わたし》たちの目的《もくてき》だった。

それが発覚《はっかく》すれば、早乙女君《さおとめくん》だけでなく火影君《ひかげくん》も、浩史先生《こうじせんせい》も危《あぶ》ない立場《たちば》に立《た》たされる。

だからクラブZ《ゼータ》より早《はや》く事件《じけん》の全貌《ぜんぼう》をつかむつもりだったんだ。

でもクラブZ《ゼータ》が早乙女君《さおとめくん》を連《つ》れにくるってことは・・・もしかして先《さき》を越《こ》された？

「恩田《おんだ》は、Z《ゼータ》メンバー候補者《こうほしゃ》として登録《とうろく》されている秀明生《しゅうめいせい》だが、以前《いぜん》からいろいろと噂《うわさ》があった。だが犯罪《はんざい》につながる証拠《しょうこ》は1つもなかったんだ。ここにきて暴走族《ぼうそうぞく》との関係《かんけい》が明《あき》らかになったんで、呼《よ》びつけて問《と》い質《ただ》していたら、トトカルチョについても吐《は》いたんだよ。トップが暴走族《ぼうそうぞく》リーダーで、恩田《おんだ》が胴元《どうもと》、おまえが集金係《しゅうきんがかり》だそうじゃないか。」

私《わたし》は、目《め》の前《まえ》が真《ま》っ暗《くら》になるような気《き》がした。

クラブZ《ゼータ》は、真実《しんじつ》を探《さぐ》り当《あ》てたんだ！

私《わたし》たちは、先《さき》を越《こ》された。

これじゃもう早乙女君《さおとめくん》も火影君《ひかげくん》も、浩史先生《こうじせんせい》も助《たす》けられない！
私《わたし》たちは、犯罪《はんざい》を消《け》すことに失敗《しっぱい》したんだ!!

# 21　クラブΖ《ゼータ》と一騎打《いっきう》ち

「隼風《はやて》さんが、直接話《ちょくせつはなし》を聞《き》きたいそうだ。一緒《いっしょ》に来《こ》い。」

胸元《むなもと》をつかみ上《あ》げられて、早乙女君《さおとめくん》は立《た》ち上《あ》がり、そのまま引《ひ》きずられるように出入《でい》り口《ぐち》に向《む》かった。

「そんなはずないっ！」

火影君《ひかげくん》が叫《さけ》び、メンバーの列《れつ》に割《わ》りこんで早乙女君《さおとめくん》の肩《かた》を抱《だ》き寄《よ》せる。

「早乙女《さおとめ》は、そんな奴《やつ》じゃありません。」

早乙女君《さおとめくん》はビクッとし、信《しん》じられないといったような目《め》で火影君《ひかげくん》を見《み》た。

「これからBB《ビービー》のレギュラーテストを受《う》けるとこで、僕《ぼく》が推薦者《すいせんしゃ》です。そんなことに関《かか》わったら絶対《ぜったい》BB《ビービー》に入《はい》れないってわかっているはずですから、」

早乙女君《さおとめくん》は、見《み》る間《ま》に青《あお》ざめる。

クラブΖ《ゼータ》のメンバーに囲《かこ》まれても平然《へいぜん》としていたその顔《かお》に、初《はじ》めて焦《あせ》りが浮《う》かんだ。

「そんなこと、するはずがありません。」

火影君《ひかげくん》があまりにも真剣《しんけん》で必死《ひっし》だったので、私《わたし》はたまらない気持《きも》ちになった。

早乙女君《さおとめくん》の疑惑《ぎわく》について、火影君《ひかげくん》に隠《かく》していたから。

はっきりさせるまでは言《い》わない方《ほう》がいいと思《おも》ったんだ。

それをクラブZ《ゼータ》が先《さき》につかんで話《はな》してしまうなんて、予想外《よそうがい》だった。

「ほう、」

本村《もとむら》さんは、火影君《ひかげくん》に向《む》き直《なお》る。

「BB《ビービー》の推薦者《すいせんしゃ》は、おまえか。じゃ、おまえの責任《せきにん》も問《と》われるな。一緒《いっしょ》に来《こ》い。」

瞬間《しゅんかん》、早乙女君《さおとめくん》が、自分《じぶん》の肩《かた》を抱《だ》いている火影君《ひかげくん》の腕《うで》を振《ふ》り払《はら》った。

「バレちったら、しかたねーよな。」

そう言《い》いながら火影君《ひかげくん》に、薄《うす》ら笑《わら》いを含《ふく》んだ視線《しせん》を流《なが》す。

「BB《ビービー》に入《はい》ろうと思《おも》ったのは、トトカルチョの参加者《さんかしゃ》を集《あつ》めるためだよ。BB《ビービー》に入《はい》って仲間《なかま》になれば、レギュラーや補欠《ほけつ》に近《ちか》づける。トトカルチョに誘《さそ》いやすいと思《おも》ってさ。おまえのこと、騙《だま》してたんだ。あっさり騙《だま》されちまって、おまえってバカだな。」

目《め》を見開《みひら》く火影君《ひかげくん》に背《せ》を向《む》け、早乙女君《さおとめくん》は本村《もとむら》さんを見《み》た。

「じゃ連《つ》れてってよ。クラブZ《ゼータ》は、バッチリ騙《だま》されたバカの責任《せきにん》まで追及《ついきゅう》するような肝《きも》っ玉《たま》の小《ちい》せぇこと、まさか、しねーよな。」

力《ちから》をこめて見《み》すえながら、唇《くちびる》だけでかすかに笑《わら》う。

「おまえに決《き》められねーんだったら、隼風《はやて》と直接話《ちょくせつはな》す。さっさと連《つ》れてけよ。」

本村《もとむら》さんは、忌《い》ま忌《い》ましそうに早乙女君《さおとめくん》の肩《かた》を突《つ》き飛《と》ばした。

「行《い》け。」

立《た》ちつくす私《わたし》たちを残《のこ》して、クラブZ《ゼータ》メンバーと早乙女君《さおとめくん》が出《で》ていく。

教室内《きょうしつない》には、重《おも》い沈黙《ちんもく》が立《た》ちこめた。

私《わたし》は打《う》ちひしがれていて言葉《ことば》もなく、火影君《ひかげくん》は唇《くちびる》を引《ひ》き結《むす》んだまま動《うご》かない。

「火影《ひかげ》、傷《きず》つくな。」

若王子君《わかおうじくん》がつぶやいた。

「あれは嘘《うそ》だ。早乙女《さおとめ》は、おまえを巻《ま》きこむまいとしてるんだ。BB《ビービー》のメンバーであるおまえを守《まも》るには、自分《じぶん》から切《き》り離《はな》すしかないって判断《はんだん》だよ。」

私《わたし》も、そう思《おも》った。

だって火影君《ひかげくん》とキャッチボールをしていた早乙女君《さおとめくん》の目《め》は、真剣《しんけん》だったもの。

トトカルチョのためだけにBB《ビービー》に入《はい》ろうとしていたのなら、あんなに熱心《ねっしん》に、あんなに夢中《むちゅう》になれるはずがない。

きっと早乙女君《さおとめくん》は、野球《やきゅう》を好《す》きなんだ。

「あいつ、」

火影君《ひかげくん》が、ふっと口《くち》を開《ひら》く。

「なんで集金役《しゅうきんやく》なんて引《ひ》き受《う》けちまったのかな。」

哀《かな》しげな口調《くちょう》だった。

「何《なに》か、訳《わけ》でもあるんだろうか。」

若王子君《わかおうじくん》が、吐《は》き捨《す》てるように一蹴《いっしゅう》する。

「その理由《りゆう》は、あいつがバカだからだ。つまり、おまえにバカと言《い》ったあいつこそがバカだったんだ。」

その時《とき》、私《わたし》は、はっと思《おも》った。

トトカルチョの集金《しゅうきん》って、いつ、するの？

それは試合《しあい》が終《お》わって、結果《けっか》が出《で》た時《とき》だよね。

だって賭《か》けだから、それより前《まえ》には金額《きんがく》がわからないもの。

だとしたら、まだ大会《たいかい》は行《おこな》われていないんだから、早乙女君《さおとめくん》は何《なに》もしてないはずだ。

ただ1つの問題《もんだい》は、この大会《たいかい》より前《まえ》から集金《しゅうきん》をしていたかどうか、なんだけど。

「若王子君《わかおうじくん》、早馬君《はゆまくん》に電話《でんわ》かけて。」

若王子君《わかおうじくん》はすぐスマートフォンを操作《そうさ》し、私《わたし》に突《つ》き出《だ》した。

「出《で》たぜ、早馬《はゆま》。」

私《わたし》は、急《いそ》いで耳《みみ》に当《あ》てる。

「あのね、早乙女君《さおとめくん》は、お母《かあ》さんと一緒《いっしょ》に家《いえ》を出《で》てから不良《ふりょう》と付《つ》き合《あ》うようになったって言《い》ってたよね。家《いえ》を出《で》たのって、いつ？」

早馬君《はゆまくん》は、気《き》が滅入《めい》るといったような声《こえ》で答《こた》えた。

「えっと1か月半《げつはん》くらい前《まえ》かな。家《いえ》にいる時《とき》は、不良《ふりょう》との付《つ》き合《あ》いなんてなかったよ。」

私《わたし》はお礼《れい》を言《い》って電話《でんわ》を切《き》り、スマートフォンを若王子君《わかおうじくん》に返《かえ》す。

「調《しら》べてくれない？　ここ1か月半《げつはん》の間《あいだ》に試合《しあい》をした少年《しょうねん》サッカーチームがあるかどうか。」

若王子君《わかおうじくん》は、検索《けんさく》を始《はじ》めながらあきれたような目《め》を私《わたし》に向《む》けた。

「おまえ、結構《けっこう》、人遣《ひとづか》い荒《あら》いな。」

いいから、早《はや》くお願《ねが》い。

「えっと、ない。」

きっぱりとした口調《くちょう》で言《い》って、若王子君《わかおうじくん》はスマホから視線《しせん》を上《あ》げる。

「この1か月半《げつはん》の間《あいだ》に、試合《しあい》は全然《ぜんぜん》ない。どのチームも、今週末《こんしゅうまつ》の試合《しあい》に合《あ》わせて調整《ちょうせい》をしてる状態《じょうたい》だ。試合《しあい》に出《で》ないチームは、来年《らいねん》に向《む》けてのトレーニングを始《はじ》めてるし。」

よし、これで早乙女君《さおとめくん》を救《すく》える！

そしたら火影君《ひかげくん》も浩史先生《こうじせんせい》も助《たす》かるんだ、よかった!!

私《わたし》は、皆《みな》に向《む》かって大声《おおごえ》で言《い》った。

「これからクラブZ《ゼータ》事務局《じむきょく》に行《い》って、早乙女君《さおとめくん》を取《と》り返《かえ》してきますっ！」

夢中《むちゅう》で走《はし》ってエレベーターに乗《の》り、Z《ゼータ》事務局《じむきょく》に駆《か》けつける。

「G教室代表《ジエイきょうしつだいひょう》です。話《はなし》があってきました。」

ノックをしてそう言《い》うと、しばらくしてドアが開《ひら》き、胸《むね》に銀《ぎん》の刺繡《ししゅう》のあるメンバーが顔《かお》を出《だ》した。

「何《なん》の話《はなし》だ。さっさと言《い》え。」

とても背《せ》の高《たか》い高校生《こうこうせい》で、こちらを見下《みお》ろす目《め》には、圧《お》しかかるような光《ひかり》があった。

このまま追《お》い払《はら》われそうで、私《わたし》はあわてた。

「早乙女君《さおとめくん》を返《かえ》してもらいにきたんです。クラブZ《ゼータ》の調査《ちょうさ》は間違《まちが》っています。詳《くわ》しく説明《せつめい》しますので、隼風《はやて》さんを呼《よ》んでください。」

高校生《こうこうせい》は、ムッとしたようだった。

「隼風《はやて》さんは会議中《かいぎちゅう》だ。生意気《なまいき》なチビめ、まず口《くち》のきき方《かた》を習《なら》ってこい。話《はなし》はそれから聞《き》いてやる。じゃあな。」

ドアが、バタンと閉《し》まる。

私《わたし》は一瞬《いっしゅん》、泣《な》きたくなったけれど、こんなところで、挫《くじ》けてなんかいられない。

早乙女君《さおとめくん》を取《と》り返《かえ》さないと！

自分《じぶん》を励《はげ》まして拳《こぶし》を握《にぎ》り、ドンドンとドアを叩《たた》いた。

「話《はなし》を聞《き》いてください。お願《ねが》いです。聞《き》いてください！」

とたんにドアが開《ひら》き、さっきの高校生《こうこうせい》が怒《おこ》ったような顔《かお》を出《だ》した。

「静《しず》かにしろ。このフロアには、理事長室《りじちょうしつ》もあるんだぞ。」

あ、理事長室《りじちょうしつ》に声《こえ》が届《とど》くと、まずいのかも。

それじゃ！

私《わたし》はクルッと高校生《こうこうせい》に背《せ》を向《む》け、廊下《ろうか》の方《ほう》に向《む》かって叫《さけ》んだ。

「早乙女君《さおとめくん》を返《かえ》してください。お願《ねが》い、返《かえ》してっ！」

高校生《こうこうせい》は両手《りょうて》を伸《の》ばして私《わたし》を捕《つか》まえ、中《なか》へと引《ひ》きずりこんでバタンとドアを閉《し》める。

「このチビ、よくもっ！」

にらみつけられて私《わたし》は、震《ふる》え上《あ》がった。

「でも、あの、ほんとにクラブＺ《ゼータ》の調査《ちょうさ》は、間違《まちが》ってるんです。」

「うるせぇ！」

怒鳴《どな》られて、私《わたし》がすくみ上《あ》がったその時《とき》、奥《おく》のドアが開《ひら》いて声《こえ》がした。

「おい、その子《こ》、こっちに通《とお》せって隼風《はやて》さんが言《い》ってるぜ。」

私《わたし》は、ほっと息《いき》をつく。

ああ、よかった！

高校生《こうこうせい》は舌打《したう》ちし、顎《あご》で奥《おく》のドアを指《さ》した。

「あっちだ。行《い》けよ。」

私《わたし》は超特急《ちょうとっきゅう》でドアまで走《はし》り、それを開《あ》けて中《なか》に飛《と》びこむ。

瞬間《しゅんかん》、たくさんの鋭《するど》い目《め》に見《み》すえられた。

思《おも》わず足《あし》が止《と》まる。

部屋《へや》の中央《ちゅうおう》にある楕円形《だえんけい》のテーブルに正規《せいき》メンバー十数人《じゅうすうにん》が着席《ちゃくせき》し、その後《うし》ろに並《なら》んだソファにはそれと同《おな》じくらいな数《かず》の補欠《ほけつ》メンバーが座《すわ》っていて、その全員《ぜんいん》がそろってこちらを見《み》ていたんだ。

早乙女君《さおとめくん》の姿《すがた》は、どこにもない。

「クラブΖ《ゼータ》の調査《ちょうさ》が間違《まちが》っていたって？」

そう言《い》いながら隼風《はやて》さんが、テーブルの一番奥《いちばんおく》から立《た》ち上《あ》がった。

「どこがだ。」

相変《あいか》わらず人《ひと》の心《こころ》の底《そこ》まで見通《みとお》すような目《め》、どことなくダークな雰囲気《ふんいき》だった。

私《わたし》は気圧《けお》されまいとして、踏《ふ》ん張《ば》りながら説明《せつめい》した。

「早乙女君《さおとめくん》がトトカルチョの集金役《しゅうきんやく》だったたってことですが、それは事実《じじつ》じゃありません。」

隼風《はやて》さんは、わずかに眉《まゆ》を上《あ》げる。

「証明《しょうめい》できるのか。」

私《わたし》は自信《じしん》があったから、はっきりとうなずくことができた。

「早乙女君《さおとめくん》が恩田《おんだ》っていう人《ひと》と付《つ》き合《あ》い出《だ》したのは、早《はや》くても1か月半前《げつはんまえ》、お母《かあ》さんと一緒《いっしょ》に家《いえ》を出《で》て、今《いま》の住《す》まいに落《お》ち着《つ》いてからです。この1か月半《げつはん》の間《あいだ》に、少年《しょうねん》サッカーチームの試合《しあい》は1つもありませんでした。なのでトトカルチョは行《おこな》われておらず、早乙女君《さおとめくん》は集金役《しゅうきんやく》をしていません。また今週末《こんしゅうまつ》の大会《たいかい》はこれからで、早乙女君《さおとめくん》は、今《いま》の時点《じてん》では何《なに》もしていません。この2つによって、早乙女君《さおとめくん》が集金役《しゅうきんやく》だったというのは間違《まちが》いだと言《い》えます。正《ただ》しくは、早乙女君《さおとめくん》はこれから集金役《しゅうきんやく》をする可能性《かのうせい》がある、です。でも確実《かくじつ》ではありません。可能性《かのうせい》を根拠《こんきょ》にして、本人《ほんにん》が罪《つみ》を犯《おか》したかのように咎《とが》めるのはおかしいと思《おも》います。」

隼風《はやて》さんは、視線《しせん》を自分《じぶん》の脇《わき》にいた正規《せいき》メンバーに流《なが》す。

そのメンバーは立《た》ち上《あ》がり、部屋《へや》の端《はし》に置《お》いてあるパソコン机《づくえ》に歩《あゆ》み寄《よ》った。

立《た》ったままでキーを打《う》ち、しばらく作業《さぎょう》をしてから、こちらを振《ふ》り返《かえ》る。

「早乙女《さおとめ》が現住所《げんじゅうしょ》に移《うつ》った時期《じき》を確認《かくにん》、ここ1か月半《げつはん》の少年《しょうねん》サッカーチームの試合《しあい》を確認《かくにん》、双方《そうほう》とも、今《いま》の話《はなし》に間違《まちが》いなし。」

隼風《はやて》さんは、小《ちい》さな息《いき》をついた。

「今回《こんかい》の調査担当《ちょうさたんとう》は、誰《だれ》だ。」

テーブルの中《なか》ほどで、正規《せいき》メンバーが3人《にん》、あわてて立《た》ち上《あ》がる。

その中《なか》の1人《ひとり》は、さっきG教室《ジェイきょうしつ》に来《き》た本村《もとむら》さんだった。

「僕《ぼく》たちです。」

隼風《はやて》さんは、その3人《にん》を眺《なが》めまわす。

「恩田《おんだ》の話《はなし》を鵜呑《うの》みにしたな。しっかり調《しら》べなかっただろう。」

３人《にん》は息《いき》を呑《の》み、頭《あたま》を下《さ》げた。

「申《もう》し訳《わけ》ありません。」

「早《はや》く報告《ほうこく》をしたくて、あせっていて。」

「早乙女《さおとめ》は特別《とくべつ》ゼミナールでも問題《もんだい》を起《お》こしていたので、恩田《おんだ》の口《くち》から名前《なまえ》が出《で》た時《とき》、もう間違《まちが》いないと思《おも》って。」

瞬間《しゅんかん》、隼風《はやて》さんが、両手《りょうて》をテーブルに叩《たた》きつける。

大《おお》きな音《おと》がし、皆《みな》がビクッとした。

「思《おも》いこみと偏見《へんけん》で動《うご》くな。」

そう言《い》いながら隼風《はやて》さんはテーブルについた手《て》に体重《たいじゅう》をかけ、全員《ぜんいん》を見回《みまわ》す。

「それは間違《まちが》いの元《もと》だ。クラブZ《ゼータ》に間違《まちが》いがあってはならない。二度《にど》とこんなことがないように。わかったか。」

全員《ぜんいん》が、いっせいに歯切《はぎ》れのいい、大《おお》きな返事《へんじ》をした。

隼風《はやて》さんは、私《わたし》に顔《かお》を向《む》ける。

「クラブZ事務局《ゼータじむきょく》は、トトカルチョが行《おこな》われているとの情報《じょうほう》をつかみ、調査《ちょうさ》を行《おこな》っていた。たまたま別件《べっけん》で恩田《おんだ》を問《と》い質《ただ》したところ、トトカルチョにも関与《かんよ》していることがわかり、その話《はなし》から組織《そしき》の全貌《ぜんぼう》が明《あき》らかになったんだ。早乙女《さおとめ》の名前《なまえ》も、そこから上《あ》がってきた。それがこちらの調《ちょう》査《さ》不足《ぶそく》だったことは、今《いま》、君《きみ》が聞《き》いた通《とお》りだ。」

そう言《い》いながら、メンバーの3人《にん》に視線《しせん》を流《なが》す。

3人《にん》は、うなだれた。

隼風《はやて》さんは苦笑《くしょう》し、私《わたし》を見《み》る。

「トトカルチョを取《と》り仕《し》切っていた暴走族《ぼうそうぞく》リーダーについては、クラブZ《ゼータ》事務局《じむきょく》から申《もう》し入《い》れをした。話《はな》し合《あ》いをもった上《うえ》で、リーダーに手《て》を引《ひ》かせ、トトカルチョの組織《そしき》を解散《かいさん》させた。」

すごいっ！

「恩田《おんだ》については、Z《ゼータ》メンバー候補者《こうほしゃ》から外《はず》し、正規《せいき》メンバーをつけて矯正《きょうせい》プログラムを学《まな》ばせることになっている。トトカルチョに参加《さんか》した者《もの》たちも、クラブZ《ゼータ》やKZ《カッズ》に所属《しょぞく》しているメンバーについては同様《どうよう》のプログラムで矯正《きょうせい》する。以上《いじょう》をもって、トトカルチョ騒《さわ》ぎは落着《らくちゃく》したと考《かんが》えているところだ。」

そこでいったん言葉《ことば》を切《き》り、隼風《はやて》さんはソファに座《すわ》っている補欠《ほけつ》メンバーを振《ふ》り返《かえ》った。

「早乙女《さおとめ》、連《つ》れてこい。」

補欠《ほけつ》メンバーが数人《すうにん》立《た》ち上《あ》がり、部屋《へや》の隅《すみ》にあるドアを開《あ》けて中《なか》に入《はい》っていく。

やがてそこから、取《と》り囲《かこ》まれた早乙女君《さおとめくん》が姿《すがた》を現《あらわ》した。

「早乙女《さおとめ》、帰《かえ》っていいぞ。」

隼風《はやて》さんは、ゆっくりと早乙女君《さおとめくん》の前《まえ》に歩《あゆ》み寄《よ》り、ごく近《ちか》くからにらみすえる。

「今後《こんご》、不正行為《ふせいこうい》には関《かか》わらないと、ここで約束《やくそく》していけ。」

ところが早乙女君《さおとめくん》は動《どう》じる気配《けはい》もなく、あっさり答《こた》えた。

「俺《おれ》、それ、無理《むり》。」

私《わたし》は、コクンと息《いき》を呑《の》む。

大胆《だいたん》な返事《へんじ》・・・、私《わたし》にはとてもできない、恐《こわ》すぎて。

「金《かね》を稼《かせ》がなくちゃならないんだ。恩田《おんだ》から借《か》りて、高《たか》い買《か》い物《もの》しちまったからさぁ。来月《らいげつ》から月割《つきわ》りで返《かえ》すことになってんの。返《かえ》さないと、それもやっぱ犯罪《はんざい》でしょ。不正行為《ふせいこうい》でもしないと、金《かね》ってできないしさ。」

しゃあしゃあと言《い》った早乙女君《さおとめくん》に、皆《みな》が怒《いか》りの目《め》を向《む》けた。

ところが隼風《はやて》さんだけは、怒《おこ》る気配《けはい》もない。

私《わたし》は、一昨日《おととい》の隼風《はやて》さんの言葉《ことば》を思《おも》い出《だ》した。

早乙女君《さおとめくん》について、ああいう奴《やつ》がいてもいいと言《い》っていたのだった。

もしかして隼風《はやて》さんは、私《わたし》たちよりずっと許容範囲《きょようはんい》の広《ひろ》い人《ひと》なのかもしれない。

「金《かね》がほしいなら、自分《じぶん》で働《はたら》け。中学生《ちゅうがくせい》でもできて、高額《こうがく》を稼《かせ》げるバイトを紹介《しょうかい》してやる。」

早乙女君《さおとめくん》は、パッと顔《かお》を明《あか》るくした。

「ほんとっ？　あざっす。だったら即《そく》、不良《ふりょう》やめるけど。」

隼風《はやて》さんは、笑《え》みを浮《う》かべた。

「おまえが恩田《おんだ》に借《か》りた金《かね》の返済《へんさい》については、クラブΖ《ゼータ》が間《あいだ》に立《た》つ。直接返《ちょくせつかえ》していると、また問《もん》題《だい》が起《お》こりかねないからな。二度《にど》と妙《みょう》なことに手《て》を出《だ》すなよ。」

早乙女君《さおとめくん》は、大《おお》きくしっかりとうなずいた。

「約束《やくそく》する。」

ああ、よかった！

ほっと息《いき》をつく私《わたし》の方《ほう》に、隼風《はやて》さんが向《む》き直《なお》る。

「早乙女《さおとめ》は、返《かえ》す。こちらに手違《てちが》いがあり、申《もう》し訳《わけ》なかった。」

そう言《い》いながら目《め》を伏《ふ》せ、頭《あたま》を下《さ》げた。

その場《ば》の皆《みな》が、呆然《ぼうぜん》とする。

私《わたし》も、だった。

だって、そもそも隼風《はやて》さんは、人《ひと》に頭《あたま》を下《さ》げるようなキャラじゃないし、ましてや自分《じぶん》のしたことでもないのに、はるか年下《としした》の下級生《かきゅうせい》に謝《あやま》るなんて、私《わたし》だけでなく誰《だれ》もが思《おも》ってみないことだったんだ。

でもその時《とき》、私《わたし》は教《おし》えられた気《き》がした。

人《ひと》の上《うえ》に立《た》つ人間《にんげん》、人《ひと》を指揮《しき》する立場《たちば》の人間《にんげん》が取《と》るべき態度《たいど》を。

それは、どんな時《とき》もすべての責任《せきにん》を自分《じぶん》で背負《せお》う覚悟《かくご》、最後《さいご》は1人《ひとり》で全部《ぜんぶ》の後始末《あとしまつ》を引《ひ》き受《う》ける潔《いさぎよ》さだった。

そうだからこそ、クラブZ《ゼータ》のメンバーは隼風《はやて》さんについていくんだ。

G教室《ジェイきょうしつ》の代表《だいひょう》である私《わたし》も、そういう気持《きも》ちでいるべきだと思《おも》いながら、感謝《かんしゃ》の気持《きも》ちをこめて頭《あたま》を下《さ》げた。

「ありがとうございました。」

顔《かお》を上《あ》げると、隼風《はやて》さんの強《つよ》い眼差《まなざ》しの中《なか》に、戸惑《とまど》ったような光《ひかり》が入《い》り混《ま》じっているのが見《み》えた。

「何《なに》が?」

私《わたし》はニッコリする。

「隼風《はやて》さんから今《いま》、大切《たいせつ》なことを教《おそ》わりました。私《わたし》、それを大事《だいじ》にします。忘《わす》れません。」

隼風《はやて》さんはじっと私《わたし》を見《み》つめ、かすかに笑《わら》った。

「おかしな奴《やつ》だな。」

その表情《ひょうじょう》は、私《わたし》が今《いま》まで1度《ど》も見《み》たことがないほど柔《やわ》らかで、とても素敵《すてき》だった。

## 22　何《なに》かある！

早乙女君《さおとめくん》と一緒《いっしょ》に、私《わたし》はクラブZ《ゼータ》事務局《じむきょく》を出《で》た。

黙《だま》ったまま肩《かた》を並《なら》べ、廊下《ろうか》を歩《ある》いていくと、早乙女君《さおとめくん》がチョンと私《わたし》の肩《かた》をつついた。

私《わたし》は、早乙女君《さおとめくん》を見上《みあ》げる。

一瞬《いっしゅん》、目《め》が合《あ》い、とたんに早乙女君《さおとめくん》は、横《よこ》を向《む》きながら言《い》った。

「わざわざ来《き》てくれて、ありがと。」

早馬君《はゆまくん》が言《い》っていた通《とお》り、ほんとに照《て》れ屋《や》だった。

私《わたし》は笑《わら》いながら口《くち》を開《ひら》く。

「なんで、恩田《おんだ》って高校生《こうこうせい》と付《つ》き合《あ》ったの？」

早乙女君《さおとめくん》は歩《ある》きながら両腕《りょううで》を上《あ》げ、頭《あたま》の後《うし》ろで組《く》んだ。

「俺《おれ》のこと、認《みと》めてくれたからかな。」

視線《しせん》は天井《てんじょう》に向《む》いていたけれど、本当《ほんとう》に見《み》ていたのは、自分《じぶん》の心《こころ》の中《なか》だったと思《おも》う。

「集金役《しゅうきんやく》ってのは、信用《しんよう》できる奴《やつ》にしか任《まか》せられない仕事《しごと》だから、おまえに頼《たの》むんだって言《い》ってくれた。それ聞《き》いて、すごくうれしかったんだ。これは真面《まとも》なことじゃないってわかってたけれど、それでもうれしかった。」

浩史先生《こうじせんせい》の話《はなし》によれば、早乙女君《さおとめくん》は自分《じぶん》を価値《かち》のない人間《にんげん》だと思《おも》わざるをえない環境《かんきょう》に置《お》かれている。

でも恩田《おんだ》にそう言《い》われて、早乙女君《さおとめくん》は自分《じぶん》の価値《かち》を信《しん》じることができたんだ。

だから正《ただ》しくないことだってわかっていても、断《ことわ》れなかったんだね。

ああ浩史先生《こうじせんせい》や火影君《ひかげくん》がもう少《すこ》し早《はや》く、つまり恩田《おんだ》に出会《であ》うより前《まえ》に早乙女君《さおとめくん》と出会《であ》っていたらなぁ。

そしたら、こんなことにはならなかったのに。

でも今《いま》からだって、遅《おそ》くないはず。

私《わたし》は、力《ちから》をこめて言《い》った。

「浩史先生《こうじせんせい》は、早乙女君《さおとめくん》の絵《え》の才能《さいのう》を認《みと》めてG教室《ジェイきょうしつ》に誘《さそ》ったんだよ。火影君《ひかげくん》だって、早乙女君《さおとめくん》の野球《やきゅう》の能力《のうりょく》に注目《ちゅうもく》してる。私《わたし》も、早乙女君《さおとめくん》は強《つよ》くて優《やさ》しくてすごいって思《おも》っているし。早馬君《はゆまくん》も、そう思《おも》ってるよ。早乙女君《さおとめくん》の価値《かち》は、もう皆《みんな》がちゃんと知《し》ってるからね。」

早乙女君《さおとめくん》は、ちょっと笑《わら》った。

「それ、あと300回《かい》くらい言《い》って。」

は？

「すげぇ、うれしいから、」

2つの目《め》に、いたずらっぽい光《ひかり》を浮《う》かべた早乙女君《さおとめくん》は、とても生《い》き生《い》きと見《み》えた。

「言《い》ってよ、じっくり味《あじ》わいたい。」

それで私《わたし》は、G教室《ジェイきょうしつ》に着《つ》くまでそれを繰《く》り返《かえ》したんだ。

早乙女君《さおとめくん》は目《め》を伏《ふ》せ、微笑《ほほえ》みながら聞《き》いていた。

その横顔《よこがお》は、まるで日向《ひなた》ぼっこをしている人《ひと》みたいに穏《おだ》やかで、満足《まんぞく》そうだった。

それを見《み》ながら私《わたし》は、今《いま》なら聞《き》けると思《おも》ったんだ。

「BB《ビービー》に入《はい》ろうとしたのは、トトカルチョの人数《にんずう》を集《あつ》めるためだって言《い》ってたけど、本当《ほんとう》？」

早乙女君《さおとめくん》は、眉《まゆ》を上《あ》げる。

「ん、最初《さいしょ》はそうだった。でも火影《ひかげ》とキャッチボールしてたら、思《おも》わず真剣《しんけん》になっちまってさ、こいつと野球《やきゅう》できたらどんなにいいだろうって、いつの間《ま》にか思《おも》ってた。すげぇ楽《たの》しかったし。」

やっぱり早乙女君《さおとめくん》は野球《やきゅう》が好《す》きで、そして火影君《ひかげくん》のことも好《す》きだったんだね。

だから火影君《ひかげくん》を傷《きず》つけまいとしたんだ。

今《いま》までの疑問《ぎもん》が解《と》けて、私《わたし》は胸《むね》がすっきりした。

トトカルチョ事件《じけん》も終《お》わったし、これからはきっと何《なに》もかもがうまくいくに違《ちが》いない。

早乙女君《さおとめくん》は絵《え》の勉強《べんきょう》をしたり、野球《やきゅう》をしたりして、それに夢中《むちゅう》になっていき、自信《じしん》を持《も》ち、自《じ》分《ぶん》をきちんと評価《ひょうか》できるようになるんだ。

きっと早馬君《はゆまくん》も喜《よろ》ぶだろうな。

そう考《かんが》えたとたん、それまで心《こころ》の外《そと》にあったことが急《きゅう》に意識《いしき》の中《なか》に流《なが》れこんできた。

それは、早乙女君《さおとめくん》の謎《なぞ》の行動《こうどう》が、まだ解明《かいめい》できていないということだった。

早馬君《はゆまくん》の家《いえ》で過《す》ごした奇怪《きかい》な7時間《じかん》、あれはいったい何《なん》だったの？

私《わたし》たちは、ちょうどG教室《ジェイきょうしつ》のドアの前《まえ》まで来《き》ていた。

私《わたし》は立《た》ち止《ど》まり、早乙女君《さおとめくん》に尋《たず》ねてみた。

「実家《じっか》に行《い》った時《とき》、部屋《へや》で何《なに》してたの？」

早乙女君《さおとめくん》の顔《かお》に、ふっと影《かげ》が落《お》ちる。

見《み》る間《ま》に表情《ひょうじょう》が強張《こわば》り、硬《かた》くなっていった。

「俺《おれ》には、やらなきゃならないことがあるって言《い》ったろ。」

その目《め》の中《なか》に、悲《かな》しみと憎《にく》しみが浮《う》かび上《あ》がる。

あの雨《あめ》の夜《よる》と同《おな》じ眼差《まなざし》だった。

私《わたし》は息《いき》を呑《の》む。

まだ、何《なに》かあるんだ！

早乙女君《さおとめくん》は、まだ何《なに》かを持《も》っている!!

「何《なに》をやらなくちゃならないの？」

そう聞《き》くと、早乙女君《さおとめくん》は目《め》を伏《ふ》せ、G教室《ジェイきょうしつ》のドアに背中《せなか》を向《む》けた。

「これから用事《ようじ》があるから、もう帰《かえ》る。先生《せんせい》にそう言《い》っといて。」

私《わたし》の質問《しつもん》をまるで無視《むし》して歩《ある》き出《だ》す。

追《お》いかけると、肩越《かたご》しにこちらを見《み》た。

「俺《おれ》のことは放《ほう》っとけよ。悪《わる》い奴《やつ》なんだからさ。」

暗《くら》い目《め》に射《い》すくめられて、私《わたし》は足《あし》が止《と》まってしまい、その場《ば》に突《つ》っ立《た》った。

それでも頑張《がんば》って言《い》ったんだ。

「悪《わる》い奴《やつ》なんかじゃないと思《おも》う。すごく強《つよ》くて優《やさ》しいよ。」

早乙女君《さおとめくん》の頰《ほお》に、かすかな笑《え》みが浮《う》かぶ。

「じゃ、これから悪《わる》い奴《やつ》になるんだ。もう決心《けっしん》したって言《い》ったろ。戻《もど》れねーよ。BB《ビービー》には、さっき退団届出《たいだんとどけだ》してきたからさ。じゃあな。」

ほんのわずかなその笑《え》みは苦《くる》しげで、私《わたし》は胸《むね》が締《し》めつけられるような気《き》がした。

それ以上《いじょう》、何《なに》も言《い》えなくなってしまって、遠《とお》ざかっていく後《うし》ろ姿《すがた》を見送《みおく》る。

やらなきゃならないことって、何《なん》だろう。

戻《もど》れないって、どうして？

これから悪《わる》い奴《やつ》になるって・・・何《なに》!?

嫌《いや》な予感《よかん》に胸《むね》を震《ふる》わせながら、私《わたし》はG教室《ジェイきょうしつ》のドアを開《あ》けた。

瞬間《しゅんかん》、パンパンと高《たか》い音《おと》が、いくつも上《あ》がる。

え？

びっくりして見回《みまわ》せば、教室内《きょうしつない》にはメンバー全員《ぜんいん》が一列《れつ》に並《なら》び、こちらを見《み》ていた。

手《て》にクラッカーを持《も》っていて、そこから飛《と》び出《だ》した細《ほそ》いテープが空調《くうちょう》の風《かぜ》に乗《の》り、私《わたし》の頭《あたま》に降《ふ》ってくる。

何《なん》だろ、この状況《じょうきょう》。

私《わたし》、お誕生日《たんじょうび》じゃないけど。

「あれ、王様《おうさま》だけ？　早乙女《さおとめ》は？」

美織君《みおりくん》に聞《き》かれて、私《わたし》は、早乙女君《さおとめくん》が帰《かえ》ったことを話《はな》した。

皆《みな》が、気《き》が抜《ぬ》けたように近《ちか》くの椅子《いす》に座《すわ》りこむ。

「主役《しゅやく》、不在《ふざい》かよ。王様《おうさま》にクラッカー撃《う》っても、意味《いみ》ねーじゃん。」

ぼやくように言《い》った美織君《みおりくん》に、火影君《ひかげくん》が微笑《ほほえ》んだ。

「そうでもないさ。早乙女《さおとめ》が帰《かえ》れたってことは、王様《おうさま》が早乙女《さおとめ》を奪還《だっかん》したってことだ。クラブZ《ゼータ》事務局《じむきょく》は、なかなか手《て》ごわい。それと交渉《こうしょう》して成功《せいこう》したんだから、その功績《こうせき》はクラッカーで称《たた》えられてもいいものだと思《おも》うよ。王様《おうさま》、よくやった！」

きれいな目《め》で見《み》つめられて、私《わたし》はちょっと照《て》れてしまった。

それほどでも・・・うふっ。

「経過《けいか》を話《はな》してよ。」

そう言《い》われて、私《わたし》はクラブZ《ゼータ》事務局《じむきょく》で起《お》こったことを報告《ほうこく》した。

そしてその次《つぎ》に、この教室《きょうしつ》で何《なに》が起《お》こっていたのかを聞《き》いたんだ。

だって早乙女君《さおとめくん》にクラッカーって、なぜ？

美織君《みおりくん》が、痛快極《つうかいきわ》まるといったような笑《え》みを浮《う》かべる。

「浩史先生《こうじせんせい》が理事長室《りじちょうしつ》に呼《よ》び出《だ》されたのは、知《し》ってってだろ。」

うん、心配《しんぱい》してたんだよ。

「その浩史先生《こうじせんせい》から、さっき電話《でんわ》があってさ、こう言《い》ってた。解雇《かいこ》を宣告《せんこく》されるに違《ちが》いないと思《おも》って覚悟《かくご》して行《い》ったら、理事長《りじちょう》は意外《いがい》にもご機嫌《きげん》だったたって。」

え？

「その訳《わけ》は、早乙女望《さおとめのぞみ》が半年前《はんとしまえ》に学校《がっこう》で描《か》いた絵《え》が、今年《ことし》の文部科学大臣賞《もんぶかがくだいじんしょう》に決《き》まったから、らしい。」

すごいっ！

「それで、理事長《りじちょう》の中《なか》で早乙女《さおとめ》の評価《ひょうか》が跳《は》ね上《あ》がったんだ。よく秀明《しゅうめい》に連《つ》れてきてくれたって浩《こう》史先生《じせんせい》に感謝《かんしゃ》してて、早乙女《さおとめ》がらみの今回《こんかい》のトラブルは、すべてなかったことにしたいって。」

ほんとっ!?

「浩史先生《こうじせんせい》は、このチャンスをとらえて理事長《りじちょう》とゆっくり話《はな》し、教育《きょういく》についての見解《けんかい》を合致《がっち》させるつもりらしい。今日《きょう》の授業《じゅぎょう》には参加《さんか》できないから、火影《ひかげ》の指示《しじ》に従《したが》ってくれってさ。あ、市《し》の教育長《きょういくちょう》も、早乙女《さおとめ》が賞《しょう》を受《う》けたことに驚《おどろ》いて、そんな才能《さいのう》ある子供《こども》なら、ぜひきちんと教育《きょういく》したいって言《い》ってるみたいだぜ。」

それ、かなり現金《げんきん》だよね。

「要《よう》するに、だ。」

若王子君《わかおうじくん》が吐《は》き出《だ》すようにつぶやく。

「自分《じぶん》で早乙女《さおとめ》の価値《かち》を見抜《みぬ》けなかった連中《れんちゅう》が、文部科学大臣賞受賞《もんぶかがくだいじんしょうじゅしょう》という世俗的《せぞくてき》でわかりやすい評価《ひょうか》でようやく気《き》が付《つ》いて、急《きゅう》に態度《たいど》を変《か》えたってことさ。くだらん。」

私《わたし》は、火影君《ひかげくん》に目《め》を向《む》けた。

「でも結果的《けっかてき》に、よかったと思《おも》わない？」

火影君《ひかげくん》はうなずく。

「賞《しょう》って、実力《じつりょく》だけじゃなくて運《うん》も左右《さゆう》するっていうからさ。今《いま》、辛《つら》い立場《たちば》にあるあいつにこういうことが起《お》こるのは、きっと神様《かみさま》の恵《めぐ》みだよ。」

誰《だれ》にとっても納得《なっとく》できる結論《けつろん》に持《も》っていくのは、まとめ役《やく》である火影君《ひかげくん》の得意技《とくいわざ》。

でも、ほんとによかったな。

そう思《おも》いながら私《わたし》は、はっとした。

ダメだ、よくない！

だって早乙女君《さおとめくん》は、これから悪《わる》い奴《やつ》になるつもりなんだもの。

止《と》めなきゃ！

## 23　7時間《じかん》の秘密《ひみつ》

「美織《みおり》、さっきからスマホ鳴《な》ってるぞ。」

若王子君《わかおうじくん》に言《い》われて、美織君《みおりくん》はズボンの後《うし》ろポケットに突《つ》っこんであったスマートフォンを引《ひ》き抜《ぬ》いた。

「なんだ、そのウザい着《ちゃく》メロ。」

冷笑《れいしょう》する若王子君《わかおうじくん》に、美織君《みおりくん》はスマートフォンを操作《そうさ》しながら答《こた》える。

「ロシア国歌《こっか》。」

え・・・なんでロシア？

「小塚《こづか》さんからメールだ。分析結果《ぶんせきけっか》が出《で》たって。」

私《わたし》は、息《いき》を詰《つ》める。

それは、早乙女君《さおとめくん》の7時間《じかん》の謎《なぞ》を解《と》くただ1つの手《て》がかりだった。

「読《よ》み上《あ》げるぜ。」

ものすごく真剣《しんけん》な気持《きも》ちで、私《わたし》は耳《みみ》を澄《す》ませる。

「あの埃《ほこり》の中《なか》からは、同室《どうしつ》にいた人間《にんげん》の行動《こうどう》を推定《すいてい》できるような物質《ぶっしつ》が2つ見《み》つかった。その1つは、アクリル絵《え》の具《ぐ》。」

あ、漂《ただよ》っていた絵《え》の具《ぐ》の匂《にお》いって、それだったんだ。

早乙女君《さおとめくん》は、やっぱりあの部屋《へや》で、絵《え》を描《か》いていたんだろうか。

「ほんの微量《びりょう》だから、チューブのキャップを締《し》める時《とき》に、そこについていた乾《かわ》いたものが床《ゆか》に落《お》ちたんだと思《おも》う。アクリル絵《え》の具《ぐ》は、速乾性《そっかんせい》で乾《かわ》きやすい。色《いろ》は、黒《くろ》と白《しろ》。」

それだけ？

黒《くろ》と白《しろ》の2色《しょく》じゃ、普通《ふつう》、絵《え》なんて描《か》けない。

ほかの色《いろ》も使《つか》っていたけれど、床《ゆか》に落《お》ちなかっただけかなぁ。

「2つ目《め》は、ABS樹脂《エービーエスじゅし》のカケラ。」

は？

「ABS《エービーエス》はアクリロニトリル、ブタジエン、スチレンの頭文字《かしらもじ》。それを合《あ》わせたABS樹脂《エービーエスじゅし》というのは、これらを材料《ざいりょう》にして合成《ごうせい》したプラスティックのこと。文具《ぶんぐ》や電化製品《でんかせいひん》に使《つか》われている。身近《みぢか》な物《もの》では、玩具《おもちゃ》のブロックとか、楽器《がっき》のリコーダーなどがABS樹脂製品《エービーエスじゅしせいひん》。」

ああ、そうなのかぁ。

「ゴミから検出《けんしゅつ》された物《もの》は、以上《いじょう》。」

私《わたし》は、途方《とほう》に暮《く》れてしまった。

だって2色《しょく》の絵《え》の具《ぐ》と樹脂《じゅし》から、早乙女君《さおとめくん》のしていたことを突《つ》き止《と》めるなんて・・・とても無《む》理《り》だ。

「そしてビニール袋《ぶくろ》に入《はい》っていた粉《こな》の方《ほう》は、鉛《なまり》。」

鉛《なまり》？

「形状《けいじょう》からして、研《と》いでいる時《とき》か、削《けず》っている時《とき》に出《で》た粉《こな》だと思《おも》う。」

ってことは、早乙女君《さおとめくん》は鉛《なまり》を研《と》ぐか、削《けず》るかしていて、その粉《こな》が飛《と》んで、そばに置《お》いてあった500円玉《えんだま》のくぼみに入《はい》ったってことだよね。

でも、何《なん》のために？

それでその後《あと》、段《だん》ボール箱《ばこ》を持《も》って早馬君《はゆまくん》の家《いえ》に行《い》って、部屋《へや》で黒《くろ》と白《しろ》の絵《え》の具《ぐ》を使《つか》い、AB《エービー》S樹脂《エスじゅし》の粉《こな》を落《お》として立《た》ち去《さ》ったんだ。

これって・・・どういう状況《じょうきょう》？

「これだけだと判断《はんだん》できないから、後《あと》で電話《でんわ》するって書《か》いてある。いくつか聞《き》きたいことがあるんだって。」

そう言《い》いながら美織君《みおりくん》は、スマートフォンから顔《かお》を上《あ》げる。

「けど電話《でんわ》くれても、俺《おれ》たち、これ以上《いじょう》、何《なん》も知《し》らなくね？」

うん、思《おも》いっきり、うんっ！

「あの、俺《おれ》、てんで話《はなし》、見《み》えてないんだけど・・・」

火影君《ひかげくん》の当惑《とうわく》したような声《こえ》に、ロシア国歌《こっか》が重《かさ》なった。

若王子君《わかおうじくん》が顔《かお》をしかめる。

「それ、超《ちょう》ウザ。」

その頭《あたま》を、美織君《みおりくん》がこづいて電話《でんわ》に出《で》た。

「はい、メール受《う》け取《と》りました。ありがとうございました。」

そう言《い》ってから、しばらく黙《だま》っていて、やがて私《わたし》たちに向《む》き直《なお》る。

「ゴミの分析《ぶんせき》は、何《なん》のためなのか教《おし》えてほしいって。なんだか心配《しんぱい》してるみたいだぜ。話《はな》しちゃっていい？」

若王子君《わかおうじくん》が即《そく》、答《こた》える。

「話《はな》せよ。そしたら火影《ひかげ》にもわかるから、ちょうどいいじゃん。」

それで美織君《みおりくん》が、全部《ぜんぶ》を話《はな》したんだ。

火影君《ひかげくん》も、考《かんが》えこんだ様子《ようす》で耳《みみ》を傾《かたむ》ける。

「で、その7時間《じかん》の間《あいだ》に何《なに》をしていたのかを知《し》りたいんです。」

話《はな》し終《お》えた美織君《みおりくん》は、また少《すこ》し黙《だま》りこみ、私《わたし》たちを見《み》た。

「他《ほか》に、早乙女《さおとめ》に関《かん》する情報《じょうほう》があれば、教《おし》えてって言《い》ってるけど、」

私《わたし》は手《て》を出《だ》し、スマートフォンを受《う》け取《と》った。

「立花《たちばな》です。早乙女君《さおとめくん》は、高《たか》い買《か》い物《もの》をしたって言《い》ってました。そして自分《じぶん》はこれから悪《わる》い奴《やつ》になるんだって、もう決心《けっしん》してるとも言《い》ったんです。」

火影君《ひかげくん》の顔《かお》が、すっと緊張《きんちょう》する。

「皆《みんな》で、とても心配《しんぱい》してます。何《なん》とかしなくちゃって思《おも》ってるんですけど、」

そう言《い》って私《わたし》は、口《くち》をつぐんだ。

小塚《こづか》さんはしばらく考《かんが》えていたようだったけれど、やがて静《しず》かに答《こた》える。

「早乙女君《さおとめくん》がした高《たか》い買《か》い物《もの》っていうのは、たぶん3D《スリーディー》プリンターだ。」

3D《スリーディー》プリンターって、立体《りったい》が複製《ふくせい》できる機械《きかい》だよね。

林檎《りんご》とかフィギュアとか、何《なん》でもできる。

自分《じぶん》が作《つく》りたい物《もの》のデータを入力《にゅうりょく》すると、その通《とお》りのものができてくるんだ。

「さっき言《い》ったABS樹脂《エービーエスじゅし》は、3D《スリーディー》プリンターで物《もの》を作《つく》る時《とき》のモデル材《ざい》や、サポート材《ざい》として使《つか》われている。部屋《へや》からABS樹脂《エービーエスじゅし》のカケラが出《で》たってことは、早乙女君《さおとめくん》が3D《スリーディー》プリンターで作《つく》ったものを持《も》ちこんだってことだ。そこからカケラが落《お》ちたんだよ。」

ああ段《だん》ボール箱《ばこ》に入《はい》っていたのは、きっとそれだったんだね。

「3D《スリーディー》プリンター用《よう》に売《う》っているモデル材《ざい》には、自分《じぶん》の好《す》きな色《いろ》を付《つ》けられる。着色《ちゃくしょく》は、アクリル絵《え》の具《ぐ》でできるんだ。」

じゃ色《いろ》を塗《ぬ》るために、家《いえ》に行《い》ったんだ。

「思《おも》い通《どお》りの仕上《しあ》がりにするには、同《おな》じ物《もの》をいくつか作《つく》って着色《ちゃくしょく》の練習《れんしゅう》をした方《ほう》がいい。それを入《い》れて持《も》ち運《はこ》ぶために、段《だん》ボール箱《ばこ》が必要《ひつよう》だったんだ。そして7時間《じかん》かけてようやく完成《かんせい》させた。」

なるほど。

「その時《とき》に使《つか》った絵《え》の具《ぐ》の色《いろ》は、黒《くろ》と白《しろ》。」

小塚《こづか》さんの声《こえ》は、しだいに緊張《きんちょう》する。

「前後《ぜんご》して早乙女君《さおとめくん》は、鉛《なまり》を削《けず》っている。かつ自分《じぶん》が悪《わる》い奴《やつ》になるとも言《い》っている。これらを総合《そうごう》して考《かんが》えると、早乙女君《さおとめくん》が3D《スリーディー》プリンターで作《つく》ったのは、」

そこでちょっと息《いき》をつき、それから一気《いっき》に言《い》った。

「おそらく、銃《じゅう》だ。」

私《わたし》は、目《め》が真《ま》ん丸《まる》っ！

「それをアクリル絵《え》の具《ぐ》で本物《ほんもの》の銃《じゅう》らしく着色《ちゃくしょく》した。ボディを黒《くろ》く塗《ぬ》り、白《しろ》を混《ま》ぜて灰色《はいいろ》を作《つく》って微妙《びみょう》な影《かげ》をつけたんだろう。鉛《なまり》を削《けず》ったのは、溶《と》かして銃弾《じゅうだん》を作《つく》るためだ。これは家《いえ》の台所《だいどころ》で、普通《ふつう》の鍋《なべ》でできる作業《さぎょう》なんだ。」

私《わたし》は想像《そうぞう》した、早乙女君《さおとめくん》が家《いえ》の台所《だいどころ》で1人《ひとり》で鉛《なまり》を削《けず》っているところ、鍋《なべ》に入《い》れてガスレンジにかけているところ、そしてそのそばに2日分《ふつかぶん》の生活費《せいかつひ》の500円玉《えんだま》が置《お》いてあるところ・・・。

背筋《せすじ》がゾクゾクした。

「3D《スリーディー》プリンターで作《つく》った銃《じゅう》でも、鉛《なまり》の弾丸《だんがん》を入《い》れれば殺傷能力《さっしょうのうりょく》はある。でも暴発《ぼうはつ》の危険《きけん》も大《おお》きくて、本人《ほんにん》にとっても危《あぶ》ないんだ。早《はや》く止《と》めないとマズいよ。早乙女君《さおとめくん》の家《いえ》、知《し》ってる？」

私《わたし》は皆《みな》に顔《かお》を向《む》けた。

「早乙女君《さおとめくん》が、銃《じゅう》と銃弾《じゅうだん》を作《つく》ってるみたい。誰《だれ》か、家《いえ》知《し》ってる？」

真《ま》っ先《さき》に火影君《ひかげくん》が身《み》をひるがえし、ドアから飛《と》び出《だ》した。

「おっ、あいつが知《し》ってるぞ。さすがバッテリー。火影《ひかげ》に続《つづ》けっ！」

叫《さけ》ぶ美織君《みおりくん》の脇《わき》をすり抜《ぬ》けて若王子君《わかおうじくん》が駆《か》け出《だ》していき、私《わたし》が続《つづ》く。

猛然《もうぜん》と廊下《ろうか》を走《はし》っていくと、向《む》こうからクラブZ《ゼータ》のメンバーが数人《すうにん》やってくるのが見《み》えた。

「おお、G《ジェイ》のガキども、ちょうどよかった。5月祭《メイディ》に使《つか》うドーナツについて依頼《いらい》にきたところだ。皆《みな》、教室《きょうしつ》に戻《もど》れ。」

ああ、1秒《びょう》を争《あらそ》うこんな時《とき》にっ！

イラッとしたのは私《わたし》ばかりじゃなかったらしく、先頭《せんとう》にいた火影君《ひかげくん》は、メンバーを無視《むし》してその脇《わき》をすらっと通過《つうか》する。

驚《おどろ》き怒《おこ》るメンバーを見《み》ながら、若王子君《わかおうじくん》が私《わたし》を振《ふ》り返《かえ》った。

「あのさ、」

そう言《い》いながら私《わたし》の背中《せなか》に腕《うで》を回《まわ》し、もう一方《いっぽう》の腕《うで》で脚《あし》を掬《すく》い上《あ》げる。

わ、お姫様《ひめさま》ダッコ！

「目《め》、つぶってていいから。」

私《わたし》を抱《だ》きかかえたまま廊下《ろうか》に立《た》ちふさがっているメンバーに突進《とっしん》、素早《すばや》く足払《あしばら》いして倒《たお》しつつ、その背後《はいご》に出《で》た。

「美織《みおり》、後《あと》は任《まか》せた。」

後《うし》ろで美織君《みおりくん》の、悲鳴《ひめい》のような声《こえ》が上《あ》がる。

「バカヤロー、勝手《かって》に任《まか》せんじゃねーっ！」

# 24 すべては、このために！

その悲痛《ひつう》な叫《さけ》びに耳《みみ》も貸《か》さず、火影君《ひかげくん》も若王子君《わかおうじくん》も走《はし》り続《つづ》けて、やがて1軒《けん》のアパートの前《まえ》で足《あし》を止《と》めた。

それは駅《えき》の裏側《うらがわ》で、まだ再開発《さいかいはつ》のされていない高架下《こうかした》にある建物《たてもの》だった。

「この2階《かい》だよ。俺《おれ》、行《い》ってくる。」

鉄骨《てっこつ》の階段《かいだん》を早足《はやあし》で上《のぼ》っていくその姿《すがた》を見《み》ながら、私《わたし》は思《おも》い出《だ》した。

早乙女君《さおとめくん》は確《たし》か、これから用事《ようじ》があるって言《い》っていたんだ。

いないかもしれない！

「用事《ようじ》があるみたいだったけど。」

そう言《い》うと、若王子君《わかおうじくん》は、わずかに片目《かため》を細《ほそ》めた。

「その用事《ようじ》って、銃《じゅう》を使《つか》う用事《ようじ》とか？」

ドキッ！

ああ、そんなことじゃありませんように！

「ダメだ。」

声《こえ》とともに、階段《かいだん》の上《うえ》に火影君《ひかげくん》が姿《すがた》を現《あらわ》す。

「家《いえ》にいるのは、弟《おとうと》みたいな幼稚園児《ようちえんじ》だけだ。」

それって、あの子《こ》かも。

私《わたし》は急《いそ》いで階段《かいだん》を上《のぼ》った。

「どの部屋《へや》？」

火影君《ひかげくん》は、廊下《ろうか》の真《ま》ん中《なか》あたりにあるドアを親指《おやゆび》で指《さ》す。

後《うし》ろからやってきた若王子君《わかおうじくん》が、私《わたし》たちの脇《わき》をスルッと通《とお》り過《す》ぎた。

「ちょうどいいじゃないか。押《お》し入《い》って家《いえ》ん中《なか》捜《さが》して、証拠《しょうこ》上《あ》げようぜ。」

私《わたし》は、あわてて追《お》いかける。

「おい、早乙女《さおとめ》いるか？」

若王子君《わかおうじくん》が声《こえ》をかけると、ドアがわずかに開《ひら》いた。

中《なか》から顔《かお》を出《だ》したのは、やっぱり、私《わたし》がこの間見《あいだみ》かけたあの子《こ》だった。

「いませんが・・・」

若王子君《わかおうじくん》は、そのドアを強引《ごういん》に押《お》し開《ひら》き、中《なか》に入《はい》りこんでいく。

「あ、あのぅ・・・」

驚《おどろ》いている園児《えんじ》には目《め》もくれず、ズンズン入《はい》っていってやがて奥《おく》の方《ほう》から声《こえ》を上《あ》げた。

「3D《スリーディー》プリンター発見《はっけん》っ！」

あったんだ！

「どっかに銃《じゅう》のサンプルもあるはずだ。捜《さが》そうぜ。火影《ひかげ》、入《はい》ってこいっ！」

若王子君《わかおうじくん》に言《い》われて、火影君《ひかげくん》も踏《ふ》みこんでいく。

園児《えんじ》は、どうしていいのかわからないといったようにうろたえていた。

私《わたし》は、その子《こ》の前《まえ》にしゃがみこむ。

「私《わたし》のこと、覚《おぼ》えてる？」

園児《えんじ》は、じいっとこちらを見《み》つめ、やがてほっとしたように頬《ほお》をゆるめた。

「あ、ノゾの彼女《かのじょ》だね。」

は・・・すごく違《ちが》うけど。

「隠《かく》さなくてもいいよ。ノゾがそう言《い》ってたもん。」

ああ早乙女君《さおとめくん》っ、幼気《いたいけ》な幼子《おさなご》になんというウソを！

「あの時《とき》は、デートの邪魔《じゃま》してごめんね。」

えっと、この問題《もんだい》、当面《とうめん》スルーしておこう、それどころじゃないし。

「早乙女君《さおとめくん》、どこに行《い》ったの？」

私《わたし》が聞《き》くと、園児《えんじ》は、目《め》を伏《ふ》せた。

「僕《ぼく》のママを取《と》り戻《もど》しにいったんだ。」

え？

「僕《ぼく》のママ、ノゾのママと同《おな》じ宗教団体《しゅうきょうだんたい》に入《はい》ってるの。」

あ、そういうつながりだったのか。

「でもあまりお金《かね》を寄付《きふ》しないから、家《いえ》に帰《かえ》してもらえなくなったんだ。夜中《よなか》まで寄付《きふ》を集《あつ》めるんだって。もう1か月《げつ》も帰《かえ》ってこない。それをノゾに話《はな》したら、おまえみたいな小《ちい》さな子《こ》を放《ほう》り出《だ》させておく宗教集団《しゅうきょうしゅうだん》なんか許《ゆる》せないって。俺《おれ》がそのうち決着《けっちゃく》をつけてやるって言《い》ってたんだけど、さっき、ようやく準備《じゅんび》が整《ととの》ったから連《つ》れ戻《もど》しに行《い》くって言《い》って、出《で》ていったんだ。」

私《わたし》は、声《こえ》が震《ふる》えないように喉《のど》に力《ちから》をこめた。

「もしかして、銃《じゅう》を持《も》っていった？」

園児《えんじ》は、コックリ首《くび》を縦《たて》に振《ふ》る。

「これで脅《おど》せば一発《いっぱつ》だって。一番《いちばん》よくできてるのを持《も》ってったんだ。」

その時《とき》、私《わたし》にはようやくわかった、早乙女君《さおとめくん》の行動《こうどう》のすべては、このためだったのだということが。

トトカルチョでお金《かね》を作《つく》り3D《スリーディー》プリンターを買《か》ったのも、7時間《じかん》も部屋《へや》にこもっていたのも、このためだったんだ。

自分《じぶん》が犯罪者《はんざいしゃ》になるつもりだったから、発覚《はっかく》した時《とき》に誰《だれ》にも迷惑《めいわく》がかからないように、あらゆる人《ひと》から遠《とお》ざかろうとした。

私《わたし》に近《ちか》づくなって言《い》ったのも、特別《とくべつ》ゼミナールで反抗的《はんこうてき》な態度《たいど》を取《と》ったのも、G教室《ジェイきょうしつ》から逃亡《とうぼう》したのも、BB《ビービー》の退団届《たいだんとどけ》を出《だ》したのも全部《ぜんぶ》、自分《じぶん》を皆《みんな》から切《き》り離《はな》すつもりだったからだ。

そういうのって、すごく早乙女君《さおとめくん》らしいなと、私《わたし》は思《おも》った。

だって早乙女君《さおとめくん》は、困《こま》っていた私《わたし》に、自分《じぶん》の500円玉《えんだま》をくれるような人《ひと》だもの。

あれは、ただの500円玉《えんだま》じゃなかった。

早乙女君《さおとめくん》の2日間《ふつかかん》を支《ささ》えるすべてだったんだ。

それを軽《かる》く、しかもさりげなく差《さ》し出《だ》すことのできるような、ものすごく強《つよ》くて、ものすごく優《やさ》しい人《ひと》なんだもの。

「あったぜ、銃《じゅう》のサンプル。」

そう言《い》いながら火影君《ひかげくん》が、リンゴと書《か》いてある段《だん》ボール箱《ばこ》を持《も》って出《で》てくる。

中《なか》には、たくさんの銃《じゅう》が入《はい》っていた。

後《うし》ろからついてきた若王子君《わかおうじくん》が、皮肉《ひにく》な笑《え》みを浮《う》かべる。

「全部《ぜんぶ》で27丁《ちょう》。早乙女《さおとめ》が持《も》っていったのも含《ふく》めれば、28だ。7時間《じかん》かかってるから、1丁《ちょう》当《あ》たり15分《ふん》だな。手際《てぎわ》は悪《わる》くない。でも、これじゃ実射《じっしゃ》は無理《むり》だな。」

そんなこと、言《い》ってる場合《ばあい》じゃない気《き》がするのは、私《わたし》だけ？

「取《と》りあえず、これ、バラしとこう。若《わか》、手伝《てつだ》え。」

作業《さぎょう》を始《はじ》める2人《ふたり》に背《せ》を向《む》けて、私《わたし》は身《み》をかがめ、園児《えんじ》を見《み》つめた。

「あなたのママが今《いま》どこにいるのか、早乙女君《さおとめくん》は知《し》ってるの？」

園児《えんじ》は、大《おお》きくうなずく。

「ママは、遠野町《とおのちょう》にある宗教団体《しゅうきょうだんたい》の会館《かいかん》に泊《と》まりこんでるんだ。」

遠野町《とおのちょう》は、この市《し》の郊外《こうがい》で、国道沿《こくどうぞ》いに大型電器店《おおがたでんきてん》や書店《しょてん》、ファーストフーズやファミリーレストランが建《た》ち並《なら》んでいる地域《ちいき》だった。

そこから高速道路《こうそくどうろ》の方《ほう》に行《い》くと、アウトレットモールもある。

「宿泊者《しゅくはくしゃ》は、自由《じゆう》に外《そと》に出《で》られない決《き》まりだよ。ノゾは、銃《じゅう》を持《も》ってそこに乗《の》りこむつもりなんだ。」

大変《たいへん》だっ！

早《はや》く止《と》めないと、早乙女君《さおとめくん》が犯罪者《はんざいしゃ》になる!!

「いつ頃出《ごろで》ていったの？」

火影君《ひかげくん》が聞《き》き、園児《えんじ》はちょっと考《かんが》えてから答《こた》えた。

「いつも見《み》てるアニメが始《はじ》まる時間《じかん》だったから、今《いま》から30分《ぷん》くらい前《まえ》かな。自転車《じてんしゃ》借《か》りてったよ。」

若王子君《わかおうじくん》が、あきらめたような息《いき》をつく。

「じゃ、もう会館《かいかん》の近《ちか》くまで行《い》ってるぜ。今《いま》から追《お》いかけても遅《おそ》すぎる。間《ま》に合《あ》わないな。」

そんなっ！

「こっちが現場《げんば》に向《む》かってる間《あいだ》に、早乙女《さおとめ》は突入《とつにゅう》しちまうよ。」

どーしよう!?

私《わたし》は必死《ひっし》に考《かんが》え、思《おも》いついた。

「早乙女君《さおとめくん》のスマホに電話《でんわ》して、説得《せっとく》しよう！」

火影君《ひかげくん》と若王子君《わかおうじくん》が、そろって首《くび》を横《よこ》に振《ふ》る。

「ここまできたら、言葉《ことば》で止《と》めても止《と》まらないよ。」

「せめて面突《つらつ》き合《あ》わせて、目《め》を見《み》て話《はな》さないとダメだ。」

じゃ私《わたし》たちは、このまま早乙女君《さおとめくん》が犯罪者《はんざいしゃ》になるのを見《み》てるしかないのっ!?

「警察《けいさつ》に通報《つうほう》しよう。」

そう言《い》ったのは、火影君《ひかげくん》だった。

「密告《みっこく》するようで気《き》が進《すす》まないけど、でも背《せ》に腹《はら》は代《か》えられない。1人《ひとり》で施設《しせつ》を襲撃《しゅうげき》しても、勝算《しょうさん》はない。きっと捕《つか》まるからさ。そのくらいなら、事前《じぜん》に捕《つか》まえてもらった方《ほう》がいい。」

常《つね》に全体《ぜんたい》に目《め》を配《くば》っている火影君《ひかげくん》らしい、冷静《れいせい》な判断《はんだん》だった。

「そうすれば未遂《みすい》ですむから、罪《つみ》も重《おも》くはならないよ。」

私《わたし》は、その意見《いけん》に靡《なび》きかけた。

そのとき、若王子君《わかおうじくん》が首《くび》を横《よこ》に振《ふ》ったんだ。

「そいつは、俺《おれ》たちらしくないだろ。犯罪《はんざい》を消《け》す、それが俺《おれ》たちのやり方《かた》のはずじゃん。」

自信《じしん》に満《み》ちた笑《え》みを浮《う》かべながら、私《わたし》と火影君《ひかげくん》を見《み》る。

「消《け》そうぜ、この襲撃《しゅうげき》。」

どうやってっ!?

# 25　ただ1つの方法《ほうほう》

「方法《ほうほう》は、ただ1つだ。」

若王子君《わかおうじくん》の目《め》が、冷《ひ》ややかにきらめく。

「早乙女《さおとめ》に、自主的《じしゅてき》に戻《もど》ってきてもらうこと。襲撃《しゅうげき》をあきらめてさ。」

それは、先《さき》に私《わたし》が言《い》ったことだった。

「だから本人《ほんにん》を説得《せっとく》しようって、さっき言《い》ったでしょ。」

すると若王子君《わかおうじくん》は、軽蔑《けいべつ》するような眼差《まなざし》を私《わたし》に向《む》けた。

「あのさぁ、説得《せっとく》なんかじゃ止《と》まらないって、さっき言《い》ったろ。そんな生《なま》ぬるいやり方《かた》じゃだめだ。もっと感情《かんじょう》に訴《うった》えないと。」

そう言《い》いながら火影君《ひかげくん》を見《み》る。

「火影《ひかげ》、王様《おうさま》をぶっ倒《たお》してみるってのは、どう？」

はっ!?

訳《わけ》がわからなくて私《わたし》がアタフタしていると、若王子君《わかおうじくん》は火影君《ひかげくん》と目配《めくばせ》をし合《あ》い、園児《えんじ》に向《む》き直《なお》った。

「よく聞《き》けよ。3D《スリーディー》プリンターで作《つく》ったあの銃《じゅう》は玩具《おもちゃ》じゃないけど、本物《ほんもの》でもないし、爆発《ばくはつ》する危険《きけん》もある。そうなると、それを持《も》っている早乙女《さおとめ》が一番《いちばん》、被害《ひがい》を受《う》けるだろ。」

園児《えんじ》は震《ふる》え上《あ》がった。

「そんなっ！　僕《ぼく》のために、ノゾがそんなことになるなんてダメだよ。」

火影君《ひかげくん》が、続《つづ》ける。

「ここはひとまず、早乙女《さおとめ》を止《と》めた方《ほう》がいいと思《おも》うが、どうだろう。君《きみ》の母親《ははおや》を取《と》り戻《もど》すことは、他《ほか》の手段《しゅだん》でもできるからさ。協力《きょうりょく》してくれないか？」

園児《えんじ》は、すぐさまうなずいた。

「僕《ぼく》、何《なん》でもする。何《なに》をすればいいの？」

火影君《ひかげくん》は、慎重《しんちょう》に園児《えんじ》の顔《かお》をのぞきこむ。

「早乙女《さおとめ》のスマホ番号《ばんごう》、知《し》ってるよね？　そこに電話《でんわ》して、こう言《い》ってほしいんだ。立花《たちばな》さんが今《いま》、突然《とつぜん》、倒《たお》れて、ノゾを呼《よ》んでるって。立花《たちばな》っていうのは、この人《ひと》のことだよ。」

火影君《ひかげくん》に指差《ゆびさ》されて、私《わたし》は唖然《あぜん》とした。

だって、それでどーして、この窮地《きゅうち》が切《き》り抜《ぬ》けられるわけ!?

「わかった。」

園児《えんじ》は、自分《じぶん》のスマホを出《だ》す。

「急《いそ》げ。早乙女《さおとめ》は襲撃《しゅうげき》に備《そな》えて電源《でんげん》を切《き》るはずだ。その前《まえ》につなぐんだ。皆《みんな》に聞《き》こえるように、スピーカーフォンにしろ。」

操作《そうさ》する園児《えんじ》を見《み》ながら私《わたし》は、自分《じぶん》より小《ちい》さなこの子《こ》が、スマートフォンに精通《せいつう》していることに驚《おどろ》いた。

私《わたし》なんか、全然知《ぜんぜんし》らないのに。

やっぱ現代《げんだい》っ子《こ》なんだなぁ。

「つながったよ。」

園児《えんじ》の言葉《ことば》に重《かさ》ねるように、スマートフォンから早乙女君《さおとめくん》の声《こえ》が流《なが》れ出《で》る。

「何《なん》だよ。」

ものすごく苛立《いらだ》っていた。

「忙《いそが》しいんだ。今《いま》、電源切《でんげんき》ろうとしてたとこだぜ。」

わ、危機一髪《ききいっぱつ》っ！

「ごめん。あのね、この間《あいだ》ノゾが彼女《かのじょ》だって言《い》っていた立花《たちばな》さんが倒《たお》れたんだよ。急病《きゅうびょう》かもしれない。で、ノゾのこと、呼《よ》んでるんだ。でも僕《ぼく》、どうしていいのかわからなくって。早《はや》く来《き》て！」

そんなことで早乙女君《さおとめくん》が来《く》るなんて、私《わたし》には思《おも》えなかった。

だって病気《びょうき》なら、救急車呼《きゅうきゅうしゃよ》べば、それですむもの。

「どこだよ！」

電話《でんわ》の向《む》こうで、早乙女君《さおとめくん》の声《こえ》が尖《とが》る。

「場所《ばしょ》はっ!?」

園児《えんじ》は、どこにすればいいのかわからなかったらしく、火影君《ひかげくん》に目《め》を向《む》けた。

火影君《ひかげくん》は親指《おやゆび》を下《した》に向《む》け、この部屋《へや》を示《しめ》す。

「ノゾんちだよ。僕《ぼく》がいたら、訪《たず》ねてきたんだ。」

瞬間《しゅんかん》、早乙女君《さおとめくん》の叩《たた》きつけるような声《こえ》がした。

「すぐ行《い》くっ！」

来《く》るんだ・・・。

「救急車《きゅうきゅうしゃ》、呼《よ》んどけっ!!」

プツンと電話《でんわ》が切《き》れ、若王子君《わかおうじくん》がニヤッと笑《わら》う。

「よし。これで早乙女《さおとめ》は、U《ユー》ターンだ。会館《かいかん》への突入《とつにゅう》は避《さ》けられた。」

私《わたし》が考《かんが》えていたのは、もっと別《べつ》のことだった。

つまり早乙女君《さおとめくん》は、ここに来《く》るんだよね。

そしたら、倒《たお》れていない私《わたし》は、いったいどうすればいいわけ？

「あの・・・私《わたし》、倒《たお》れてるフリなんかするの？」

そう聞《き》くと、若王子君《わかおうじくん》が何《なん》でもなさそうに答《こた》えた。

「必要《ひつよう》ない。ただ看板《かんばん》を持《も》って立《た》っていればいいだけだ。」

看板《かんばん》？

「今《いま》、俺《おれ》が作《つく》ってやる、《ドッキリ》って大《おお》きく書《か》いたやつ。」

それ、思《おも》いっきり怒《おこ》られるからっ！

「まんまでいいよ。」

火影君《ひかげくん》が穏《おだ》やかな笑《え》みを浮《う》かべ、段《だん》ボール箱《ばこ》を抱《かか》え上《あ》げる。

「ちゃんと訳《わけ》を話《はな》せば、わかってくれるさ。家《いえ》の前《まえ》でお出迎《でむか》えしようぜ。」

それで私《わたし》たちは部屋《へや》を出《で》て、階段《かいだん》を降《お》り、その下《した》に並《なら》んだ。

「でもさ、」

若王子君《わかおうじくん》が片目《かため》をつぶる。

「ちょっとは、からかってやんない？　そのくらい、いいだろ。王様《おうさま》、火影《ひかげ》の後《うし》ろに隠《かく》れてな。」

私《わたし》は、すぐ火影君《ひかげくん》の背中《せなか》に隠《かく》れた。

からかうつもりなんかじゃなくて、早乙女君《さおとめくん》と真面《まとも》に向《む》き合《あ》うのが恐《こわ》かったから。

さっきの電話《でんわ》の様子《ようす》からして、これが嘘《うそ》だとわかったら、すっごく怒《おこ》るに決《き》まってるもの。

息《いき》が詰《つ》まる思《おも》いで待《ま》っていると、やがて道《みち》の角《かど》から早乙女君《さおとめくん》の姿《すがた》が現《あらわ》れる。

猛《もう》スピードで自転車《じてんしゃ》を走《はし》らせてきて、立《た》っている火影君《ひかげくん》と若王子君《わかおうじくん》の姿《すがた》をとらえるなり、ピタリと停《と》まった。

遠《とお》くからでもわかるほどはっきり、チッと舌打《したう》ちし、自転車《じてんしゃ》を倒《たお》しながら飛《と》び降《お》りて、ゆっくりとこちらに歩《あゆ》み寄《よ》ってくる。

「どけっ！」

荒《あら》い息《いき》で肩《かた》を大《おお》きく上下《じょうげ》させながら、真剣《しんけん》な光《ひかり》をたたえた目《め》で2人《ふたり》をにらみ回《まわ》した。

「俺《おれ》は、立花《たちばな》に会《あ》いにきたんだ。どこだ!?」

にらみすえられて、私《わたし》はそれ以上《いじょう》隠《かく》れていられなくなり、火影君《ひかげくん》の体《からだ》の横《よこ》に出《で》た。

早乙女君《さおとめくん》は一瞬《いっしゅん》、目《め》を見開《みひら》き、それからツカツカと私《わたし》の方《ほう》に歩《ある》いてくる。

私《わたし》は恐《こわ》くなったけれど、逃《に》げちゃいけないと思《おも》って頑張《がんば》った。

早乙女君《さおとめくん》は、私《わたし》の前《まえ》で足《あし》を止《と》める。

「おまえねえ！」

大声《おおごえ》で言《い》いながら両手《りょうて》を伸《の》ばし、私《わたし》の両肩《りょうかた》にバンと載《の》せた。

私《わたし》は、ビクッとする。

できるものなら逃《に》げ出《だ》したかった。

でも早乙女君《さおとめくん》が、その両手《りょうて》で私《わたし》の肩《かた》をギュッとつかんでいたから動《うご》けなかったんだ。

「ざけんじゃねーよ。」

早乙女君《さおとめくん》は、乱《みだ》れた息《いき》を繰《く》り返《かえ》しながら顔《かお》を伏《ふ》せる。

くせのない髪《かみ》がサラサラとこぼれ落《お》ち、その表情《ひょうじょう》を隠《かく》した。

「俺《おれ》、すっげえ心配《しんぱい》したんだぜ、何《なん》の病気《びょうき》なのかって。」

そう言《い》いながら上《あ》げた顔《かお》に、汗《あせ》がにじんでいる。

「でも、ほんとは元気《げんき》なんだろ？　そうだよな!?　そうだって言《い》えよ。」

睫毛《まつげ》の先《さき》が届《とど》きそうなほど近《ちか》くから、真《ま》っ直《す》ぐに見《み》つめられて私《わたし》がうなずくと、早乙女君《さおとめくん》は
ふっと笑《わら》った。

「よかった！」

心《こころ》にしみこむような、きれいな笑顔《えがお》だった。

私《わたし》は胸《むね》を突《つ》かれ、言葉《ことば》が出《で》なかった。

ごめんねって言《い》わなくちゃいけなかったのに、心《こころ》が震《ふる》えて、何《なに》か言《い》ったら泣《な》いてしまいそうだったんだ。

「じゃ、おまえのことは、これで終《お》わりね。」

私《わたし》の肩《かた》から両手《りょうて》をどけ、早乙女君《さおとめくん》は若王子君《わかおうじくん》の方《ほう》に向《む》き直《なお》る。

「何《なん》のまねだよ。チビ使《つか》いやがって。俺《おれ》の邪魔《じゃま》して、おもしれーのか。」

若王子君《わかおうじくん》は、冷《ひ》ややかな笑《え》みを浮《う》かべた。

「怒《おこ》んなよ、早乙女《さおとめ》。むしろ感謝《かんしゃ》してもらいたいな。おまえは、犯罪者《はんざいしゃ》にならずにすんだんだぜ。」

そう言《い》いながら火影君《ひかげくん》が持《も》っていた段《だん》ボール箱《ばこ》から、バラバラになった銃《じゅう》をつかみ出《だ》して見《み》せる。

「あと1丁《ちょう》、持《も》ってるだろ。こっちに渡《わた》せ。」

早乙女君《さおとめくん》は、無言《むごん》で身《み》をひるがえした。

そのまま自転車《じてんしゃ》のところまで歩《ある》いていき、倒《たお》してあったそれを引《ひ》き起《お》こす。

とっさに火影君《ひかげくん》が段《だん》ボール箱《ばこ》を放《ほう》り出《だ》し、駆《か》け寄《よ》って自転車《じてんしゃ》の前《まえ》に回《まわ》りこんだ。

「そんなことしなくても、方法《ほうほう》は他《ほか》にあるだろ。協力《きょうりょく》するから、考《かんが》え直《なお》せ。」

早乙女君《さおとめくん》は、突《つ》き放《はな》すように笑《わら》う。

「俺《おれ》は決《き》めたんだ。もう戻《もど》れねーよ。」

私《わたし》も、急《いそ》いでそばに寄《よ》った。

「戻《もど》れるよ。」

早乙女君《さおとめくん》は驚《おどろ》き、私《わたし》を見《み》る。

私《わたし》は、その目《め》の中《なか》に踏《ふ》みこむように言《い》った。

「誰《だれ》だって、どこからだって戻《もど》ってこられる、戻《もど》ろうとさえ思《おも》えば。私《わたし》、早乙女君《さおとめくん》に戻《もど》ってきてほしいんだ。」

早乙女君《さおとめくん》の目《め》の中《なか》で、心《こころ》がグラッと揺《ゆ》れるのが見《み》えた。

階段《かいだん》の上《うえ》から園児《えんじ》が叫《さけ》ぶ。

「ノゾ、やめて。僕《ぼく》、ママがいなくてもノゾがいてくれるだけで充分《じゅうぶん》だよ。お願《ねが》いだから、僕《ぼく》の言《い》うことを聞《き》いて。」

早乙女君《さおとめくん》は大《おお》きな息《いき》をつき、肩《かた》から力《ちから》を抜《ぬ》いた。

「おまえたち、ほんと、チームワーク抜群《ばつぐん》な。」

半《なか》ばチャカすように笑《わら》いかけた早乙女君《さおとめくん》に、私《わたし》は自分《じぶん》の思《おも》いを届《とど》けたくて必死《ひっし》になった。

「早乙女君《さおとめくん》も、もうそのチームの一員《いちいん》だよ。」

早乙女君《さおとめくん》は、ふっと笑《え》みを消《け》す。

問《と》い質《ただ》すように私《わたし》を見《み》るその眼差《まなざし》の奥《おく》で、心《こころ》が大《おお》きく揺《ゆ》れていた。

私《わたし》は、体中《からだじゅう》の力《ちから》と気持《きも》ちをこめて、早乙女君《さおとめくん》の心《こころ》を自分《じぶん》の方《ほう》に引《ひ》っ張《ぱ》ろうとした。

「G教室《ジェイきょうしつ》の生徒《せいと》は皆《みな》、チームメイトだよ。私《わたし》たち、早乙女君《さおとめくん》と一緒《いっしょ》にやっていきたいと思《おも》っている。野球《やきゅう》や絵《え》に熱中《ねっちゅう》する早乙女君《さおとめくん》を見《み》たいんだ。きっと素敵《すてき》だし、そこから私《わたし》たちが教《おそ》わることもあると思《おも》う。私《わたし》たちのところに戻《もど》ってきてよ。」

早乙女君《さおとめくん》の目《め》の奥《おく》で、揺《ゆ》れていた心《こころ》が大《おお》きく傾《かたむ》き、グルッと反転《はんてん》する。

その瞬間《しゅんかん》、若王子君《わかおうじくん》が飛《と》びついて脚《あし》をさらい、早乙女君《さおとめくん》をひっくり返《かえ》した。

「火影《ひかげ》、銃《じゅう》、取《と》れっ！」

叫《さけ》びながら早乙女君《さおとめくん》の体《からだ》にのしかかり、その腕《うで》を逆手《ぎゃくて》にとって背中《せなか》にねじり上《あ》げながら、片足《かたあし》で顔《かお》を踏《ふ》みつける。

「早《はや》くっ！」

あまりの早業《はやわざ》に啞然《あぜん》としていた火影君《ひかげくん》が、はっと我《われ》に返《かえ》って走《はし》り寄《よ》り、早乙女君《さおとめくん》の体《からだ》を探《さぐ》ってジャケットの内《うち》ポケットから銃《じゅう》をつかみ出《だ》した。

「よし、壊《こわ》せっ！」

火影君《ひかげくん》は銃《じゅう》から弾《たま》を抜《ぬ》くと、力《ちから》をこめてコンクリートの電柱《でんちゅう》に投《な》げつける。

銃《じゅう》は激突《げきとつ》し、ブロックが壊《こわ》れるような高《たか》い音《おと》を立《た》てて2つに割《わ》れ、地面《じめん》に落《お》ちた。

「オッケ。」

若王子君《わかおうじくん》は、満足《まんぞく》そうに早乙女君《さおとめくん》の上《うえ》から体《からだ》を起《お》こす。

「使《つか》える銃《じゅう》は、もうないぜ。ご苦労《くろう》さん。」

早乙女君《さおとめくん》は大《おお》きな息《いき》をつき、そのまま寝返《ねがえ》りを打《う》って空《そら》を仰《あお》いだ。

片腕《かたうで》を上《あ》げて両眼《りょうめ》をおおい、砂《すな》のついた唇《くちびる》からつぶやきをこぼす。

「ちっきしょう・・・」

火影君《ひかげくん》が歩《あゆ》み寄《よ》り、自分《じぶん》のズボンのポケットにねじこんであったボールを取《と》り出《だ》して早乙女君《さおとめくん》に握《にぎ》らせた。

「おまえの手《て》には、銃《じゅう》よりボールの方《ほう》が似合《にあ》うよ、絶対《ぜったい》。」

早乙女君《さおとめくん》は、そのボールを力《ちから》いっぱい火影君《ひかげくん》に叩《たた》きつける。

わ！

私《わたし》はあせったけれど、火影君《ひかげくん》は素早《すばや》くそれをキャッチ、寝《ね》ころんだままの早乙女君《さおとめくん》の胸《むね》の上《うえ》に押《お》し当《あ》てた。

「キャッチボールなら立《た》ってやろうぜ。ほら、立《た》てよ。」

早乙女君《さおとめくん》は渋々《しぶしぶ》、身《み》を起《お》こす。

不貞腐《ふてくさ》れた表情《ひょうじょう》だったけれど、火影君《ひかげくん》に肩《かた》を抱《だ》かれても、その手《て》を振《ふ》り払《はら》わなかった。

片手《かたて》では、ボールを握《にぎ》っている。

それを叩《たた》きつけそうな気配《けはい》はもう感《かん》じられず、私《わたし》はほっとした。

「ん、やっぱりボールが似合《にあ》うよ。」

若王子君《わかおうじくん》が、皮肉《ひにく》な口調《くちょう》で言《い》った。

「きっとドーナツも、似合《にあ》うだろう。」

私《わたし》は、はっと思《おも》い出《だ》す、自分《じぶん》たちがクラブZ《ゼータ》を無視《むし》して飛《と》び出《だ》してきたことを。

美織君《みおりくん》が1人《ひとり》、その場《ば》に留《とど》まったことも。

「急《いそ》いで帰《かえ》らないと、美織君《みおりくん》がピンチだっ！」

# 26　一生忘《いっしょうわす》れない

「不思議《ふしぎ》だったんだけどさ、」

Ζ《ゼータ》ビルに駆《か》けつけ、エレベーターに乗《の》ると、火影君《ひかげくん》が切《き》り出《だ》した。

「銃弾《じゅうだん》の材料《ざいりょう》にした鉛《なまり》って、どうやって手《て》に入《い》れたの？」

エレベーターの壁《かべ》に寄《よ》りかかっていた早乙女君《さおとめくん》は、肩《かた》をすくめる。

「うちの母親《ははおや》、国際線《こくさいせん》のクルーだったんだ。確《たし》かフランス行《い》った時《とき》だったと思《おも》うけど、土産《みやげ》にペーパーウエイトを買《か》ってきた。それ、鉛《なまり》１００％《パー》だったんだ。それを削《けず》って鍋《なべ》に入《い》れて、ガスの火《ひ》にかけただけ。」

若王子君《わかおうじくん》が眉《まゆ》を上《あ》げた。

「フランスには、鉛製品《なまりせいひん》って多《おお》いからな。俺《おれ》んちにもたくさんあるよ、灰皿《はいざら》とかさ。」

話《はなし》を聞《き》きながら、私《わたし》は大《おお》きな息《いき》をついた。

自分《じぶん》たちが消《け》した犯罪《はんざい》のことを考《かんが》えていたんだ。

本当《ほんとう》によかったと思《おも》うと同時《どうじ》に、早乙女君《さおとめくん》みたいに強《つよ》くて優《やさ》しい子《こ》でも、ちょっとしたきっかけで犯罪《はんざい》に手《て》を染《そ》めることがありうるんだと考《かんが》えると、気持《きも》ちが引《ひ》き締《し》まった。

だからこそ、私《わたし》たち犯罪消滅特殊部隊《はんざいしょうめつとくしゅぶたい》の活動《かつどう》に意義《いぎ》があるんだ、きっと。

「あの子《こ》の母親《ははおや》のことは、浩史先生《こうじせんせい》に頼《たの》もう。」

火影君《ひかげくん》が提案《ていあん》した。

「早乙女《さおとめ》の母親《ははおや》もそうだけど、子供《こども》の世話《せわ》をしないのは育児放棄《ネグレクト》だ。宗教団体《しゅうきょうだんたい》がそれに関《かか》わっているとなったら、大《おお》きな社会問題《しゃかいもんだい》になる。浩史先生《こうじせんせい》に話《はな》せば、いい解決方法《かいけつほうほう》を考《かんが》えてくれるだろうし、動《うご》いてもくれるよ。」

ん、浩史先生《こうじせんせい》なら絶対《ぜったい》だよ。

「きっと憎《にく》らしいほどパーフェクトにやるぜ。」

そう言《い》った若王子君《わかおうじくん》を見《み》ながら、早乙女君《さおとめくん》が首《くび》を傾《かし》げる。

「なんで信頼《しんらい》してんだ？」

私《わたし》たちは顔《かお》を見合《みあ》わせる。

「浩史先生《こうじせんせい》は優《すぐ》れた教育者《きょういくしゃ》で、自分《じぶん》の生徒《せいと》のためなら、何《なん》だってする人《ひと》だから。」

「ん！」

「異議《いぎ》なし。」

早乙女君《さおとめくん》は半信半疑《はんしんはんぎ》の表情《ひょうじょう》だったけれど、私《わたし》たちの言葉《ことば》に押《お》されたらしく、ポツリとつぶやいた。

「じゃ明日《あした》、相談《そうだん》してみっか。」

ああ、今度《こんど》こそ何《なに》もかもうまくいく！

そう感《かん》じて、私《わたし》はうれしかった。

「帰《かえ》ったぞ。」

若王子君《わかおうじくん》が叫《さけ》びながらG教室《ジェイきょうしつ》のドアを開《あ》ける。

中央《ちゅうおう》の机《つくえ》に、美織君《みおりくん》が腰《こし》かけていた。

スネた表情《ひょうじょう》で横《よこ》を向《む》きながら、ブラブラさせていた脚《あし》の片方《かたほう》を上《あ》げ、胸《むね》に抱《かか》えこむ。

「帰《かえ》ってこなくていい・・・」

私《わたし》は急《いそ》いでそばに歩《あゆ》み寄《よ》り、頭《あたま》を下《さ》げた。

「ご苦労様《くろうさま》でした。美織君《みおりくん》がクラブZ《ゼータ》を引《ひ》き受《う》けてくれたおかげで、私《わたし》たちは無事《ぶじ》に事件《じけん》を消《け》し、使命《しめい》を遂行《すいこう》することができました。ありがとうございました。」

そう言《い》ってから皆《みんな》を振《ふ》り返《かえ》る。

「全員《ぜんいん》、美織君《みおりくん》に感謝《かんしゃ》の礼《れい》！」

皆《みな》がいっせいに頭《あたま》を下《さ》げ、それで美織君《みおりくん》もようやく機嫌《きげん》を直《なお》した。

「クラブＺ《ゼータ》は、何《なん》だって？」

火影君《ひかげくん》に聞《き》かれて、美織君《みおりくん》は机《つくえ》から飛《と》び降《お》りる。

「５月祭《メイデイ》の中心《ちゅうしん》になる５月柱《メイポール》のそばにテーブルを出《だ》して、白《しろ》いテーブルクロスを敷《し》き、そこに５月《がつ》ドーナツを並《なら》べろってさ。貴賓《きひん》や来賓《らいひん》、ＯＢ客《オービーきゃく》を合《あ》わせて、合計《ごうけい》５００個《こ》。５月祭開始《メイデイかいし》の午前《ごぜん》10時《じ》にそろえろって。」

若王子君《わかおうじくん》が、高《たか》い口笛《くちぶえ》を吹《ふ》いた。

「相変《あいか》わらず、数《かず》、多《おお》いな。」

ん～、やっぱりって感《かん》じだぁ。

「指導員《しどういん》をつけるって言《い》うから、それは、断《ことわ》っといた。」

あ、そういえば、そういう話《はなし》になってたんだっけ。

「揚《あ》げ立《た》てを出《だ》せって言《い》ってるぜ。」

火影君《ひかげくん》が難《むずか》しそうな顔《かお》をする。

「じゃ作《つく》り置《お》きできないな。５月祭《メイデイ》の開催時間《かいさいじかん》から逆《ぎゃく》にはかって、製作《せいさく》をスタートさせるよりないってことか。若《わか》、５月《がつ》ドーナツを５００個作《こつく》るのに必要《ひつよう》な時間《じかん》は？」

若王子君《わかおうじくん》は腕《うで》を組《く》み、天井《てんじょう》を仰《あお》いだ。

「えっと基本的作業《きほんてきさぎょう》は、強力粉《きょうりきこ》と薄力粉《はくりきこ》に水《みず》やグラニュー糖《とう》なんかを混《ま》ぜてこね、生地《きじ》を作《つく》る。それを発酵《はっこう》させ、形《かたち》を作《つく》ってから2度目《どめ》の発酵《はっこう》をさせる。その後《あと》、揚《あ》げてバニラシュガーをまぶす、これだけ。」

ふむ。

「こねるときは、ミキサーの速度《そくど》を変《か》えて2度《ど》こねる。低速《ていそく》3分《ぷん》、プラス中速《ちゅうそく》3分《ぷん》。発酵《はっこう》が30分《ぷん》から40分《ぷん》。この後《あと》、花形《はながた》に作《つく》るが、これにかかる時間《じかん》は、おまえらの腕次第《うでしだい》。その後《あと》、30分発《ぷんはっ》酵《こう》、そして揚《あ》げてバニラシュガーをまぶす。バニラシュガーは、バニラビーンズをフードプロセッサーで粉末《ふんまつ》にし、グラニュー糖《とう》とまぜる。」

えっと発酵《はっこう》だけで、合計《ごうけい》1時間《じかん》から1時間《じかん》10分《ぷん》だよね。

こねるのは、6分《ぷん》。

花形《はながた》を作《つく》るのに、結構《けっこう》、時間《じかん》がかかるかも。

「揚《あ》げ時間《じかん》は、ドーナツ1つにつき、表《おもて》1分《ぷん》、裏《うら》1分《ぷん》だ。1度《ど》に10個揚《こあ》げられる鍋《なべ》を使《つか》った場合《ばあい》の合計揚《ごうけいあ》げ時間《じかん》は、はい王様《おうさま》、答《こた》えろ。」

えっと10個《こ》ずつ揚《あ》げるとすると、それを50回繰《かいく》り返《かえ》せば500個揚《こあ》がるから、裏表《うらおもて》の合計《ごうけい》2分《ふん》を50回分《かいぶん》で、計《けい》100分《ぷん》。

時間《じかん》に直《なお》すと、60で割《わ》って、1・666・・・あ、割《わ》れない！

「あの、1時間《じかん》と6分余《ぶんあまり》です。」

そう言《い》うと、皆《みな》が一気《いっき》に絶望《ぜつぼう》したような顔《かお》になった。

はて・・・。

「単位《たんい》、違《ちげ》えだろっ！」

早乙女君《さおとめくん》に怒鳴《どな》られて、ようやく思《おも》い出《だ》す。

時間単位《じかんたんい》で出《で》てくる小数点以下《しょうすうてんいか》は、60をかけないと分《ふん》にならないってことを。

私《わたし》は急《いそ》いで、1・66・・・の小数点以下《しょうすうてんいか》に60をかけ、単位《たんい》を調整《ちょうせい》した。

「えっと、1時間《じかん》と約《やく》40分《ぷん》です。」

若王子君《わかおうじくん》が、つくづく疲《つか》れるといったような目《め》で私《わたし》をにらみながら話《はなし》を元《もと》に戻《もど》す。

「つまり合計《ごうけい》2時間《じかん》46分《ぷん》から56分《ぷん》、プラス混《ま》ぜる時間《じかん》、花形《はながた》に作《つく》る時間《じかん》、バニラシュガーを作《つく》ってかける時間《じかん》、運《はこ》ぶ時間《じかん》だ。」

それらを火影君《ひかげくん》がまとめた。

「合計《ごうけい》4時間半《じかんはん》で、どう？」

その4時間半《じかんはん》を10時《じ》までにこなすわけだから、作業開始《さぎょうかいし》は、朝《あさ》の5時半《じはん》だよね。

「王様《おうさま》、当日《とうじつ》の朝《あさ》、キッチンを使《つか》えるように予約《よやく》しないと。」

あ、それに、キッチンの消耗品《しょうもうひん》使用申請書《しようしんせいしょ》も出《だ》さなくっちゃ。

５００個分《こぶん》の5月《がつ》ドーナツって、どのくらいの小麦粉《こむぎこ》を使《つか》うんだろう。

私《わたし》が自分《じぶん》のカバンからメモ用紙《ようし》を出《だ》し、シャーペンを握《にぎ》って若王子君《わかおうじくん》に向《む》き直《なお》ると、まだ聞《き》かない前《まえ》に返事《へんじ》が返《かえ》ってきた。

「5月《がつ》ドーナツを1個作《こつく》るのに必要《ひつよう》な生地《きじ》は、60グラム。」

へえ、丸《まる》めたら、鶏《にわとり》の卵《たまご》よりちょっと大《おお》きいくらいかも。

「５００個作《こつく》るとなると、生地《きじ》の量《りょう》は30キログラム。この生地《きじ》の割合《わりあい》は、薄力粉《はくりきこ》１に対《たい》して強力《きょうりき》粉《こ》２・３倍《ばい》、水《みず》１・７倍《ばい》、グラニュー糖《とう》０・４倍《ばい》、生《なま》イースト０・１３倍《ばい》、卵黄《らんおう》０・２６倍《ばい》、脱《だっ》脂粉乳《しふんにゅう》０・１３倍《ばい》、その他《た》だ。」

女《おんな》の子《こ》みたいな若王子君《わかおうじくん》の唇《くちびる》から流《なが》れ出《で》るすごい量《りょう》の数字《すうじ》を、私《わたし》は夢中《むちゅう》で書《か》きとめ、その他《た》と言《い》われた部分《ぶぶん》も具体的《ぐたいてき》に聞《き》き出《だ》し、使用申請書《しようしんせいしょ》に書《か》きこめるようにした。

「では、Ｚ《ゼータ》ビル事務局《じむきょく》とクラブＺ《ゼータ》事務局《じむきょく》への申請《しんせい》は、私《わたし》がします。各《かく》メンバーは、花形《はながた》ドーナツの作《つく》り方《かた》を訓練《くんれん》して、当日《とうじつ》、手早《てばや》く作《つく》れるようにしておいてください。」

私《わたし》がそう言《い》うと、美織君《みおりくん》が憂鬱《ゆううつ》そうにつぶやいた。

「俺《おれ》は、途中《とちゅう》までしか参加《さんか》できねーぜ。」

なんで？

「5月祭《メイデイ》には、ダンスがつきものらしい。モリスダンスってぇの。それを踊《おど》るためには音楽《おんがく》がいる。音楽隊《おんがくたい》がイギリスの伝承童謡《でんしょうどうよう》『マザーグース』の中《なか》の『桑《くわ》の周《まわ》りを回《まわ》ろうよ』を演奏《えんそう》するんだ。そのヴァイオリンを、俺《おれ》と上杉先輩《うえすぎせんぱい》が担当《たんとう》させられる。音合《おとあ》わせとリハーサルで、朝《あさ》8時半《じはん》に集合《しゅうごう》だ。」

そう言《い》って大《おお》きな溜《た》め息《いき》をついた。

「俺《おれ》のヴァイオリンは、神聖《しんせい》なんだ。大道芸人《だいどうげいにん》じゃあるまいし、たかがダンスのためになんか弾《ひ》けるか、って上杉先輩《うえすぎせんぱい》は言《い》ってる。俺《おれ》も、同意見《どういけん》だ。」

ん、確《たし》かに上杉先輩《うえすぎせんぱい》のヴァイオリンは、素敵《すてき》。

美織君《みおりくん》の音《おと》も、ね。

2人《ふたり》とも素晴《すば》らしい弾《ひ》き手《て》だから、ダンスなんかのバックじゃなくて、演奏《えんそう》そのものを聞《き》いてほしいって思《おも》うのは、当然《とうぜん》かも。

「モリスダンスって、ムーア人《じん》の戦《たたか》いの踊《おど》りだぜ。」

若王子君《わかおうじくん》が、黙《だま》っていられないといったように口《くち》を開《ひら》く。

「高《たか》いジャンプが特徴《とくちょう》で、リズムも激《はげ》しく、手《て》に剣《けん》を持《も》って打《う》ち合《あ》わせたりするんだ。13世紀頃《せいきごろ》イギリスに入《はい》ってきたと言《い》われていて、シェイクスピアの『ヘンリー6世《せい》』の第《だい》2部《ぶ》第《だい》3幕《まく》第《だい》1場《ば》にも、その話《はなし》が出《で》てくる。由緒正《ゆいしょただ》しく、古式《こしき》ゆかしく格調高《かくちょうたか》い民族舞踊《みんぞくぶよう》だ。」

それで美織君《みおりくん》は、かなり気分《きぶん》をよくしたようだった。

「だったら、まぁ、いいか。上杉先輩《うえすぎせんぱい》にも伝《つた》えとこ。」

話《はなし》が落《お》ち着《つ》き、火影君《ひかげくん》が締《し》めくくる。

「じゃ今日《きょう》は、これで解散《かいさん》にしよう。さっき王様《おうさま》が言《い》ったように、各自《かくじ》、花形《はながた》ドーナツを特訓《とっくん》しておくこと。」

若王子君《わかおうじくん》が、教室《きょうしつ》の隅《すみ》に置《お》いてある段《だん》ボール箱《ばこ》に目《め》を向《む》けた。

「あれ、どうすんの？」

そうだ、バラした銃《じゅう》を始末《しまつ》しないと。

「俺《おれ》が実家《じっか》に持《も》ってく。」

早乙女君《さおとめくん》がそう言《い》った。

「高温焼却炉《こうおんしょうきゃくろ》があるから、そこで燃《も》やすよ。アユにも心配《しんぱい》かけたから、謝《あやま》らないと。」

美織君《みおりくん》が、肘《ひじ》でこづく。

「誰《だれ》だよ、アユって。彼女《かのじょ》？」

早乙女君《さおとめくん》はクスッと笑《わら》い、私《わたし》に目《め》を向《む》けて、黙《だま》ってろよと合図《あいず》した。

「まぁね。よかったら、家来《うちこ》ない？　紹介《しょうかい》するし。」

「おー、行《い》く行《い》くっ！」

盛《も》り上《あ》がった美織君《みおりくん》と早乙女君《さおとめくん》を先頭《せんとう》にして、私《わたし》たちは教室《きょうしつ》を出《で》た。

早馬君《はゆまくん》の安心《あんしん》した顔《かお》を見《み》たかったから、私《わたし》も一緒《いっしょ》に行《い》くことにしたんだ。

外《そと》はすっかり夜《よる》で、空《そら》には所々《ところどころ》、星《ほし》が光《ひか》っていた。

駅前《えきまえ》の通《とお》りに出《で》て、肩《かた》を並《なら》べて歩《ある》く。

コンビニの前《まえ》に差《さ》しかかるたびに、私《わたし》は自分《じぶん》と早乙女君《さおとめくん》の出会《であ》いを思《おも》い出《だ》した。

きっと一生忘《いっしょうわす》れないような、私《わたし》がお婆《ばあ》さんになっても思《おも》い出《だ》すような、印象的《いんしょうてき》な出会《であ》いだった。

「俺《おれ》さ、」

早乙女君《さおとめくん》が足《あし》を止《と》め、私《わたし》を振《ふ》り返《かえ》る。

「もう雨《あめ》でなくても、優《やさ》しくなれるかも。」

え？

「さっき、おまえにいろいろ言《い》われて、自分《じぶん》の硬《かた》さや小《ちい》ささを思《おも》いっきり感《かん》じたからさ。これからは、かなり謙虚《けんきょ》でいられる感《かん》じ。」

私《わたし》を見《み》つめるその目《め》は、今《いま》までになく明《あか》るかった。

よかった！

きっと早馬君《はゆまくん》も喜《よろこ》ぶだろうな。

そう思《おも》いながら私《わたし》は、早乙女君《さおとめくん》のその目《め》に見《み》とれた。

だって、とてもきれいだったんだもの。

「そこ、」

若王子君《わかおうじくん》の声《こえ》が飛《と》ぶ。

「2人《ふたり》で親密《しんみつ》にしないっ！」

美織君《みおりくん》と火影君《ひかげくん》が顔《かお》を見合《みあ》わせた。

「お、若《わか》がヤキモチだ。」

「意外《いがい》だが、温《あたた》かく見守《みまも》ろう。」

若王子君《わかおうじくん》は、そんな2人《ふたり》に向《む》かって飛《と》び蹴《げ》りっ！

2人《ふたり》はとっさに両脇《りょうわき》に逃《に》げ、若王子君《わかおうじくん》の脚《あし》は空《くう》を切《き》って、体《からだ》は無残《むざん》にも路面《ろめん》に叩《たた》き付《つ》けられた。

「くっそ火影《ひかげ》、鳴《めい》、覚《おぼ》えてろっ！」

道路《どうろ》の砂《すな》をすくって放《ほう》り投《な》げる若王子君《わかおうじくん》は、3歳児《さいじ》みたいでおかしかった。

歩《あゆ》み寄《よ》った早乙女君《さおとめくん》が片手《かたて》を出《だ》し、若王子君《わかおうじくん》の手《て》を引《ひ》っ張《ぱ》って起《お》き上《あ》がらせる。

「機嫌《きげん》、直《なお》せよ。」

そう言《い》いながら服《ふく》をパタパタと払《はら》ってやった。

「さ、きれいになったぞ。行《い》こ。」

若王子君《わかおうじくん》は、まじまじと早乙女君《さおとめくん》を見《み》つめる。

「おまえ、結構《けっこう》、優《やさ》しいな。これ返《かえ》してやる。」

ポケットから取《と》り出《だ》したのは、黒《くろ》いUSB《ユーエスビー》メモリーだった。

「あーっ、何《なん》でおまえが持《も》ってんの。俺《おれ》、すっげぇ捜《さが》してたんだぜ。」

美織君《みおりくん》が、からかうように笑《わら》った。

「え、そっか？　捜《さが》してるようにゃ見《み》えなかったけどな。」

早乙女君《さおとめくん》は、大《おお》きな息《いき》をつく。

「だって中身《なかみ》、ヤバいからさ。堂々《どうどう》と捜《さが》せないじゃん。こっそりやってたんだよ。」

なるほど。

「待《ま》てよ。えっと・・・これ持《も》ってるってことは、若王子《わかおうじ》、中《なか》、見《み》たのか。」

早乙女君《さおとめくん》に聞《き》かれて、若王子君《わかおうじくん》はうなずいた。

「もちろんだ。しかもデータ全部《ぜんぶ》、記憶《きおく》してる。」

青《あお》ざめる早乙女君《さおとめくん》の前《まえ》で、若王子君《わかおうじくん》は不敵《ふてき》な笑《え》みを浮《う》かべた。

「おまえはこれから、俺《おれ》の部下《ぶか》だな。俺《おれ》のこと、閣下《ミロード》って呼《よ》べよ。」

火影君《ひかげくん》が、苦笑《くしょう》しながら私《わたし》を見《み》た。

「俺《おれ》たち5人《にん》、これからうまくやっていけるかな。」

さぁ・・・。

## 27 素晴《すば》らしき5月祭《メイデイ》

その週末《しゅうまつ》に行《おこな》われた関東《かんとう》サッカー大会《たいかい》では、ハイスペックゼミナールのＨＳ《ハッズ》チームが優勝《ゆうしょう》した。

秀明《しゅうめい》ゼミナールのＫＺ《カッズ》は、惜《お》しくも準優勝《じゅんゆうしょう》だったんだ。

この2つのチームは、大会《たいかい》があると必《かなら》ずデッドヒートを繰《く》り広《ひろ》げるので、宿命《しゅくめい》のライバルと呼《よ》ばれているらしい。

春《はる》の中学生大会《ちゅうがくせいたいかい》ではＫＺ《カッズ》が勝《か》ったので、次《つぎ》はきっとＨＳ《ハッズ》が死《し》に物狂《ものぐる》いで立《た》ち向《む》かうだろうといわれていたんだって。

何《なに》はともあれ無事《ぶじ》に終《お》わり、めでたしめでたし、だった。

そして、ついに5月祭当日《メイデイとうじつ》がやってくる。

私《わたし》たちは、5時半《じはん》にＺ《ゼータ》ビルのキッチンに顔《かお》をそろえた。

「あ、言《い》っておかなくちゃいけないことがあったんだ。」

早乙女君《さおとめくん》が口《くち》を切《き》る。

「あのあくる日《ひ》、俺《おれ》、浩史先生《こうじせんせい》に相談《そうだん》した。そしたら浩史先生《こうじせんせい》はその場《ば》で即《そく》、宗教団体《しゅうきょうだんたい》に電話《でんわ》して、こう言《い》ったんだ。母親《ははおや》が宗教活動《しゅうきょうかつどう》のために子供《こども》の世話《せわ》を放棄《ほうき》しないように管理《かんり》し、責任《せきにん》を持《も》つべきだって。」

もっともだ。

「で、さらにこう言《い》った。この申《もう》し入《い》れを無視《むし》するなら、マスコミおよび宗教法人《しゅうきょうほうじん》を管理《かんり》する関《かん》係各庁《けいかくちょう》に、母親《ははおや》の育児放棄《いくじほうき》を容認《ようにん》している宗教団体《しゅうきょうだんたい》という情報《じょうほう》を流《なが》し、さらに対策委員会《たいさくいいんかい》を立《た》ち上《あ》げてネットにアップし、賛同者《さんどうしゃ》を募《つの》るって。これ、はっきり言《い》って脅迫《きょうはく》じゃね？」

そう言《い》いながら早乙女君《さおとめくん》は、うれしそうな笑《え》みを漏《も》らした。

「なんか、すげぇ人《ひと》だな。こんな教師《きょうし》って、今《いま》まで見《み》たことない。」

火影君《ひかげくん》がうなずく。

「正義派《せいぎは》だけど、手段《しゅだん》を選《えら》ばないのが浩史先生《こうじせんせい》。紳士的《しんしてき》に見《み》えて、意外《いがい》に過激《かげき》なんだ。」

そこがカッコいいんだよ、うん！

ニンマリする私《わたし》の前《まえ》で、若王子君《わかおうじくん》がペンギンのアップリケのついたエプロンを広《ひろ》げた。

「早乙女《さおとめ》のかぁちゃんも、今《いま》にきっと家《いえ》に帰《かえ》ってきて、子供《こども》の世話《せわ》をするようになるさ。もうちょっとの辛抱《しんぼう》だ。さ、俺《おれ》たちはドーナツに取《と》りかかろうぜ。」

うんっ！

私《わたし》も、持《も》ってきたエプロンをかける。

皆《みんな》が身支度《みじたく》を整《ととの》えるのを待《ま》って、言《い》った。

「ではG教室《ジェイきょうしつ》は、5月《がつ》ドーナツの製作《せいさく》にかかります。私《わたし》たちは5人《にん》で500個《こ》のドーナツを作《つく》らねばならないので、1人当《ひとりあ》たり100個《こ》を作《つく》ることになります。作業手順《さぎょうてじゅん》は、ここに書《か》いておきました。」

昨日遅《きのうおそ》くまでかかって書《か》いたドーナツの作り方《レシピ》を、皆《みな》に配《くば》る。

「わからないことが出《で》てきたら、パティシエ若王子《わかおうじ》に聞《き》いてください。開始《かいし》っ！」

私《わたし》の号令《ごうれい》で、皆《みな》がいっせいに作業《さぎょう》にかかる。

まずそれぞれが自分《じぶん》のボウルにバターとショートニングを入《い》れ、泡《あわ》だて器《き》で混《ま》ぜ、そこに脱脂粉乳《だっしふんにゅう》、卵黄《らんおう》、グラニュー糖《とう》、塩《しお》、ナツメグ、レモンの皮《かわ》のすりおろしを入《い》れて、さらによく混《ま》ぜる。

次《つぎ》に、大《おお》きなボウルに薄力粉《はくりきこ》、強力粉《きょうりきこ》を1対《たい》2.3の割合《わりあい》で入《い》れ、水《みず》で溶《と》いた生《なま》イーストと、先《さき》に作《つく》っておいた混《ま》ぜ物《もの》を入《い》れ、ミキサー低速《ていそく》で3分《ぷん》、中速《ちゅうそく》で3分《ぷん》こねた。

「時間《じかん》は、あくまで目安《めやす》だ。」

若王子君《わかおうじくん》が、自分《じぶん》もミキサーを使《つか》いながら指示《しじ》を出《だ》す。

「生地《きじ》を持《も》ち上《あ》げても伸《の》びなくなったら、オッケイ。温度《おんど》は28度《ど》。」

出来上《できあ》がった生地《きじ》を丸《まる》め、電子《でんし》レンジに入《い》れて30度《ど》で発酵《はっこう》させておき、その間《かん》に次《つぎ》のドーナツの生地作《きじづく》りに取《と》りかかる。

大《おお》きなボウルを使《つか》うと、1度《ど》にこねられる生地《きじ》の量《りょう》は600グラム。

これは、ドーナツ10個分《こぶん》だった。

1人当《ひとりあ》たり100個作《こつく》るとなると、大《だい》ボウルで10回分《かいぶん》の生地《きじ》が必要《ひつよう》だから、発酵《はっこう》を待《ま》つ間《あいだ》に次《つぎ》の生地作《きじづく》りにかからないと間《ま》に合《あ》わないんだ。

混《ま》ぜたりこねたりミキサーを使《つか》ったりしながら、3つ目《め》の大《だい》ボウルに生地《きじ》を作《つく》り終《お》える頃《ころ》、最《さい》初《しょ》のボウルで作《つく》った生地《きじ》を入《い》れておいた電子《でんし》レンジが、終了音《しゅうりょうおん》を鳴《な》らす。

開《あ》けてみると、発酵《はっこう》を終《お》えた生地《きじ》は、2倍《ばい》くらいに膨《ふく》らんでいた。

「わあ、生《い》きてるみたい！」

若王子君《わかおうじくん》がうなずく。

「生《い》きてんのさ、イーストがね。さ、次《つぎ》いくぞ。」

生地《きじ》を60グラムずつの玉《たま》にし、潰《つぶ》してガスを抜《ぬ》きながら紐状《ひもじょう》に伸《の》ばす。

「紐《ひも》の長《なが》さは、40〜50センチ。」

その端《はし》をつまんで輪《わ》にし、さらにその輪《わ》に紐《ひも》を通《とお》して編《あ》んでいく。

「ゆるく編《あ》め。でないと、ふっくら仕上《しあ》がらない。」

うーん、難《むずか》しい！

「あ、切《き》れちった。」

「俺《おれ》も。」

顔《かお》を見合《みあ》わせる美織君《みおりくん》と早乙女君《さおとめくん》の頭《あたま》を、後《うし》ろから若王子君《わかおうじくん》が、ポカポカッ！

「丁寧《ていねい》にやるんだ。やり直《なお》し。」

そう言《い》っている間《あいだ》に、２番目《ばんめ》の大《だい》ボウルで作《つく》った生地《きじ》の発酵《はっこう》が終《お》わる。

「急《いそ》げ。さっさと編《あ》まないと、発酵《はっこう》が進《すす》みすぎるぞ。」

わわっ！

１番目《ばんめ》のボウルの生地《きじ》をようやく編《あ》み終《お》わったとたん、３番目《ばんめ》のボウルの発酵《はっこう》が終《お》わった。

「編《あ》み終《お》わったものは、電子《でんし》レンジ35度《ど》で30分発酵《ぶんはっこう》だ。」

ああ忙《いそが》しいっ！

「そのレンジ、俺《おれ》がこれから使《つか》うっ！」

「うるさい、早《はや》いもん勝《が》ちだ。」

「きさま、先輩《せんぱい》に譲《ゆず》れ。」

「おまえら、つかみ合《あ》ってないで生地《きじ》を練《ね》れよ。」

大騒《おおさわ》ぎをしながら、なんとか500個《こ》のドーナツの2度目《どめ》の発酵《はっこう》を終《お》えた。

花形《はながた》になったドーナツは、コロコロしていて、とてもかわいい。

調理台《ちょうりだい》の上《うえ》は、生地《きじ》の色《いろ》をした花《はな》が咲《さ》き誇《ほこ》るお花畑《はなばたけ》みたいだった。

「さて、揚《あ》げるぞ。」

そこから、揚《あ》げる3人《にん》と、風《かぜ》を送《おく》って冷《さ》ます1人《ひとり》、バニラシュガーを作《つく》ってまぶす1人《ひとり》に分《わ》かれて作業《さぎょう》を進《すす》めた。

「俺《おれ》、時間《じかん》だし。」

途中《とちゅう》で美織君《みおりくん》が抜《ぬ》ける。

「あと1時間半《じかんはん》だぞ。」

わっ、ギリギリだ！

「急《いそ》げっ！」

私《わたし》たちは、もう必死《ひっし》。

それが全部終《ぜんぶお》わって、目《め》の前《まえ》の油切《あぶらき》りバットに500個《こ》のドーナツが山《やま》のように積《つ》み上《あ》がった時《とき》には、全員《ぜんいん》クタクタだった。

「俺《おれ》、もう一生《いっしょう》ドーナツ食《く》いたくねぇ。」

ん、気持《きも》ちはよくわかる、うっぷ。

「さぁ運《はこ》ばないと。」

火影君《ひかげくん》に言《い》われて、全員《ぜんいん》が気《き》を取《と》り直《なお》す。

「けど、こんなたくさん、どーやって運《はこ》ぶんだ？」

私《わたし》は「クリスマスケーキは知《し》っている」の中《なか》でやった方法《ほうほう》を思《おも》い出《だ》し、テーブルの1つをきれいに拭《ふ》いて、白《しろ》いテーブルクロスをかけ、その上《うえ》にラップを敷《し》き詰《つ》めた。

そこに、5月《がつ》ドーナツをずらっと並《なら》べる。

「500個《こ》のドーナツとなると、さすがに壮観《そうかん》だな。」

うっとりと見《み》つめる若王子君《わかおうじくん》を急《せ》き立《た》てて、皆《みな》でテーブルを持《も》ち上《あ》げ、キッチンを出《で》た。

そのままエレベーターホールまで行《い》き、1階《かい》に降《お》りる。

「中庭《なかにわ》の出入《でい》り口《ぐち》は、こっちだ。」

火影君《ひかげくん》の言《い》う通《とお》りに歩《ある》いて、無事《ぶじ》にドアの前《まえ》に到着《とうちゃく》。

それを開《あ》けると、向《む》こうに庭《にわ》が広《ひろ》がっていた。

でも、いつもの庭《にわ》じゃない。

あらゆる木々《きぎ》の枝《えだ》に緑《みどり》のリボンが結《むす》んであって、そこにライラックの花《はな》が1輪《りん》ずつ差《さ》しこまれ、金《きん》の鈴《すず》が下《さ》がっていたんだ。

庭《にわ》の中央《ちゅうおう》の藤棚《ふじだな》のそばには、5月柱《メイポール》が見《み》える。

天辺《てっぺん》にライラックで作《つく》った紫色《むらさきいろ》の冠《かんむり》が載《の》り、柱《はしら》の部分《ぶぶん》は鮮《あざ》やかな緑色《みどりいろ》と白《しろ》の絹《きぬ》で覆《おお》われ、小《ちい》さなリースがいっぱいつけてあった。

まるで女王《じょおう》のように飾《かざ》られている。

その周《まわ》りの地面《じめん》には、ラインパウダーでラインが引《ひ》いてあり、モリスダンス・スペースと書《か》れていた。

「ドーナツスペースは、あっちだ。」

火影君《ひかげくん》が素早《すばや》く見《み》つけて、私《わたし》たちを先導《せんどう》する。

それはモリスダンス・スペースの一角《いっかく》にあり、そこだけ赤《あか》いラインパウダーでドーナツと書《か》れていた。

そこを目指《めざ》してテーブルを運《はこ》んでいくと、木《き》の下《した》を通《とお》りかかるたびに、枝《えだ》から下《さ》がっている鈴《すず》がチリンチリンと鳴《な》り、ライラックの香《かお》りが零《こぼ》れ落《お》ちてくるのだった。

うーん、これが5月祭《メイデイ》なんだね！

私《わたし》たちは指定場所《していばしょ》にテーブルを置《お》き、役目《やくめ》を無事《ぶじ》に終《お》えたことにほっとしながらあたりを見回《みまわ》した。

その頃《ころ》には、もうほとんどの準備《じゅんび》が終《お》わっていて、たくさんのメンバーが、新《あたら》しく立《た》てたテントや、並《なら》べた椅子《いす》のそばで点検《てんけん》をしていた。

頭上《ずじょう》で、ドアの音《おと》がする。

振《ふ》り仰《あお》ぐと、2階《かい》から中庭《なかにわ》に降《お》りる螺旋階段《らせんかいだん》の上《うえ》に、隼風《はやて》さんが姿《すがた》を見《み》せるところだった。

後《うし》ろに数人《すうにん》のメンバーを従《したが》え素早《すばや》い足運《あしはこ》びで降《お》りてくる。

私《わたし》はその時初《ときはじ》めて、陽《ひ》の光《ひかり》を浴《あ》びている隼風《はやて》さんを見《み》た。

それまでは、屋内《おくない》でしか会《あ》ったことがなかったんだ。

漆黒《しっこく》の髪《かみ》が太陽《たいよう》を反射《はんしゃ》してきらめき、彫《ほ》りの深《ふか》いその顔《かお》と精悍《せいかん》な体《からだ》を彩《いろど》っていて、とてもカッコよかった。

眼差《まなざし》は、晴《は》れやかで明《あか》るい。

トトカルチョ事件《じけん》にピリオドを打《う》ち、例年通《れいねんどお》りに5月祭《メイデイ》を開催《かいさい》することができて、肩《かた》の荷《に》が下《お》りたのに違《ちが》いなかった。

すぐ後《うし》ろにいるメンバーが、隼風《はやて》さんの肩《かた》に手《て》を置《お》き、その耳《みみ》に唇《くちびる》を寄《よ》せてささやく。

隼風《はやて》さんは、ふっと笑《え》みを浮《う》かべた。

ちょっと大人《おとな》っぽい感《かん》じのする、朗《ほが》らかな笑顔《えがお》だった。

メンバーの1人《ひとり》が、中庭《なかにわ》を見回《みまわ》して声《こえ》を張《は》り上《あ》げる。

「これより、クラブZ《ゼータ》事務局《じむきょく》による巡察《じゅんさつ》を開始《かいし》する。各部署責任者《かくぶしょせきにんしゃ》は、持《も》ち場《ば》に待機《たいき》するように。」

階段《かいだん》を降《お》り切《き》った隼風《はやて》さんは、そのまま中庭《なかにわ》を突《つ》っ切《き》り、貴賓席《きひんせき》の方《ほう》へと移動《いどう》していった。

「お、G教室《ジェイきょうしつ》か。」

ラインパウダーのローラーを持《も》った若武先輩《わかたけせんぱい》が通《とお》りかかる。

「うまそうじゃん。」

伸《の》びてきた手《て》を、若王子君《わかおうじくん》がバシッと払《はら》いのけた。

「数《かず》は、数《かぞ》えてあるからな。」

若武先輩《わかたけせんぱい》は、舌打《したう》ちして通《とお》り過《す》ぎる。

その後《うし》ろから上杉先輩《うえすぎせんぱい》が、長《なが》くて幅《はば》の広《ひろ》い絹《きぬ》の布《ぬの》を持《も》ってやってきた。

艶《つや》のあるきれいなエメラルド色《いろ》で、縁《ふち》には金線《きんせん》が刺繍《ししゅう》され、細《ほそ》いフリンジがついている。

「それ、何《なん》ですか？」

私《わたし》が聞《き》くと、上杉先輩《うえすぎせんぱい》は、布《ぬの》を自分《じぶん》の右肩《みぎかた》にかけ、胸《むね》と背中《せなか》に垂《た》らして左《ひだり》の腰《こし》の下《した》で結《むす》んだ。

「肩帯《かたおび》。昔《むかし》の貴族《きぞく》なんかがよくかけてるやつだよ。5月祭《メイディ》の王子《おうじ》がつける。」

5月祭《メイディ》の王子《おうじ》？

「5月祭《メイディ》を取《と》り仕切《しき》るリーダーのこと。伝統的《でんとうてき》には女性《じょせい》なんだけど、クラブZ《ゼータ》には男《おとこ》しかいないからさ、王子《おうじ》で代用《だいよう》すんだ。クラブZ《ゼータ》の中《なか》で一番美《いちばんうつく》しいか、一番優秀《いちばんゆうしゅう》か、一番背《いちばんせ》が高《たか》いか、一番《いちばん》体力《たいりょく》があるかで選《えら》ばれる。5月祭《メイディ》は、その発表《はっぴょう》から始《はじ》まるんだ。」

へぇ！

「きっと俺《おれ》だ。」

そう言《い》ったのは、若王子君《わかおうじくん》だった。

「髪《かみ》をとかして待《ま》っていよう。」

その頭《あたま》を、上杉先輩《うえすぎせんぱい》がこづく。

「おまえ、クラブZ《ゼータ》メンバーじゃないじゃん。」

そうだよぉ、私《わたし》たちはG教室《ジェイきょうしつ》なんだから、忘《わす》れないでよね。

「しかも王子《おうじ》は、もう投票《とうひょう》で決《き》まってんの。今年《ことし》は隼風《はやて》さんだって。」

確《たし》かに隼風《はやて》さんは、美《うつく》しくて背《せ》が高《たか》い。

きっと優秀《ゆうしゅう》で、体力《たいりょく》もあるのだろう。

そう思《おも》いながら私《わたし》は、さっき見《み》た隼風《はやて》さんのスラリとした体《からだ》に、その美《うつく》しい肩帯《かたおび》がかけられるところを想像《そうぞう》した。

すごく素敵《すてき》だろうな。

「隼風《はやて》って、Z事務局《ゼータじむきょく》を仕切《しき》ってたあいつのこと？　今《いま》あっちに行《い》った奴《やつ》だよな。」

早乙女君《さおとめくん》に聞《き》かれて、私《わたし》はうなずいた。

「Z事務局《ゼータじむきょく》の組織《そしき》については、正直《しょうじき》よくわからないんだ。でも隼風《はやて》さんがリーダーの1人《ひとり》であることは間違《まちが》いないと思《おも》う。」

それにふさわしい人《ひと》だもの。

G教室《ジェイきょうしつ》の代表《だいひょう》として、私《わたし》、隼風《はやて》さんからリーダーの心《こころ》がけを学《まな》びたいな。

そう思《おも》いながら、目《め》を上《あ》げる。

空《そら》は真《ま》っ青《さお》、五月晴《さつきば》れ。

う〜ん、楽《たの》しい5月祭《メイディ》になりそう。

《完《かん》》

# あとがき

こんにちは、藤本《ふじもと》ひとみです。

妖精《ようせい》チームG《ジェニ》事件《じけん》ノート「5月《がつ》ドーナツは知《し》っている」は、いかがでしたか？

これまで「事件《じけん》ノート」シリーズは、KƵ《カッズ》とG《ジェニ》の2つでしたが、昨年《さくねん》から新《あら》たにKƵD《カッズディ》《KƵ《カッズ》 Deep《ディープ》 File《ファイル》》が加《くわ》わり、現在《げんざい》は、KƵ《カッズ》、G《ジェニ》、KƵD《カッズディ》の3つの物語《ものがたり》が同時《どうじ》に進行《しんこう》しています。

これらの違《ちが》いをひと言《こと》でいうと、KƵ《カッズ》の3年後《ねんご》の話《はなし》を扱《あつか》っているのがG《ジェニ》、またKƵ《カッズ》を深《ふか》め、各《かく》キャラの心《こころ》の深層《しんそう》を追求《ついきゅう》しているのがKƵD《カッズディ》です。

本屋《ほんや》さんでは、KƵ《カッズ》とG《ジェニ》は青《あお》い鳥文庫《とりぶんこ》の棚《たな》にありますが、KƵD《カッズディ》は一般文芸書《いっぱんぶんげいしょ》のコーナーに置《お》かれています。

またこれらに共通《きょうつう》した特徴《とくちょう》は、そのつど新《あたら》しい事件《じけん》を扱《あつか》い、謎《なぞ》を解決《かいけつ》して終《お》わるので、どこからでも読《よ》めることです。

気《き》に入《い》ったタイトル、あるいはテーマの本《ほん》から読《よ》んでみてください。

ご意見《いけん》、ご感想《かんそう》など、お待《ま》ちしています。


さて藤本《ふじもと》は、日頃《ひごろ》、友人《ゆうじん》や知《し》り合《あ》いから、《トンちゃん》とか《トン》とか呼《よ》ばれています。

この訳《わけ》は、探偵《たんてい》チームKZ《カッズ》事件《じけん》ノート「クリスマスは知《し》っている」の中《なか》でお話《はな》ししたように、私《わたし》の本《ほん》が香港《ホンコン》で出版《しゅっぱん》される際《さい》、本名《ほんみょう》の《ひとみ》を中国語《ちゅうごくご》にした時《とき》に、その発音《はつおん》が「トン」であることがわかり、皆《みな》が大《おお》いに盛《も》り上《あ》がったからです。

私《わたし》もすっかり、これになじみ、今《いま》では友人知人《ゆうじんちじん》とともに、トン族《ぞく》を結成《けっせい》、トン語《ご》と呼《よ》ばれる言《こと》葉《ば》を多用《たよう》しています。

皆様《みなさま》からいただくお手紙《てがみ》にも、「トンちゃんへ」「トン先生《せんせい》へ」というものが主流《しゅりゅう》になりました。

ところが、最近《さいきん》知《し》った新事実《しんじじつ》っ！

なんと本当《ほんとう》にいたんです、トン族《ぞく》という民族《みんぞく》が!!

それは中国《ちゅうごく》の貴州《きしゅう》およびその周辺《しゅうへん》に暮《く》らす少数民族《しょうすうみんぞく》で、独自《どくじ》の言語《げんご》を使《つか》い、1950年代後半《ねんだいこうはん》まで文字《もじ》を持《も》たなかったといわれる人々《ひとびと》。

音楽《おんがく》に秀《ひい》でていて、そのハーモニーの美《うつく》しさは、1度《ど》聞《き》いたら忘《わす》れられないとか。

う～ん、ぜひ会《あ》ってみたい、本物《ほんもの》のトン族《ぞく》に！

ひょっとして、しっかりなじんで溶《と》けこんで、もう日本《にほん》に帰《かえ》りたくなくなるかも、トントン。

「事件《じけん》ノート」シリーズの次作《じさく》は、2016年《ねん》7月《がつ》発売予定《はつばいよてい》の探偵《たんてい》チームＫＺ《カッズ》事件ノート「本格《ほんかく》ハロウィンは知《し》っている」です。お楽《たの》しみに！

＊原作者紹介

藤本《ふじもと》ひとみ

長野県生まれ。西洋史への深い造詣と綿密な取材に基づく歴史小説で脚光をあびる。フランス政府観光局親善大使をつとめ，現在AF（フランス観光開発機構）名誉委員。著作に，『皇妃エリザベート』『シャネル』『アンジェリク　緋色の旗』『ハプスブルクの宝剣』『幕末銃姫伝』など多数。青い鳥文庫の作品では『三銃士』『マリー・アントワネット物語』(上・中・下巻)『美少女戦士ジャンヌ・ダルク物語』『新島八重物語』がある。

＊著者紹介

住滝《すみたき》 良《りょう》

千葉県生まれ。大学では心理学を専攻。ゲームとまんがを愛する東京都在住の小説家。性格はポジティブで楽天的。趣味は，日本中の神社や寺の「御朱印集め」。

＊画家紹介

駒形《こまがた》

大阪府在住。京都の造形大学を卒業後，フリーのイラストレーターとなる。おもなさし絵の作品に「動物と話せる少女リリアーネ」シリーズ（学研教育出版）がある。

講談社　青い鳥文庫　　286-23

妖精《ようせい》チームG《ジェニ》事件《じけん》ノート
5月《がつ》ドーナツは知《し》っている

藤本《ふじもと》ひとみ　原作
住滝《すみたき》良《りょう》　文

2016年5月15日　第1刷発行

（定価はカバーに表示してあります。）

発行者　清水保雅
発行所　株式会社講談社
　東京都文京区音羽2-12-21　郵便番号112-8001
　電話　編集（03）5395-3536
　　　　販売（03）5395-3625
　　　　業務（03）5395-3615

N.D.C.913　316p　18cm

装　丁　久住和代
印　刷　図書印刷株式会社
製　本　図書印刷株式会社
本文データ制作　講談社デジタル製作部



ISBN978-4-06-285556-3

## どこから読《よ》んでも楽《たの》しめる！

# 探偵《たんてい》チーム KZ《カッズ》 事件《じけん》ノート


藤本《ふじもと》ひとみ／原作《げんさく》
住滝《すみたき》 良《りょう》／文《ぶん》
駒形《こまがた》／絵《え》

### シンデレラ特急《とっきゅう》は知《し》っている

KZ《カッズ》がついに海外《かいがい》へ‼ リーダー若武《わかたけ》の目標《もくひょう》は超《ちょう》・世界基準《せかいきじゅん》！

### 消《き》えた自転車《じてんしゃ》は知《し》っている

第一印象《だいいちいんしょう》は最悪《さいあく》！なエリート男子《だんし》４人《にん》と探偵《たんてい》チーム結成《けっせい》！

### シンデレラの城《しろ》は知《し》っている

フランスでの捜査《そうさ》は大難航《だいなんこう》！　KZ《カッズ》、最大《さいだい》のピンチ‼

### 切《き》られたページは知《し》っている

だれも借《か》りてないはずの図書室《としょしつ》の本《ほん》からページが消《き》えた⁉

### クリスマスは知《し》っている

若武《わかたけ》がついに「解散《かいさん》」を宣言《せんげん》！　KZ《カッズ》最後《さいご》の事件《じけん》になるのか⁉

### キーホルダーは知《し》っている

なぞの少年《しょうねん》が落《お》とした鍵《かぎ》にかくされた秘密《ひみつ》とは⁉

### 裏庭《うらにわ》は知《し》っている

若武《わかたけ》に掃除《そうじ》サボりのヌレギヌが！　そこへ上杉《うえすぎ》の成績転落《せいせきてんらく》⁉

### 卵《たまご》ハンバーグは知《し》っている

給食《きゅうしょく》を食《た》べた若武《わかたけ》がひどい目《め》に！　あのハンバーグに何《なに》が？

### 初恋《はつこい》は知《し》っている 若武編《わかたけへん》

「ついに初恋《はつこい》だぜ！すごいだろ。」若武《わかたけ》、堂々《どうどう》の告白《こくはく》！

### 緑《みどり》の桜《さくら》は知《し》っている

ひとり暮《ぐ》らしの老婦人《ろうふじん》が行方不明《ゆくえふめい》に⁉ 失踪《しっそう》か？　事件《じけん》か⁉

## 黄金《おうごん》の雨《あめ》は知《し》っている

上杉《うえすぎ》が女《おんな》の子《こ》を誘《さそ》う!?
その意外《いがい》な真相《しんそう》とは!?

## 七夕姫《たなばたひめ》は知《し》っている

屋敷《やしき》に妖怪《ようかい》が住《す》む!?
忍《しの》びこんだKZ《カッズ》メンバーが見《み》たものは。

## 消《き》えた美少女《びしょうじょ》は知《し》っている

KZ《カッズ》に近《ちか》づく
謎《なぞ》の美少女《びしょうじょ》の目的《もくてき》は!?

## 妖怪《ようかい》パソコンは知《し》っている

不登校《ふとうこう》のクラスメイトは、妖怪《ようかい》の末裔《まつえい》!?
さらにKZ《カッズ》が解散《かいさん》!?

## 天使《てんし》が知《し》っている

「天使《てんし》」に秘《ひ》められたメッセージとは!?
過去最大級《かこさいだいきゅう》の事件《じけん》!

## バレンタインは知《し》っている

砂原《すなはら》と再会《さいかい》! 心《こころ》ときめくバレンタインは大《だい》事件《じけん》の予感《よかん》!?

## ハート虫《むし》は知《し》っている

転校生《てんこうせい》はパーフェクトな美少年《びしょうねん》! そして若《わか》武《たけ》のライバル!?

## お姫《ひめ》さまドレスは知《し》っている

若武《わかたけ》、KZ除名《カッズじょめい》!?
そして美門翼《みかどたすく》にも
危機《きき》が・・・。

## 青《あお》いダイヤが知《し》っている

高級《こうきゅう》ダイヤの盗難事件《とうなんじけん》発生《はっせい》! 若武《わかたけ》にセカンド・ラヴ到来《とうらい》か!?

## 赤《あか》い仮面《かめん》は知《し》っている

砂原《すなはら》が13歳《さい》で社長《CEO》に!
KZ《カッズ》最大《さいだい》の10億円黒《おくえんくろ》ルビー事件《じけん》ぼっ発《ぱつ》!

## 「講談社《こうだんしゃ》 青《あお》い鳥文庫《とりぶんこ》」刊行《かんこう》のことば

太陽《たいよう》と水《みず》と土《つち》のめぐみをうけて、葉《は》をしげらせ、花《はな》をさかせ、実《み》をむすんでいる森《もり》。小《こ》鳥《とり》や、けものや、こん虫《ちゅう》たちが、春《はる》・夏《なつ》・秋《あき》・冬《ふゆ》の生活《せいかつ》のリズムに合《あ》わせてくらしている森《もり》。森《もり》には、かぎりない自然《しぜん》の力《ちから》と、いのちのかがやきがあります。

本《ほん》の世界《せかい》も森《もり》と同《おな》じです。そこには、人間《にんげん》の理想《りそう》や知恵《ちえ》、夢《ゆめ》や楽《たの》しさがいっぱいつまっています。

本《ほん》の森《もり》をおとずれると、チルチルとミチルが「青《あお》い鳥《とり》」を追《お》い求《もと》めた旅《たび》で、さまざまな体験《たいけん》を得《え》たように、みなさんも思《おも》いがけないすばらしい世界《せかい》にめぐりあえて、心《こころ》をゆたかにするにちがいありません。

「講談社《こうだんしゃ》 青《あお》い鳥文庫《とりぶんこ》」は、七十年《ねん》の歴史《れきし》を持《も》つ講談社《こうだんしゃ》が、一人《ひとり》でも多《おお》くの人《ひと》のために、すぐれた作品《さくひん》をよりすぐり、安《やす》い定価《ていか》でおおくりする本《ほん》の森《もり》です。その一さつ一さつが、みなさんにとって、青《あお》い鳥《とり》であることをいのって出版《しゅっぱん》していきます。この森《もり》が美《うつく》しいみどりの葉《は》をしげらせ、あざやかな花《はな》を開《ひら》き、明日《あす》をになうみなさんの心《こころ》のふるさととして、大《おお》きく育《そだ》つよう、応援《おうえん》を願《ねが》っています。

昭和《しょうわ》五十五年《ねん》十一月《がつ》

講談社